Blumenbar

Das Buch

Zinos lebt ohne Schulabschluss in Hamburg-Altona, sein geliebter Bruder sitzt im Gefängnis, die Eltern kehren nach Griechenland zurück, und der erste richtige Sex ist vorbei, ehe er überhaupt begonnen hat. In ihrem Debüt erzählt Jasmin Ramadan eine irrwitzige Geschichte zwischen Coming of Age und Roadmovie: Die weiteren Stationen des genauso verfressenen wie ständig vom Pech in der Liebe verfolgten Helden sind die griechischen Inseln, ein Hamburger Bordell und schließlich die Karibikinsel Adios, wo er sich bereits im Paradies wähnt. Nach seiner Odyssee, die ihn beinahe das Leben kostet, beschließt Zinos, endlich erwachsen zu werden und ein Restaurant zu eröffnen – das »Soul Kitchen«.

Die Autorin

Jasmin Ramadan, 1974 geboren, lebt in Hamburg-Altona. Ihre Mutter ist Deutsche, ihr Vater Ägypter. Sie studierte Germanistik und Philosophie und erhielt 2006 den Hamburger Förderpreis für Literatur. *Soul Kitchen* ist ihr erster Roman.

Jasmin Ramadan

Soul Kitchen

Roman

Der Geschichte erster Teil –
das Buch vor dem Film

Blumenbar Verlag

Für Nadine
1975–1997

Besonderen Dank an:

Philipp Baltus
Nils Kasiske
Heidi Ramadan
Claudia Schneider
Fatih & Adam

Die Zutaten des Lebens

*»Ein Mann, der um seine Existenz fürchtet,
fickt nicht gut.«*

Seit heute Mittag trank Zinos Katzanzakis nur heißes Wasser, mit dem Geschmack von Zitronenschale. Wenn er ein paar Kilo abnehmen oder seine Nerven beruhigen wollte, schüttete Zinos Unmengen davon in sich hinein. Udo Pavese hatte dieses Getränk einmal *heißer Kanarienvogel* genannt.

An Pavese hatte er schon lange nicht mehr gedacht. Bei ihm hatte Zinos einst kochen gelernt. Udo Paveses Vater stammte aus Turin, und dort hatte er dieses Getränk als Junge zum ersten Mal mit den Männern in den Cafés zu sich genommen.

Pavese stellte zuerst eine Glaskanne auf ein Stövchen, füllte sie mit kochendem Wasser, schälte eine Zitrone rundherum, ohne abzusetzen, und ließ die Schale am Stück ins Wasser gleiten. Der Anblick der Schale – wie sie über der kleinen Flamme des Teelichtes im heißen Wasser trieb – entspannte Pavese. Und dieses beinahe geschmacklose Getränk vertrieb auch den quälend zügellosen Hunger, an dem Zinos so häufig litt.

Nun knurrte sein Magen wieder, und ihm war ein bisschen schwindelig. Vielleicht sollte er einen ordentlichen Joint rauchen. Dann wäre er vielleicht weniger wütend auf Nadine, die ihren Abschied feiern würde, um dann nach Shanghai zu ziehen. Zinos war nicht nach Feiern. Er war sicher, Nadine zu verlieren. Wie sollte man zusammen sein, wenn man nicht mal auf dem gleichen Kontinent lebte?

Bei der Eröffnung seines Restaurants vor ein paar Jahren hatte Zinos gehofft, dass seine Irrfahrt durchs Leben für immer zu Ende sei. Seine letzte Reise aber schien immer noch wie ein Fluch auf ihm zu lasten. Keinem Menschen hatte er erzählt, was in der Karibik wirklich passiert war.

Wie oft im Leben hatte er geglaubt, angekommen zu sein. Er hatte das Paradies gefunden – einen schöneren Ort als Adios kannte er nicht. Vielleicht wäre er jetzt aber auch nicht hier, wenn all das nicht passiert wäre. Er hätte das SOUL KITCHEN nicht eröffnet – und Nadine nicht getroffen. Sie war die erste Frau, die er liebte, die nicht narzisstisch, verlogen, labil, drogensüchtig, irre oder eine Nutte war. Jetzt aber würde sie abhauen. Vielleicht passten ihre Leben einfach nicht zusammen.

Er arbeitete, er frittierte, aß Frittiertes, dachte an das Finanzamt, kiffte, trank ein paar Bier und Ouzos, unterhielt sich mit Bekannten und Fremden, setzte sich ab und zu in die Sonne, fuhr mit seinem Auto rum, hörte mit Sokrates griechische Musik, bis er müde wurde, und schlief traumlos.

Das war sein Leben.

Er hatte sich immer gefragt, ob Nadine das reichte.

Mit ihr zu schlafen war immer gut gewesen, aber in letzter Zeit war es kaum noch dazu gekommen. Es gab nämlich ein paar Dinge, um die er sich jetzt kümmern musste. Seit Wochen musste er sich jetzt um Geldgeschichten kümmern.

Ein Mann, der um seine Existenz fürchtet, fickt nicht gut, aber ein Mann, der sich vor gar nichts mehr fürchtet, auch nicht. Das hatte sein großer Bruder Illias immer gepredigt, wie so vieles. Eine von Illias' Lebensweisheiten – das könnte Zinos jetzt wenigstens zum Lachen bringen, aber sein Bruder war wieder mal im Knast.

Zinos atmete tief durch und schloss die Augen. In diesem Moment ertönte ein Schiffshorn, und schlagartig befiel ihn die altbekannte Melancholie. Am liebsten wollte er auf den nächsten Dampfer und einfach weg. Er würde Nadine niemals vergessen. So wie er auch alles andere nicht vergessen konnte. All die Rezepte, die ihn an vergangene Zeiten erinnerten, und all die Menschen, die untrennbar mit diesen verknüpft waren.

REZEPT: HEISSER KANARIENVOGEL

MAN BRAUCHT

- eine hitzebeständige Glaskanne
- ein Stövchen, ein bis drei Teelichte
- ein kleines, scharfes Messer
- ein kleines Teeglas
- mindestens einen Liter frisch abgekochtes Wasser
- eine große Zitrone
- ein paar Stunden Zeit

ZUBEREITUNG

Zuerst ein Teelicht anzünden, in das Stövchen stellen, Wasser aufsetzen und die Zitrone heiß abwaschen. Das kochende Wasser in die Kanne gießen und diese auf das Stövchen stellen. Während man die Zitronenschale direkt in das Wasser hineinschält, aufpassen, dass sie nicht abreißt. Die nackte Zitrone in den Kühlschrank legen, denn sie verdirbt entblößt sehr schnell.

Man betrachtet die Schale in der Kanne, bis man vollkommen versunken ist. Dann hat der Aufguss genug gezo-

gen. Die Zitronenschale nicht entfernen und den Aufguss über den Tag verteilt trinken. Man kann auch immer wieder heißes Wasser nachgießen. Ab und zu sollte man nach dem Teelicht sehen und es auswechseln, falls es erloschen ist. Wenn die Kanne leer ist, unbedingt noch mal mit geschlossenen Augen an der Zitronenschale riechen. Abends dann gut und reichlich essen.

Eisvogel und AC/DC

»Verunsicherung ist der erste Schritt zur Erkenntnis.«

Seit Zinos zehn war, befürchtete er, nichts in seinem Leben würde sich je verändern. Sein Bruder Illias dagegen war nur zwei Jahre älter als er, hatte aber längst aufgehört, sich für die gemeinsame Carrerabahn zu interessieren. Zinos' Wiederbelebungsversuche blieben vergeblich. Dabei war die Carrerabahn immer der beste Anlass für Kloppereien gewesen, die reinigend waren – und die brüderliche Gemeinschaft stärkten.

Statt wie früher gleich nach dem Aufwachen mit Zinos zu spielen – so lange, bis die Mutter drohte, das Frühstück den Armen auf der Straße zu bringen –, trainierte Illias ein paar Minuten mit einem Springseil, ehe er dann sofort das Haus verließ.

Das gemeinsame Zimmer der beiden war fast zwanzig Quadratmeter groß. Illias hatte schon mit sechs Jahren auf dem Bett bestanden, das der Tür zugewandt stand. Schon damals war er stets auf der Hut gewesen: Bei jedem Spiel mit den Actionpuppen musste Zinos die FBI-Typen spielen, die internationale Einsatztruppe, den dümmlichen Polizisten. Illias durfte immer auf der Flucht sein, und am Ende erledigte er Zinos' Truppen mit einem einzigen vernichtenden Schlag.

Er hatte diese Rollenverteilung längst satt. Doch selbst ihre beiden Meerschweinchen, Rummenigge und Maradona, mussten die immergleiche Tour durch die olle Arieltonne machen. Zinos' Meerschweinchen verblieb stets in der Tonne – weil Illias ihm mit einem Playmobil-Lkw den Weg abschnitt.

Maradona starb lange vor Rummenigge. Doch das blieb nur ein kurzer Triumph für Zinos. Nach einem Tag der Trauer adoptierte Illias einfach das Tier seines Bruders. Zinos musste eine Buntstiftzeichnung dreimal unterschreiben. Auf dem Blatt war ein stilisiertes Meerschweinchen zu sehen und daneben ein Pfeil, der auf ein großes, starkes Srichmännchen zeigte, das den Namen Illias trug.

Nicht, dass Illias ein ausgeprägtes Interesse an Malen und Zeichnen pflegte – nein, es war nur so, dass er große Probleme mit dem Schreiben hatte, die er auch bis zur vierten Klasse nicht löste. Viel mehr als seinen Namen konnte er aus Buchstaben nicht machen.

Die Eltern weigerten sich, Tests durchführen zu lassen, die wohl eine Legasthenie zutage gefördert hätten. Sie sprachen damals so gut wie kein Deutsch. Möglich, dass sie also einfach nicht verstanden, was das Anliegen der besorgten Lehrerin war. Auch möglich, dass sie in jeder Hinsicht besser zu wissen glaubten, was gut für ein Kind ist.

Die Mutter jedenfalls unterrichtete Illias schon früh in Trauerarbeit. Sie warf Maradona, immerhin in Geschenkpapier gewickelt, in den Müllcontainer im Hof. Zinos musste im Auftrag seines Bruders nach dem geblümten Päckchen suchen; seine Füße waren unter den Armen von Illias festgeklemmt, und so hing er vornüber im Müllcontainer. Als er das Päckchen hochzog, rutschte Maradona heraus. Illias sprang nun selbst in die Tonne, um die Leiche zu bergen.

Er hielt die Klinge seines Taschenmessers noch einmal vor das kleine Maul, um sich des Tierchens Ende zu versichern. Dann wurde Maradona im Steinpissoir des Spielplatzes verbrannt.

Es war an diesem Abend im Jahre 1983, als Zinos seinen Bruder zum letzten Mal weinen sah.

Illias lernte auch auf der Hauptschule nicht Schreiben. Aber er lernte schnell, sich auf andere Weise deutlich auszudrücken. Nachdem er auf dem Schulhof alles erreicht hatte, suchte er sich ein neues Terrain.

Eine Weile spielte er Fußball, und er hatte einen Trainer, der etwas von ihm hielt. Bald aber arbeitete er lieber mit den Schiedsrichtern zusammen – und erkannte, dass es auch Karrieren ohne Schulabschluss gab.

Mit Zinos spielte er da schon lange nicht mehr. Sie teilten zwar noch ihr Zimmer, doch Illias nutzte es nur noch als eine Art begehbares Schließfach. Er befahl, das Zimmer immer abzuschließen. Und es war Zinos verboten, in die Kartons zu gucken, die überall herumlagen und sich türmten. Den Eltern verkündete Illias, in der Pubertät sei das eigene Zimmer die wichtigste Intimzone.

Zinos glaubte, er würde mit Ordnung, seinem Fleiß und der Tatsache, dass er sich Zeit mit dem Erwachsenwerden ließ, die Eltern über die ständige Abwesenheit des Bruders hinwegtrösten.

Nach wie vor gewährte dieser keine Einblicke in sein Treiben außer Haus. Eines Nachmittags, als Zinos wie immer gewissenhaft am Schreibtisch saß und seine Hausaufgaben erledigte, hörte er seinen Bruder schon im Flur zu jemandem sagen:

»Hier rein, Süße, meine Mutter lernst du wann anders kennen. Die hat die Hände voll Hack, und du hast nicht das Richtige an.«

Zinos drehte sich nicht um; erst als es auf dem Linoleum

ein paar Mal klack, klack! machte, wandte er seinen Kopf und entdeckte etwas Großes, Schönes, Grelles, das stark duftete – Daniela.

Sie war wie ein Mädchen aus einer *Bravo*-Foto-Lovestory – in Farbe! Ihre Haare: blond, toupiert, voller Bändchen und Perlen, verdeckten ihre ganze linke Gesichtshälfte. Mit ihrem rechten Auge schaute sie kühl herab; es war metallic blau geschminkt. Ihre Lippen glänzten. Sie trug ein kurzes Kleid, das nur aus Tüll bestand. Lackpumps machten dieses angenehme Klack-klack-Geräusch.

Zinos sprach kein Wort mit ihr. Trotzdem wurde sie seine erste große Liebe.

Einmal ließ sie ihren Walkman auf Illias' Bett liegen. Zinos roch an dem Schaumstoff der Kopfhörer, setzte sie auf und drückte auf Play. Es erklang *I want to be your man* von Roger. Es wurde sofort sein Lieblingslied, und er fing beinahe an zu weinen.

Wie ein Süchtiger atmete er den Duft von Danielas Parfüm ein, während sie klack, klack! machte. Ihre Besuche bescherten Zinos endlich das, was alle anderen Jungs in seiner Vorstellung schon lange gehabt hatten: den Traum, aus dem man aufwacht, weil einem etwas passiert war. Er war zu der Zeit fast vierzehn und hatte schon befürchtet, nicht richtig zu funktionieren.

Als er sich in dieser Angelegenheit einmal bei Illias erkundigt hatte, behauptete dieser, schon mit neun eine ganze Colaflasche vollgewichst zu haben, an nur einem Tag. Zinos hatte seitdem, mit einer Colaflasche in Reichweite, einige Mal versucht, etwas herauszubekommen. Doch das Ergebnis war nichts weiter als ein wunder Pimmel – und ein Gefühl der Erniedrigung.

Mit Daniela aber ging dann alles ganz schnell. Zum ersten Mal verlor er das Interesse an Schulnoten. Und er wusste plötzlich: Ein Mann zu werden bedeutet nicht mehr und nicht weniger, als seinem Körper und seinem Herzen ausgeliefert zu sein.

Er fragte sich, wann Illias wohl in der Pubertät gewesen sein mochte. Wahrscheinlich hatte er auch sie einfach nur besiegt. Außerdem war Illias ein Lügner. Niemals würde jemand alleine eine ganze Flasche mit Sperma füllen können. Er verkniff sich, seinen Bruder darauf hinzuweisen. Aber er fragte ihn seitdem nicht mehr um Rat.

Illias predigte trotzdem immerzu: »Wer keine Angst hat, kann nicht mutig sein!«

Und er sagte auch: »Wenn dir jemand schwul kommt, Zini, sag mir Bescheid, den brech' ich ab!«

Eine Zeit lang erfuhr Zinos, wenn auch keinen Wachstums-, so doch einen Popularitätsschub, da es sich in der Schule herumgesprochen hatte, dass Illias sein Bruder war. Sogar von Thomas Neumanns Clique wurde er zum Skateboarden mitgenommen. Zinos hatte kein eigenes Board und konnte seine Eltern nicht davon überzeugen, ihm eins zu kaufen. Er hatte keine Ahnung, wie Illias davon Wind bekommen hatte. Eines Morgens aber wachte er mit einem Skateboard im Arm auf.

Zinos übte fleißig und wurde beinahe fester Bestandteil der Clique um Thomas Neumann, der in einer großen Altbauwohnung in der Wohlers-Allee lebte. Einmal, nach der Schule, hingen sie dort mit ein paar Jungs rum. Da stellte Thomas plötzlich eine Vase in die Mitte des Zimmers und ordnete an, dass um die Wette gewichst werden solle.

Wer verlor, musste Gras kaufen gehen.

In den nächsten Tagen wurde Zinos in der Schule ignoriert, und ein unbeliebtes Mädchen steckte ihm, dass Thomas rumerzählte, Zinos habe einen Schwanz, so klein wie ein Radiergummi und habe deshalb nicht vor den anderen wichsen wollen.

Zinos erzählte Illias davon. Der sprang auf und brüllte: »Ich hab dir doch gesagt – wenn dir jemand schwul kommt, sollst du Bescheid sagen! Dein Ding geht niemanden was an, klar? Und selbst wenn du gar keins hättest oder zwei Säcke – das muss keiner wissen!«

»Aber ich habe einen Schwanz, der ist okay, ehrlich«, murmelte Zinos, ohne zu wissen, ob das stimmte.

Später fiel ihm auf, dass er seinen Bruder zum letzten Mal als kleines Kind nackt gesehen hatte. Warum hatte Illias seinen Schwanz seitdem versteckt? Es passte nicht zu ihm. Plötzlich war alles klar: Sein Bruder musste mindestens zwei Säcke haben. Denn er war der größte Bruder, den man haben konnte.

Irgendjemand schlug Thomas Neumann zusammen und trat ihm so heftig in die Eier, dass er ins Krankenhaus musste.

Zinos wurde allmählich respektiert, hatte aber noch immer keine richtigen Freunde. Das Skateboardfahren ersetzte er durch Essen. Besonders groß wurde sein Appetit, als Illias eines Tages plötzlich verhaftet wurde. Polizisten kamen in ihr Zimmer und beschlagnahmten sämtliche Kartons.

Zinos hatte nie darüber nachgedacht, dass das, was sein Bruder trieb, so verboten sein könnte, dass man dafür ins Gefängnis kommen konnte. Man konnte. Die Sachlage war eindeutig und die Verhandlung schnell beendet.

Nun hatte Zinos ein eigenes Zimmer. Seit es ein begehbares Schließfach gewesen war, hatte ihre Mutter dort nicht mehr geputzt. Nun saugte sie exzessiv Staub, rückte alle Möbel beiseite, wischte stundenlang und putzte das Fenster, bis sie einen Krampf im Arm bekam. Dazu sang sie den ganzen Tag theatralische griechische Lieder. Sie wusch die Gardinen bei fünfundneunzig Grad, bügelte, zog die Betten ab, hängte die Matratzen aus dem Fenster und besprühte alles, was ihr in die Hände fiel, mit dem Raumspray *Grüner Apfel*.

Von nun an schlief sie selber häufig in Illias' Bett – weil der Vater seit der Verurteilung seines ältesten Sohnes im Schlaf vor sich hin schimpfte; manchmal brüllte er sogar.

Da Zinos immerhin schon fast siebzehn war, wäre dies eigentlich der Zeitpunkt gewesen, um sich von seiner Mutter zu lösen. Stattdessen übernachteten sie nun beide, so wie früher in der ersten Wohnung der Familie, in einem Zimmer. Zu Zinos Erstaunen machte ihn das glücklich. Nach wenigen Wochen aber zog sie wieder zurück ins Ehebett, denn der Vater murmelte nur noch ab und zu – und hörte sofort damit auf, wenn die Mutter ihm die Wange streichelte.

Zinos schätzte seine Mutter und ganz besonders ihre Küche, mit all den köstlichen Kohlehydraten und Fetten. Sie war eine Meisterin der Aufläufe. Gekonnt variierte sie Hack, Nudeln, Kartoffeln, Gemüse, Tomaten-, Käse- und Sahnesoße. Zinos wärmte sich bis zu dreimal täglich etwas auf und aß davon gerne nachts und vor der Schule auch kalt: aus der Tupperwaredose im Kühlschrank. Ihr griechisches Essen machte nicht einfach nur satt, es stellte ruhig.

So dämmerte Zinos ein paar Monate vor sich hin – bis er oben auf dem Einbauschrank eine Tüte mit einem nagelneuen Atari-Computer entdeckte. Die Polizei musste sie übersehen haben, und seine Mutter hatte stoisch drum herum gewischt. Der Atari wurde Zinos bester Freund. Aus den Pickeln im Gesicht und auf dem Rücken war Akne geworden. Der vom Doktor versprochene Wachstumsschub kam tatsächlich, und mit ihm kam auch das Testosteron, und zwar im Überfluss.

Er war zu einem wabbeligen Antityp geworden, der nicht Pickel, sondern Abszesse im Gesicht hatte, dessen lange Haare nachfetteten, kaum waren sie nach dem Waschen getrocknet, und dessen größte Freude es war, sich schon vor der Schule Bifteki, Pastitsio und Moussaka in den Mund zu stopfen und alles mit Erdbeer-Kaba hinunterzuspülen.

Zinos rechnete nicht mehr damit, dass Mädchen je an ihm interessiert sein könnten. Und trotz des Wachstumsschubs war bei einseinundsiebzig Schluss. Zwei Mädchen in seiner Klasse waren noch immer größer als er.

Ein wenig Hoffnung schöpfte er dank Prince, mit dem er neben einer geringen Körpergröße auch den Frauengeschmack teilte. Er träumte von all den Frauen, mit denen Prince sich umgab, und verlor sich stundenlang in dessen Fickballaden. Und die Frauen waren sinnlich und versaut, dabei aber romantisch und treu. Am liebsten machte Zinos es mit Apollonia zu den Klängen von *International Lover*, *Adore*, *Pink Cashmere* und *Darling Nikki*.

Wenn er aus der feuchtheißen Geborgenheit Apollonias in sein Zimmer zurückkehrte, überfiel ihn manchmal Frustration – und Scham. Und obwohl er noch immer den größten Halt in der ordentlichen Schularbeit fand, merkte er, dass diese Art von Streben, dessen nächster Schritt das beste Abitur wäre, ihn längst nicht mehr glücklich machte.

Er bat seinen Philosophielehrer, der auch der Vertrauenslehrer der Schule war, um Rat.

Herr Brigge saß unter einer surrenden Hundert-Watt-Birne und riet Zinos, sich doch einmal etwas zu trauen. Zum Beispiel, um die Fantasie anzuregen, eine Aufgabe einmal *nicht* perfekt zu erfüllen! Man dürfe sich nicht immer fragen, was andere von einem erwarteten! Begeistert reckte Herr Brigge seine Faust in die Höhe, als hätte er in einer olympischen Disziplin den Weltrekord aufgestellt.

Was andere von ihm dachten, war tatsächlich etwas, das Zinos ziemlich verunsicherte. Doch was war, wenn er nur noch machte, was er wollte, ohne dabei an die anderen zu denken – und dann ging alles schief? Herr Brigge schien ganz begeistert darüber zu sein, dass Zinos voller Ängste und Zweifel steckte. Er legte ihm die Hände auf die Schultern und sagte:

»Verunsicherung ist der erste Schritt zur Erkenntnis.«

»Aber was für eine Erkenntnis? Erkenntnis zu was denn, Herr Brigge?«, rief Zinos aufgeregt.

»Die Erkenntnis darüber, was du willst – und was nicht. Nur dieses Wissen führt dich sicher durch dein Leben. Denn das Leben ist eine Komposition aller Entscheidungen, die man trifft.«

Nichts war je einleuchtender gewesen als Herrn Brigges Worte in diesem Moment. Und wie auf Kommando brannte die Glühbirne über den Köpfen der beiden durch.

Zinos entschied schon bei der nächsten Schulaufgabe umzusetzen, was Herr Brigge ihm geraten hatte. Seine Unsicherheit wies ihm den Weg. Jetzt musste er ihr nicht mehr, ja, er *durfte* ihr nicht mehr ausweichen.

So wie Illias gesagt hatte: »Wer keine Angst hat, kann nicht mutig sein!«

In Geschichte bekamen sie die Hausaufgabe, die wichtigsten Ereignisse des eigenen Geburtsjahres aufzuschreiben. Zinos entschied alles Politisch-Historische beiseitezulassen und schrieb in seinem Aufsatz über die Gründung von AC/DC und über den Vogel des Jahres 1973, der der Eisvogel gewesen war. Er las seinen Aufsatz laut vor, und zum ersten Mal brachte er seine Mitschüler zum Lachen. Er bekam sogar Applaus. Der Geschichtslehrerin entglitt zwar ein Lächeln, trotzdem gab sie ihm eine Fünf.

Es war die schlechteste Note, die er je bekommen hatte. Trotzdem hatte er keine Angst – sondern war bloß verunsichert. Zinos war bereit. Wofür, das wusste er zwar noch nicht, aber das machte ja nichts, denn Verunsicherung war ja der Wegweiser!

Immer wieder hörte er Herrn Brigges Worte: »Nur wenn du deine Unsicherheiten erkennst, erkennst du dich selbst!«

Unter all dem Speck und der Akne lauerte ein hübsches Bürschchen. Genau wie Illias trotz allem klug sein konnte, konnte Zinos auch ein gut aussehender Typ sein. Er beschloss, eine Mischung aus Prince und Herrn Brigge zu werden.

Doch Zinos' neue Kühnheit wurde bald erheblich gestört.

An seinem achtzehnten Geburtstag weckten seine Eltern ihn frühmorgens. Sie strahlten so, als hätten sie selbst Geburtstag oder gerade eine Marienerscheinung gehabt. Zinos bekam ein Stück kalten Nudelauflauf, Mokka und Erdbeer-Kaba ans Bett. Dann schoben sie ihn aus der Wohnung und in den Volvo. Die Fahrt ging raus aus Altona in Richtung Innenstadt.

Sie hielten bei der Musikhalle, liefen ein Stück und blieben schließlich in der Nähe des Gänsemarktes vor einem schäbigen Altbau stehen. Sein Vater zückte einen Schlüssel. Ganz oben angekommen, schloss er die Tür zu einer wirklich kleinen Wohnung auf. Es war nur ein Raum mit Miniküche, in deren Ecke auch noch eine Duschkabine untergebracht war. Es gab kein Bett, aber Zinos' Vater zog und rüttelte plötzlich an dem riesigen gemusterten Sofa, wobei er die ganze Zeit über »Warte, warte, warte!« rief. Er war erst wieder still, als sich das Bettsofa in seiner ganzen multifunktionalen Pracht entfaltet hatte.

Zinos wurde wieder nach draußen gezerrt, wo seine Eltern auf das mit Geschenkpapier beklebte Klingelschild deuteten und das Papier abrissen. Da stand es: ZINOS KATSANZAKIS. Shit. Zinos wollte doch gar nicht ausziehen! Es war verstörend, wie seine Eltern sich freuten. Vor allem, als sie mit der ganzen Wahrheit rausrückten. Die Eigentumswohnung war nämlich eher ein Geschenk an sie selber – an ihre Freiheit. Sie hatten die Tickets für die Rückkehr nach Griechenland längst gekauft. Zinos protestierte. Er argumentierte, sie könnten jetzt nicht abhauen, sonst entginge ihnen die volle Rente. Doch Zinos' Vater, der noch immer das Deutsch eines Vorbeiziehenden sprach, brachte es mit seinem ersten und letzten Satz in korrektem Deutsch auf den Punkt:

»Besser arm an Land als reich auf See!«

Schon in zwei Wochen würden sie sich für immer aus Deutschland verabschieden. Zinos flehte, sie sollten ihn mitnehmen, aber seine Mutter beschwor ihn zu bleiben: wegen der Schule, wegen des Studiums. Er solle Arzt werden und dann nach Griechenland kommen, die Praxis des alten Jorgos übernehmen, dessen Sohn ja zum Leid des ganzen Dorfes lieber Schlachter geworden sei. Zinos rief, er wolle auch lieber Schlachter werden. Oder Rennfahrer, Korbflechter, Vogelschützer. Aber er werde nicht Medizin studieren, nur weil der junge Jorgos mache, was er wolle. Oh, nein! Er wolle nicht die Verantwortung für die Gesundheit von ein paar Hundert Griechen übernehmen.

Zinos warf seine Eltern aus der Wohnung.

Nach ein paar Minuten ließ er sie wieder rein, denn sie hatten geklingelt.

Den Rest des Tages verbrachten sie gemeinsam in Zinos' neuem Reich. Sie redeten kaum. Seine Mutter machte Nudelauflauf – den besten, den sie je gemacht hatte. Zinos aß, weinte – und beschloss, sich erst dann wieder satt zu essen, wenn er ein glücklicher Mensch geworden war. Er musste irgendetwas unternehmen, um nicht vor Einsamkeit unterzugehen. In dieser Situation übergewichtig zu sein, war sicher kein Vorteil. Der Drang, selbst Geld zu verdienen, wuchs mit jedem Kilo, das er verlor. Und von dem Startgeld, das seine Eltern ihm gegeben hatten, war nur noch ein einsames Fünf-Mark-Stück übrig. Zinos gingen bald nur noch halbe Gedanken durch den Kopf, die sich schließlich auf einen einzigen Satz reduzierten:

»Ein Mann muss tun, was ein Mann tun muss.«

Er wusste nicht so recht, was das bedeutete. Aber er brach die Schule ab, um sich einen Job zu suchen.

REZEPT: NUDELAUFLAUF-PASTITSIO:

MAN BRAUCHT

- fünfhundert Gramm Makkaroni
- ein Kilo Hack
- hundertfünfzig Gramm Kefalotiri-Käse oder Parmesan
- drei Eier
- fünfzig Gramm Butter
- Semmelbrösel
- eine große Zwiebel
- eine große Dose Tomaten
- einen Esslöffel Tomatenmark
- ein Bund Petersilie
- zehn Esslöffel Olivenöl

FÜR DIE SOSSE

- sechs Esslöffel Butter
- sechs Esslöffel Mehl
- einen Liter Milch
- Salz, Pfeffer
- Muskatnuss
- drei Eier

ZUBEREITUNG

Zwiebeln, Tomaten und Petersilie hacken. Das Öl in einem Topf erhitzen, Zwiebeln und Hack zusammen anbraten. Petersilie, Tomaten, den Saft und das Mark dazu, salzen, pfeffern, rühren. Deckel drauf und etwa eine halbe Stunde einkochen lassen. Beiseite stellen, damit das Ganze abkühlt.

Käse reiben, ein Viertel davon mit den Eiern verrühren, in den Topf geben und gut umrühren.

Die Makkaroni nicht zu weich kochen, die Butter und den Rest Käse daruntermischen.

Den Backofen auf zweihundert Grad vorheizen.

In einem Topf die Butter für die Soße zerlassen, Mehl mit einem Schneebesen nach und nach unterrühren und anschwitzen. Bei geringer Temperatur langsam die Milch zugeben und köcheln lassen. Wenn die Soße sämig ist, den Topf vom Herd nehmen, würzen und die verquirlten Eier drunterrühren.

Eine Auflaufform einfetten und mit Semmelbröseln ausstreuen. Die Hälfte der Makkaroni verteilen, dann das Hack mit den anderen Zutaten darauf verteilen und mit den restlichen Makkaroni bedecken. Die Soße obendrauf und für ungefähr vierzig Minuten im Ofen garen lassen, auf jeden Fall so lange, bis die Oberfläche braun ist.

Dazu schmeckt jedes Getränk. Zum Beispiel Bier, Rotwein, Fruchtsaft, Spezi, Kakao und Erdbeermilch. Ouzo, Raki, Wodka oder Ähnliches besser danach trinken. Wenn man sich gern besonders lange matt und satt fühlen will, sollte man etwas aus der ersten Reihe dazu trinken und auf den Schnaps verzichten. Den Nudelauflauf unbedingt auch lauwarm probieren; dabei fernsehen oder folkloristische Musik hören! Und morgens sollte man ihn auch einmal gleich nach dem Aufstehen probieren, nachdem er in Alu- oder Frischhaltefolie über Nacht im Kühlschrank gestanden hat.

Auf Landgang

»Dein Schiff geht sogar im Hafen unter.«

Bevor er sich weiteren Gedanken über einen Arbeitsplatz hingab, erwog Zinos den Verkauf von Dingen aus seinem Privatbesitz. Am einträglichsten erschien ihm seine Plattensammlung. Im Gegensatz zu Illias war Zinos immer gut mit seinen LPs umgegangen. Er hatte sie stets wieder in die Schutzhülle gesteckt und möglichst selten gehört. Trotzdem waren Illias' Platten begehrter – ausnahmslos amerikanische Hip-Hop-Alben, mit denen er seine Jugend beschallt hatte.

Zinos einzige musikalisch wertvolleren LPs – von Prince und Michael Jackson – waren alle noch bei *World of Music* erhältlich. Immerhin nahm Zinos genug Geld ein, um sich einen Großeinkauf im Supermarkt leisten zu können. Die Carrerabahn wurde er dann mit ein paar anderen Sachen bei einem Hallenflohmarkt los. Nachdem Zinos schließlich auch seinen geliebten Ghettoblaster – dessen zweites Kassettendeck nicht mehr zuging – viel zu billig an ein paar Dreizehnjährige am Jungfernstieg verkauft hatte, nur um sich Burger und Pommes leisten zu können, entschied er, dass er nicht zum Händler geboren war. Doch ihm fehlte die Inspiration für Neues.

Er schlich sich am Gänsemarkt durch den Notausgang ins Ufa-Kino. Die Nachmittagsvorstellung war gerade zu Ende, und ein paar Senioren, die sich in den fensterlosen Gängen verirrt hatten, kamen wie so oft durch die Notausgänge an der Rückseite des Gebäudes heraus. Zinos hielt ihnen höflich die Tür auf, um dann selbst hineinzuschlüpfen. Er kannte die verwinkelten, mit wild gemusterten Tapeten verkleideten Gänge des Kinos gut. Immer, wenn er hier mit Illias gewesen war, hatten sie sich von einem Kinderfilm in einen ab sechzehn oder achtzehn geschlichen und jeden Winkel des Gebäudes erkundet.

Heute Nachmittag war es Zinos ziemlich egal, wo er landen würde. Er betrat den ersten Saal, dessen Tür offen stand. War man erst einmal drin, wurde man nicht mehr kontrolliert. Ganze drei Besucher saßen versetzt hintereinander.

Es wurde dunkel. Der Vorhang mit psychedelischem Muster öffnete sich; dann kam die erste Werbung: Ein verschwitzter dunkelhaariger Typ in der Wüste nähert sich einer überdimensionalen Plakatwand, auf der eine riesige Colaflasche zu sehen ist. Er greift nach der Flasche, trinkt sie aus und fühlt sich danach cool und stark.

Zinos stand auf und lief in den nächsten Saal – um die gleiche Werbung noch mal zu sehen. Insgesamt schaffte er es an diesem Nachmittag, viermal den Typen in der Wüste zu sehen, der bloß einen Schritt zurücktritt und damit seine Perspektive ändert, um zugreifen zu können. Diese Werbung sendete Zinos eine konkrete Botschaft über das Leben, so wie es sonst nur Illias vermochte.

Wie damals, als Illias ihn über die Liebe aufklärte: »Viele kleine Lieben machen dich immun gegen die eine große Liebe, Zini. Im Leben geht es immer um Geld oder Leben, und eine Frau will beides von dir. Also darf die Muschi nie die Macht über dich bekommen.«

Die Colawerbung konnte nur bedeuten, dass Zinos Abstand zu seinem Schmerz bekommen musste, um zuzugreifen, das Leben packen und genießen zu können.

Als Erstes musste er sich also einen Job nehmen, damit er endlich mal durch die Vordertür hereinkommen konnte – nicht nur im Kino. Er musste Geld verdienen. Es war an der Zeit, sich selbst zu verkaufen, das machten doch fast alle Menschen; so schlimm konnte es also nicht sein. Seine Arbeitskraft würde er nicht vermissen – jedenfalls nicht so, wie seine *Räuber Hotzenplotz*-Platte. Es war seine Lieblingsplatte gewesen, und sie hatte auch das meiste Geld gebracht. Er war danach so traurig, dass er sich einen Tag später *Räuber Hotzenplotz* als Kassette kaufte, anstatt etwas zu essen. Und jetzt hatte er nicht mal mehr einen Kassettenrekorder. So konnte es unmöglich weitergehen.

Zinos Katzanzakis verließ das Kino durch die Vordertür. Er machte die Augen zu und beschloss, in die Richtung zu gehen, aus der er das nächste Auto kommen hören würde. Am ersten Ort, der in dieser Richtung auf seiner Straßenseite lag und an dem man Geld verdienen konnte, würde er nach Arbeit fragen.

Ein wenig unentschlossen stand Zinos kurz darauf vor einem winzigen Laden, über dessen Schaufenster stand: EI, EI – OVALES RUND UMS EI. In der Mitte des Schaufensters waren Eierbecher zu einer Pyramide aufgetürmt, daneben lag ein ovales Kochbuch. Alle möglichen mit Eimotiven verzierten Dinge standen auf einem Podest. Zinos spazierte weiter, vorbei an einer langen Häuserfront ohne Eingang. Nicht weit entfernt lag der Bahnhof, und Zinos befürchtete bereits, in der McDonald's-Filiale zu enden. Kurzfristig gestattete er sich drei weitere Verweigerungen – da stieg ihm der Geruch von etwas Schmackhaftem in die Nase. Zinos merkte, wie hungrig er war. Es roch hier auf der Straße so herrlich nach gebratenem Fleisch, dass Zinos sich ein riesiges Stück frisches Weißbrot vorstellte, das er in eine Pfanne in öligen Bratensatz drücken würde. Er wollte essen, bis er nicht mehr sprechen – und nicht mehr denken konnte.

Über dem Eingang des Restaurants prangte ein Schild mit geschwungener Leuchtschrift: PAVESES PIZZA PALAST. Genau in dem Moment, als Zinos' Blick darauf fiel, fing es zu blinken an. Er trat ans Fenster, ein kurviges Mädchen versah die vielen kleinen Tische mit rot-weiß karierten Deckchen, wie Zinos sie aus Bud-Spencer-Filmen kannte. Als der Vater damals einen Videorekorder gekauft hatte, wurden alle in der Familie gleichermaßen abhängig davon.

Zinos stand eine Weile einfach nur da und wollte das schöne runde Mädchen nicht stören. Sie strich die Deckchen auf den Tischen glatt, als würden die ersten Gäste frühestens morgen kommen. Das Mädchen kam plötzlich auf den Eingang zu und sperrte drei Schlösser auf. Als die Tür sich öffnete, sah sie Zinos an, ohne eine Miene zu verziehen.

»Kann ich was für dich tun?«

Ihr Gesicht war aus der Nähe noch schöner. »Ja, äh … Ich wollte nur fragen, ob ihr eine Aushilfe braucht oder so.«

»Oder so?«, meinte sie und zog die Augenbrauen hoch. Zinos fragte sich, um wie viele Jahre sie älter war als er.

»Arbeit eben. Egal, was.«

Er zuckte ein bisschen zu oft mit den Schultern und kratzte sich am Bein, obwohl es gar nicht juckte.

»Hast du schon mal Gastro gemacht?«, fragte sie etwas netter.

»Ähm, ich hab meiner Mutter schon in der Küche ausgeholfen.«

Sie lachte.

»Na dann. Der Chef ist hinten, komm rein und warte kurz, ich guck mal, ob er Zeit hat. Wir könnten wirklich jemanden brauchen. Ab Winter ist wieder mehr los, wegen Kino, und weil die anderen ihre Terrassen schließen.«

»Ich brauche einfach nur dringend einen Job – egal, was.«

»Klingt gut. Willst du was trinken?«

»Gerne, 'ne kalte Cola aus der Flasche.«

Sie bat ihn herein und stellte ihm eine Flasche auf einen Tisch, der etwas abseits stand und nicht eingedeckt war.

»Das ist der Personaltisch, du kannst dich ruhig setzen.«

»Dann sieht das wohl gut für mich aus.«

Sie verzog keine Miene und sagte:

»Vielleicht. Ich bin übrigens Bo.«

»Wie Bo Derek?«

»Nee, wie Bogdana, ich bin Jugo.«

»Aha, tut mir leid.«

»Wieso?«

»Na ja, ist doch Krieg bei euch.«

»Ja, aber damit hab ich doch nichts zu tun. Wir haben unser Ferienhaus in Kroatien; jetzt können wir natürlich nicht mehr hin. Ich find's beschissen, ich war diesen Sommer in Griechenland. Last Minute, all inclusive. Ich war drei Wochen besoffen und fast nur nachts am Strand.«

»Ich bin Grieche. Zinos übrigens.«

»Ich dachte, ihr heißt alle Jannis und Jorgos. Ich hab schon mit drei Jannis was gehabt! Beachparty, du verstehst …«

Zinos wusste nicht, was er dazu sagen sollte.

Illias hatte ihn vor solchen Frauen immer gewarnt. Bogdana verschwand nach hinten, und Zinos stellte sich ihren nackten Hintern unter der engen roten Schürze vor. Nach ein paar Minuten kam sie zurück, hinter ihr ein Typ, der tatsächlich ein bisschen so aussah wie der Typ aus der Colawerbung in der Wüste. Nur ungefähr zwanzig Jahre älter.

»Du willst also bei uns arbeiten, Zinos?«

Er gab Zinos nicht die Hand und setzte sich an den Tisch. Ohne eine Antwort abzuwarten, fuhr er fort:

»Warum hier?«

»Ich wohne hier in der Nähe.«

»Das ist schon mal gut. Bist du zeitlich gebunden, oder kannst du auch mal spontan einspringen?«

»Ich kann immer!«, sagte Zinos begeistert – und eine Spur zu laut.

»Warum? Studierst du nicht?«

»Nee.«

»Machst du was anderes?«

»Was denn anderes?«

»Was weiß ich – Schauspieler, Gitarrist oder so ein Quatsch! Also, was sind deine Interessen?«

»Ich hab grad keine Interessen – außer hier zu arbeiten.«

»Willst du – vielleicht Koch werden?«

»Ja, warum nicht!«

Zinos fand sofort, dass das eine gute Idee war.

»Hey!, Vorsicht! Ich bin nicht der Scheißberufsberater. Ich bin bloß Udo.«

»Sind Sie kein Italiener?«

»Nur halb. Mutter ist deutsch, Papa aus Turin. Ich bin Udo Pavese. Deswegen heißt der Laden ja auch so.«

»Wie?«

»Na, mein Palast! *Paveses Pizza-Palast*! Kannst du lesen? Mir egal. Hauptsache, du kannst hören. Du kannst morgen früh vorbeikommen, dann zeig ich dir alles. Du arbeitest richtig mit auf Probe beim Mittagstisch, da ist in der Küche genug los, um zu sehen, ob du 'ne Heulsuse bist oder nicht. Du kannst doch Salat waschen und auf Tellern verteilen? Zu jedem Essen gibt's hier Salat. Dressing machen wir mittwochs; der Eimer reicht die Woche. Richtiges Essen gibt's hier nur hinter den Kulissen. Unser Publikum will Pizza und Pasta nach Nummern und Salat in Streifen. Wer zahlt, kriegt seine Wünsche erfüllt, und Musik gibt's aus den Charts, dann bleiben die Leute länger und saufen weiter. Gute Musik läuft hier nur nach Feierabend! Magst du Innereien?«

Bo, die direkt hinter Udo stand, nickte mehrmals und hielt den Daumen hoch.

Zinos nickte und hielt ebenso den Daumen hoch.

»Auf jeden Fall, Leber und so.«

»Leber ist was für Anfänger.«

»Klar, ich esse alles, Herz, Magen, Darm, und besonders gern Blinddarm.«

Udo grinste, dann lachte er laut, tätschelte Zinos die Wange, stand auf und ging in die Küche. Kurze Zeit später kehrte er mit einem Teller voller Brotscheiben zurück, die mit einer braunen Paste bestrichen waren.

»Crostini di Fegato! Gutes mit Leber! Iss, mein Junge.«

Zinos war hungrig, also zerbrach er sich nicht den Kopf. Er begann zu essen, und es schmeckte ihm sehr.

Pavese hob die Colaflasche an und sagte: »Was soll das hier?«

Bo zog ihm die Flasche aus der Hand und brachte Zinos ein Glas Rotwein. Sie hatte den besten großen Hintern. Ihn nur anzusehen ließ alles, was man gerade aß, nur noch köstlicher werden.

Dann strömten die ersten Gäste ins Lokal. Die Bedienungen liefen flink zwischen den Tischen umher, trugen Unmengen von Tellern, dazu lief Dance-Pop, irgendwas von Snap. Pavese war mit dem leeren Teller in der Küche verschwunden. Niemand verabschiedete sich von Zinos. Er wollte noch einen Schluck Wein trinken, da riss ihm Bo den Tisch fast unter dem Glas weg.

»Tut mir leid, den brauchen wir, und deinen Stuhl brauchen wir auch. Bis morgen!«

Bo war mindestens fünf Jahre älter als er. Wahrscheinlich sogar schon fast dreißig. Er würde hart arbeiten. Zu Hause legte er sich sofort ins Bett und hörte noch ein bisschen Musik aus dem Radiowecker. Zum ersten Mal freute er sich über *Rhythm is a Dancer* von Snap. Bo lief dazu mit ihrem großen Hintern um die Tische und zwinkerte ihm zu. Zufrieden schlief er ein und wurde kurz darauf von einem Lied geweckt, das aus der Wohnung seines Nachbarn dröhnte: *Ice Ice Baby* von Vanilla Ice. Dieser Nachbar tanzte anscheinend wild dazu herum. Um drei Uhr morgens. Als dann auch noch *We want some Pussy* von 2 Live Crew und die ersten Töne von *Me, so horny* erklangen, stand Zinos in Boxershorts vor der Nachbartür und klingelte Sturm, bis ein Typ in Unterhose öffnete.

»Ey, ich habe schon geschlafen!«

Der Typ fuhr sich durch die Haare und streckte Zinos die Hand entgegen.

»Olli erst mal.«

Ollis Hand klebte.

»Ich bin Zinos – und ich will jetzt schlafen.«

Zinos hielt die Hand weg von seinem Körper. Einen Stock tiefer forderte eine Frau lauthals brüllend ihre Ruhe.

»Ich fang morgen früh einen neuen Job an, ich muss jetzt pennen«, sagte Zinos.

»Ey, sag das doch gleich. Was für einen Job denn?«

»In der Küche im Pizzaladen, hier um die Ecke.«

»Bei Udo?«

»Genau.«

»Dann sind wir Kollegen. Ich mach da am Wochenende Bar.«

»Cool, dann kenn ich schon drei, die da arbeiten.«

»Wen denn noch?«

»Bo.«

»Pass bloß auf. Die ist gefährlich.«

»Warum das denn?«, fragte Zinos.

»Also, die würde ich nicht mal mit einem Strahlenschutzanzug anfassen. Aber Bo macht den besten Service, sie macht bessere Cocktails als ich. Und sie kann sogar mit Innereien kochen. Udo hat's ja damit. Musstest du schon seine Crostini di Fegato probieren?«

»Ja.«

»Und, hast du aufgegessen?«

»Ja, es hat sogar geschmeckt.«

»Dann sag ich dir was, Kleiner: Du hast den Job! Und du kannst morgen gleich den Salat auf die Teller klatschen, sandiger als ein Karibikstrand. Wie alt bist du eigentlich?«

»Volljährig.«

»Geil. Ich hab nur noch sieben Jahre bis dreißig. Scheiße, Mann, es gibt kein Zurück.«

In diesem Moment setzte *Get off* von Prince ein.

»Ich mag Prince«, sagte Zinos.

Olli sang: »*Twenty-two positions in a one night stand* ...« und meinte dann: »Wir verstehen uns, du bist also auch ein *Sexy Motherfucker*!«

Der Radiowecker weckte Zinos mit Dr. Albans *Hello, Africa.*

Er stand sofort auf, trank heißes Wasser aus der Leitung – Kaffee gab es schon seit Tagen nicht mehr –, und dann duschte er so lange und so heiß, bis er keine Luft mehr bekam. An frische Klamotten hatte er allerdings nicht gedacht. Das einzig Saubere waren ein T-Shirt mit der Aufschrift HEIDEPARK, das er eigentlich nur zum Schlafen trug, und eine Jeans, die seit einigen Wochen etwas zu weit saß. Einen Gürtel besaß er nicht, doch er fand den Schuhkarton voller Frotteestirnbänder. Früher hatte er wegen der Akne auf der Stirn jeden Tag eins der Stirnbänder getragen. Er zerschnitt ein paar davon und band sich daraus einen Gürtel.

Zum ersten Mal in seinem Leben schob er das Bett zu einem Sofa zusammen. Er zog eine alte, zu große Kapuzenjacke von Ilias an und sprang die Treppen runter. Mit seinem letzten Fünf-Mark-Stück erwarb er ein Käsebrötchen mit Salatblatt.

Aufgeregt betrat er den *Pizza-Palast.* Er grüßte laut in die Runde und erwartete, dass Pavese ihn mit großen Worten und Gesten in die Geheimnisse der Küchenarbeit einweisen würde. Der aber war, wie alle anderen auch, schwer beschäftigt und würdigte Zinos keines Blickes.

Ein braun gebrannter Typ mit Schnauzbart, der seinen Namen nicht nannte, drückte Zinos eine Schürze in die Hand, deutete auf eine Tür, wies ihn mit spanischem Akzent an, seine Sachen in die Kammer zu werfen. Eine Putzfrau, die gerade ihre Feierabendzigarette rauchte, sagte, Sergio habe den Schlüssel dafür. Das sei der mit den schwarzen Haaren. Zinos hängte seine Jacke an die Gästegarderobe.

Die Schürze war frisch gewaschen, hatte trotzdem noch Schmutzflecken und roch nach *Grüner Apfel.* In der Küche amüsierte sich der Spüler über die riesige Schleife, die Zinos gebunden hatte. Er sagte mit einem nicht einzuordnenden Akzent, Zinos sehe aus wie ein Geburtstagsgeschenk.

Pavese kam in die Küche, tätschelte Zinos die Wange und meinte, er solle zunächst die Tagessuppe in Schüsseln verteilen und in der verbleibenden Zeit zuschauen, wie es in der Küche zugehe. Zinos hatte immer nur von oben geschöpft, er hatte die Suppe nie umgerührt, so war ihm entgangen, dass Unmengen von bunten Gemüsestücken in der Tiefe des Topfes ruhten. Pavese schnaufte, murmelte vor sich hin und schüttelte den Kopf. Er befahl, Zinos solle an seinem ersten Tag einfach nur zuschauen – und sonst nichts.

Am nächsten Tag gelang es ihm erstmals in den frühen Abendstunden, eine gerade Brotscheibe zu schneiden. Pavese war beeindruckt, wie man trotz einer so teuren Schneidemaschine so krumme Scheiben hinbekam. Er lachte Tränen. Zinos lernte, dass man den Teig des Brotes nur mit viel Mehl kneten konnte, wobei sich das meiste Mehl auf Zinos und einen Typen namens Rashad verteilte, der neben ihm stand und Gemüse hackte.

Schließlich wurde Zinos für die Spülmaschine eingeteilt. Er sortierte das Geschirr einfach irgendwie ein; niemand hatte es für nötig gehalten, ihm das zu erklären. Pavese war beeindruckt, dass Zinos das Geschirr so unvorteilhaft anordnete, dass nur etwa ein Viertel der üblichen Menge hineinpasste.

Seine letzte Chance war der riesige Topf voll Bolognesesoße. Pavese sagte:

»Stell dich hier hin, rühr dich nicht von der Stelle, rühr einfach um, lass es immer wieder köcheln, dann rührst du weiter. Mehr nicht.«

Diese Arbeit gelang Zinos vielleicht auch deshalb so gut,

weil ihn der Duft der Bolognese an den der Hacksoße erinnerte, die seine Mutter stets für den Nudelauflauf zubereitet hatte.

Er versank so sehr in das Rühren mit dem größten Kochlöffel der Küche, dass er alles andere vergaß und schon nach ein paar Tagen sichtbar mehr Muskeln im rechten Arm davon bekam. Von nun an wechselte er die Arme. Was ihn früher nur fett gemacht hatte, würde ihn nun stählen. Er war auf dem richtigen Weg. Und noch dazu war Spaghetti Bolognese mittags und abends das meistbestellte Gericht. Zinos hatte die Bolognese zwar nicht selber gekocht, aber es war erhebend, dass man ihm die Verantwortung dafür übertrug. Er war kein Streber mehr wie früher, sondern ein Typ, der mit Muskelkraft überzeugte.

Jeder Pastateller, den er persönlich gefüllt hatte und den kurze Zeit später eine der hübschen Kellnerinnen leer zurück in die Küche brachte, wurde zu einem heimlichen Triumph.

Bald musste sich Zinos nicht mehr auf das richtige Verhältnis von Rühren und Köchelnlassen konzentrieren. Er verstand plötzlich auch die anderen Abläufe in der Küche, beobachtete, erkannte, setzte alles schnell und richtig um. Bald war er sogar der Beste im Salatwaschen. Nur wenn Zinos den Salat gewaschen hatte, kamen nie Beschwerden über das eine oder andere Sandkorn; und ohne dass es ihm jemand gesagt hatte, entfernte er die äußeren welken Blätter.

Pavese legte Zinos die Hand auf die Schulter und nickte.

»Zu gewissenhaft kann arm machen. Aber du bist ein Guter, du hast dich festgebissen. Weiter so, bald darfst du an den Pizzaofen.«

In den ersten Monaten bei Pavese sprach außerhalb der Küche kaum jemand ein persönliches Wort mit Zinos. Es gab auch keine belegten Brote mehr. Meist ernährte er sich während der Arbeit von Soßen, Brotkanten, gehackten Tomaten und Petersilie. Nach der Schicht tischte Pavese manchmal noch für alle anderen auf, vor allem an den Wochenenden. Zinos verließ den Laden, kaum hatte er die Schürze ausgezogen. Niemand forderte ihn auf zu bleiben, kaum jemand erwiderte sein Auf Wiedersehen.

Irgendwann bekam auch Zinos einen Teller in die Hand gedrückt und hatte ab da seinen festen Platz in der Personalecke. Alle quatschten durcheinander, rauchten, tranken und aßen: geschmortes Kaninchen, Kalbfleisch in Marsala, gefüllte Artischocken, panierte Sardinen mit Salbei, Ossobuco, gegrilltes Huhn mit Peperoncino, Brokkoli in Weißwein, Pilze in Rotwein, glasierte Zwiebeln, Tintenfisch mit Erbsen und Spaghetti Vongole.

Oft arbeitete er zwei Schichten am Tag. Es machte ihm nichts aus. In der restlichen Zeit schlief er, hing manchmal bei Olli rum; dann einigten sie sich meistens auf Nirvana, Pearl Jam, Prince oder Guns N'Roses und kifften. Bei Pavese sprach auch Olli kaum ein persönliches Wort mit Zinos, aber kaum hatten sie das Lokal verlassen, waren sie so etwas wie Freunde. Wenn aber alle – außer Pavese – nach der Schicht noch feiern gingen, da Pavese kein Gesaufe in seinem Laden duldete –, bat Olli Zinos nie mitzukommen. Er hatte keine Ahnung, warum, und er hielt es aus.

Wenn er seinen Bruder im Gefängnis besuchte, bestärkte ihn Illias darin. Er gab Zinos den Rat, sich an das stärkste Glied in der Kette zu halten. Zinos verstand gar nicht, wovon Illias redete. So einfach war das nicht, denn während der

Arbeit war natürlich Pavese der Boss, und hinterher war Zinos nie dabei. Erklärungsversuche, er sei eben ein paar Jahre jünger als alle anderen, ließ Illias nicht gelten. Und jedes Mal fragte er Zinos zur Begrüßung, ob er Bo schon flachgelegt habe. Zinos fragte sich, ob sein Bruder wusste, dass er noch auf überhaupt keiner Frau gelegen hatte – nicht einmal angezogen. Seine Erfahrungen beschränkten sich auf Kusskriegen und Flaschendrehen, und das war jetzt auch schon ein paar Jahre her.

Eine Zeit lang besuchte Zinos seinen Bruder nicht mehr. Er fragte sich auch nicht mehr, wie er es in der Hierarchie bei Pavese nach oben schaffen konnte. Und sein Ziel, noch vor seinem neunzehnten Geburtstag im August nackt auf einer Frau zu liegen, wurde überstrahlt von der Sehnsucht nach einem Zungenkuss mit Bogdana.

Er war sicher, sie über alles zu lieben. Sie zwinkerte ab und zu in seine Richtung, und nachts, wenn Zinos schlief, leckte sie sich über die Oberlippe. Dann wachte er auf, und alles war vorbei.

Es war ein Samstag im März 1992.

Olli, Bo und die anderen hatten sich in die Nacht verabschiedet, und Zinos wischte so gründlich, wie Pavese es verlangte, alle Flächen der Küche. Heute Abend ließ er sich noch mehr Zeit. Er fürchtete sich davor, nach Hause zu gehen, wo seit dem Morgen ein ungeöffneter Brief seiner Eltern lag. Zinos hielt sich für das schwächste Mitglied seiner Familie. Seine Mutter, sein Vater und Illias dachten genauso, und ausgerechnet ihn hatten sie alle allein gelassen. Selbst Illias in seiner Zelle war weniger schwach und einsam als Zinos – einer wie Illias hatte immer seine eigene Stimme, die ihm Recht gab.

So zumindest hatte Zinos sich immer erklärt, warum Illias häufig lächelnd und mit seligem Blick vor sich hin nickte.

Illias hatte ihm immer gepredigt, Selbstmitleid mache Pudding aus ihm.

Zinos putzte jeden Millimeter Stahl, jede Ritze zwischen den Kacheln, jeden unsichtbaren Krümel wischte er mehrfach weg und überlegte dabei, ob er alleine ausgehen könnte, dorthin, wo die anderen waren, ins *Jamhouse* oder ins *Voulez-Vous.*

Da hörte er Paveses Stimme. Sie klang anders als sonst, aufgeregter. Zinos schaute durch das Bullauge der Küchentür. Pavese war nicht allein, eine etwas zerzauste blonde Frau saß an dem einzigen Tisch, dessen Stühle noch nicht hochgestellt waren. Sie saß einfach nur da und hörte Pavese zu, und sie sprach so leise, dass Zinos nicht mal den Klang ihrer Stimme hörte. Kurz darauf war sie verschwunden.

Pavese stand regungslos da, fluchte auf Italienisch, setzte sich, stand wieder auf und goss sich Fernet Branca in ein Rotweinglas.

Er trank ihn in einem Zug aus und legte eine Zigarette auf den Tisch. Er rollte sie mehrmals hin und her, hielt sie zwischen den Fingern, zündete sie aber nicht an. Zinos griff nach dem Gasanzünder und machte sich auf den Weg. Paveses Augen waren nass, sein ganzes Gesicht voller Tränen. Zinos verschwand schnell wieder in der Küche, doch Pavese rief nach ihm, befahl ihm, sich zu setzen, und ging zur Anlage hinter dem Tresen. Die Musik, die Pavese anmachte, war so schwermütig und kitschig, dass Zinos der Atem stockte. Das schaffte nicht mal Prince. Pavese fragte ihn, ob er auch etwas trinken wolle, schenkte ihm ein Zehntel seiner Portion ein und sagte:

»Du bist noch klein, zu viel davon ist nicht gut für dein junges Herz.«

Zinos nahm sich eine Zigarette. Pavese schüttelte den Kopf, gab ihm aber Feuer. Zinos hustete, und ihm wurde etwas schlecht. Nach ein paar Zügen und einem Schluck Fernet hatte er sich daran gewöhnt.

»Was ist das für Musik?«

»Donny. Donny Hathaways. *I love you more than you'll ever know*. Er weiß, was ich fühle. Er kennt den Schmerz der Liebe.«

»War wohl jemand Wichtiges«, versuchte Zinos ein Gespräch.

»Wer?«

»Die Frau eben am Tisch.«

»Frag bitte nicht danach. Sei still!«

Zinos wagte keinen Blick in Paveses Richtung. Die Lieder von Donny Hathaway liefen und liefen, und Paveses Tränen taten es ihnen gleich. Zinos erinnerte sich nicht, jemals in einer ähnlichen Situation gewesen zu sein. Er schenkte sich selber nach.

»Das eben«, sagte Pavese unvermittelt, »das war Sabine.«

»Ist sie deine Ex?«

Pavese rief wütend: »*Ex* – das klingt so einfach, nach einer Ordnung. Als ob es einfach vorbei wäre. Aber ich werde nie wieder eine andere lieben können. Und hätte ich das gewusst, ich hätte mir trotzdem nicht von ihr reinquatschen lassen. Ich würde alles wieder genauso machen. Obwohl ich bei jeder anderen an sie denke! Bumsen macht auch ohne Hoffnung Spaß! Liebe! Du bist doch verliebt in Bogdana! Ich habe gesehen, wie du ihr auf den Arsch guckst, morgens, mittags, abends. Genieß es! Irgendwann kommt eine, und es interessiert dich, was sie redet. Das macht dich verrückt! Sabine hat immer zu viel geredet, mich Materialist genannt, gesagt, ich müsste zu meinen Träumen stehen, um mich selbst zu lieben, damit ich sie lieben kann! Natürlich hab ich keine Lust, Essen nach Nummern zu verkaufen. Aber ich schulde nur mir selbst was. Wer beweist mir, dass ich glücklicher wäre in Turin, in meinem kleinen Lokal in einer Gasse, mit *Trippa alla Fiorentina* auf der Karte?«

Pavese wischte die letzte Träne aus dem Gesicht und schneuzte sich lange und laut mit einer Serviette die Nase. Nachdem er sich die Hände gewaschen hatte, machte er andere Musik an.

»Billy Paul: *Let 'em in*! Billy hat immer noch Spaß. Donny hat sich umgebracht. Ich glaube, er hat Roberta geliebt!«

»Roberta?«

»Roberta Flack! *The closer I get to you* haben sie zusammen gesungen. Hör es dir an, das ist Liebe«

»Was wollte Sabine? Seht ihr euch wieder? Aber wenn mich das nichts angeht – kein Problem.«

»Nichts angeht? Du weißt jetzt sowieso mehr als jeder andere, der hier arbeitet.«

»Ich behalte es für mich.«

Pavese starrte vor sich hin und sagte:

»Sie ist nicht verheiratet, aber sie hat einen Mann, einen verheirateten, einen Mann, der ihr nicht auf die Pelle rückt, und sie hat ein scheiß Baumhaus, irgendwo in Skandinavien. Sie vermietet es die Hälfte der Zeit und reist dann herum. Immer noch. Alles gut so. Aber ich rede zu viel, erzähl mal was von dir, Junge. Was ist mit Bo? Bist du verknallt?«

»Ich glaube, ich bin ihr zu jung.«

»Ich hab denen gesagt, sie sollen dich in Ruhe lassen, du bist noch zu klein für ihre Partys. Ich hab gesagt, ich feuere sie alle, wenn sie mit dir ausgehen.«

»Warum?«

»Weil ich dich irgendwie mag, weißt du! Du bist wie Peppo, er war ein intelligenter, aber theatralischer, selbstmitleidiger Junge mit einem großen Herzen.«

»Wer ist Peppo?«

»Mein kleiner Bruder. Als ich ihn zum letzten Mal gesehen habe, war er ungefähr so alt wie du. Er ist tot. Er war fünfzehn. Das ist zwanzig Jahre her. Du hast diesen Blick. Wie Peppo und Donny. Auf dich muss man aufpassen!«

»Wieso ist Peppo gestorben?«

»Weil er ein Idiot war. Er war verliebt, so wie du in Bo. Auch sie war älter als er! Er hat ihr Liebesbriefe geschrieben. Ich habe ihn bestärkt, sie abzuschicken. Damals war auch ich noch jung. Und ich dachte, jeder Frau würde das Herz aufgehen, wenn sie liest, was Peppo geschrieben hat. Sie hat die Briefe ans schwarze Brett in der Schule gehängt. Er hat sich betrunken und wollte so tun, als würde er sich erhängen, an einem Baum vor ihrem Fenster. Er stand auf einem Ast, der Ast ist abgebrochen. Und sie hat es nicht mal gesehen.«

»Das tut mir sehr leid – aber woher wusstest du, dass er sich nicht wirklich umbringen wollte?«

»Er hätte sein Leben nicht weggeworfen.«

Pavese machte die Musik aus und sagte, er müsse jetzt schlafen. Er bestand darauf, Zinos nach Hause zu fahren, obwohl es nur ein paar Straßen weiter war.

Am nächsten Tag betrat Zinos die Küche, band sich die Schürze um und stieg die Stufen zum Büro hinunter. Pavese tippte gerade etwas in einen riesigen Taschenrechner und brummte, Zinos solle ihn jetzt nicht stören.

»Ich wollte nur sagen … Ich erzähle niemandem, was du mir erzählt hast, du kannst mir vertrauen.«

»Was … was erzählst du niemandem?«

Pavese sah ihn nicht an, fuchtelte wild herum und sagte nur:

»Hast du nichts zu tun?«

Zinos rannte die steile Treppe wieder nach oben und begann mit der Arbeit. Nie war so viel los wie an diesem Tag. Niemand machte eine Pause. Nicht mal Olli schlich sich hinter die Müllcontainer im Hof, um eine zu rauchen.

In den nächsten Tagen blieb es so. McDonald's wurde renoviert, und das Kneipenrestaurant in den Colonaden war geschlossen worden. Pavese richtete kein persönliches Wort an Zinos. Er schien noch undurchschaubarer als zuvor.

Es war an einem dieser Tage, als Bogdana unten vor der Kellertür auf Zinos wartete. Sie selber hatte ihn nach einer Kiste Montepulciano geschickt. Und nun versperrte sie ihm den Weg zur Treppe. Zinos stellte den Wein ab und wusste nicht, wohin mit seinen Armen. Ganz dicht stand sie vor ihm auf der ersten Stufe, ihre Brüste auf Augenhöhe. Zinos hob den Kopf, um etwas zu sagen.

Sie stieg zu ihm runter und schob ihre große weiche Zunge in seinen Mund. Zinos dachte an nichts mehr – nicht einmal ans Küssen. Die große Liebe war so, wie Prince sie besang: versaut. Das Herz schlug in seinem ganzen Körper, vor allem in seinem Schwanz. Er wollte niemals kommen. Als sie seinen Hintern packte, war es vorbei.

»Nach der Schicht gehen wir aus, hast du Lust?«

»Ja«, sagte Zinos.

»An der Tür steht mein Cousin Dragan. Sag, dass du ein Kollege von mir bist – das Codewort lautet: *Little Red Corvette.*«

»Okay.«

»Und das hier eben bleibt unter uns!«, sagte sie, drehte sich um und stieg die Treppe hoch. Zinos ließ die Kiste Wein vor der Kellertür stehen und ging auf die Toilette. Kaum war er wieder oben, brüllte Olli von der Bar aus durch das noch leere Lokal.

»Ich hab gehört, wir lassen es heute Nacht krachen. Schön, dass du dabei bist! Das *Jamhouse* ist schärfer als Paveses Arrabiata.«

Von einem Moment auf den anderen war Zinos ein Cliquenmitglied geworden. Er genoss die Zeit, obwohl er wegen des vielen Feierns ständig müde und verkatert war. Auch sein Herz litt, denn Bogdana behandelte ihn bloß wie einen Kumpel. Einmal, als sie die ganze Nacht zusammen getanzt hatten, verschwand sie sogar, ohne sich zu verabschieden. Olli sagte, das wäre eben ihr Stil. Zinos solle sich besser 'ne kleine Süße suchen.

Nach einigen Monaten richtete Pavese in der Küche das Wort nur noch an Eric, den Ghanaer, der erst seit zwei Monaten in Deutschland lebte. Eric verstand kein Deutsch, kein Italienisch, und Pavese sprach kein besonders englisches Englisch. Pavese erzählte Eric trotzdem von jedem blöden Artikel, den er morgens in der Zeitung gelesen hatte. Dabei legte er ihm ab und zu freundschaftlich die Hand auf die Schulter, so wie er es sonst bei Zinos gemacht hatte. Zinos war sich sicher: Das alles machte Pavese nur, um zu verdeutlichen, dass er Zinos nicht beachtete. Eric grinste rüber zu Zinos, zuckte mit den Schultern und tippte sich an die Stirn, wenn Pavese sich nach einem Redeschwall wieder der Zubereitung des Essens widmete. Zinos verstand nicht, warum Pavese sich so kindisch verhielt.

Er strengte sich an. Er wollte mehr als Salat waschen, Dressing anrühren und Pizza belegen. Eric hatte ihn schnell überholt, denn der war ein richtiger Koch, so wie Pavese. Schon nach zwei Monaten als Geschirrspüler stand Eric erst am Pizzaofen, dann am Grill.

Es war an einem Samstag, als Zinos entschied, nicht mit den anderen loszuziehen. Die Küche bot genug Mitternachtsbeschäftigung. Zinos sortierte die vorgeschnittenen Salatzutaten in den nebeneinanderstehenden Schälchen nach Farben. Sogar die grünen, gelben und roten Paprikawürfel trennte er in den Schälchen voneinander. Zu putzen gab es nicht mehr als sonst, da Pavese jede Nacht nach der Schicht auf Gründlichkeit bestand.

Aber irgendwann war im *Jamhouse* eine Prince-Party. Bo klopfte, schaute durchs Fenster der Küchentür, leckte einmal über die Scheibe und verschwand. Zinos überlegte kurz, doch dann schüttelte er den Kopf.

Pavese bereitete in der Zwischenzeit in aller Ruhe einen großen Teller Crostini di Fegato zu, öffnete einen Chianti Classico, legte eine CD von Billy Paul ein und drehte *Only the strong survive* so auf, dass man sich nicht mehr unterhalten konnte.

Zinos brüllte: »Kann ich die Musik leiser machen, ich will mit dir reden!«

Pavese antwortete nicht und begann das zweite Brot zu essen. Zinos ging hinter die Bar und machte die Musik leiser und dann wieder etwas lauter, nachdem Pavese ihm einen mürrischen Blick zugeworfen hatte.

»Also«, sagte Zinos, während er sich setzte.

Doch Pavese fuhr dazwischen:

»Du hast sicher gemerkt, dass ich sauer auf dich bin! Jetzt bin ich auch noch hungrig. Also schweig, bis ich satt bin. Du solltest auch essen. Iss!«

Er deutete auf die Crostini. Zinos nahm ein Brot, aß es mit zwei Bissen, spülte mit einem großen Glas Rotwein nach.

»Trinken kannst du neuerdings ganz gut, was?«, sagte Pavese.

»Ist das ein Problem?«

»Ja, wenn ich dir sage, dass ich dir einen Ausbildungsplatz anbieten wollte, dann ist es das für dich. Arbeiten kann man schon mal mit einem dicken Kopf, aber man lernt nicht gut.«

»Ich höre auf mit den Partys, ich will die Ausbildung machen, ich will Koch werden! Ich kann lernen, ich war immer der beste Schüler in meiner Klasse, bis ich damit aufgehört habe, aber nur weil ich keine Lust mehr hatte. Ich weiß, wie das geht mit dem Lernen, nichts leichter als das.«

»Du bist nicht mehr derselbe wie damals in der Schule!«

»Doch, ich bin Zinos.«

»Das ist nur dein Name. Woher weißt du, ob du wieder die gleiche Disziplin aufbringst?«

»Ich verändere mich nie, ich bin langweilig.«

»Aber um dich herum hat sich was verändert, und du bist verliebt!«

»Na, und selbst wenn ich das wäre, das ändert nichts – niemand ist in mich verliebt, es ist wie früher.«

»Ich glaub, du brauchst ein bisschen mehr Lebenserfahrung. Vielleicht warten wir noch ein zwei Jahre, du hast dich nie ausgetobt.«

»Doch, hab ich! Ich hab schon was mit Mädchen gehabt. Und außerdem interessiert Bo mich nicht, so eine fass ich nicht an, ich mach mich doch nicht schmutzig.«

Pavese grinste und schüttelte den Kopf. Billy Paul sang *Me and Mrs. Jones.*

»Ich geb dir einen Monat, Zinos, in der Zeit kommst du

hier nicht verkatert und auch nicht müde an. Und du stehst hier, jeden Tag, sieben Tage die Woche, wie frisch gebügelt auf der Matte, auch mit Fieber, oder wenn deine Oma stirbt! Du arbeitest durch ohne Zigarettenpause, bist morgens vor mir da und gehst, wenn ich gehe. Einen Monat zeigst du mir, dass du Disziplin hast. Dann geb ich dir den Ausbildungsplatz. Ich vertrau dir, du vertraust mir. Ein Monat, dann lernst du Kochen!«

Sie gaben sich die Hand.

Als Zinos vor seinem Haus stand, fragte er sich, ob der Monat schon heute Nacht angefangen hatte oder erst morgen beginnen würde. Er spielte eine Weile mit dem Schlüssel herum und steckte ihn dann wieder in die Hosentasche. Zum *Jamhouse* war es nur ein Fußweg. Er überlegte, ob ein, zwei Bier vielleicht doch okay waren. Wenn er theoretisch noch Autofahren könnte, wäre Pavese sicher einverstanden. Pavese konnte nicht strenger sein als die Polizei. Aber er würde ja gar nicht Autofahren, also wäre auch ein Longdrink okay. Hauptsache, keine Schnäpse.

Wegen der Prince-Party war die Schlange vor der Disco länger als sonst. Dragan winkte ihn rein. Als Zinos die Treppe nach unten stieg, lief *Sexy Motherfucker.* Bei den ersten kten von *Raspberry Beret* entdeckte er Bo in der Menge; sie sah ihn länger an als sonst. Er tanzte, sie guckte. Dann ging sie rüber zur Bar. Er lief ihr nach.

»Ich hatte Angst, du kommst nicht mehr!«, brüllte sie ihm ins Ohr.

»Erzähl doch nichts!«, rief Zinos, und das Adrenalin trieb ihn an zu trinken.

Nur einmal noch. Einmal mit ihr betrunken sein, solange

sie ihn beachtete. *Erotic City* lief. Bo wich nicht von seiner Seite. Beim Tanzen drückte sie sich an ihn, legte ihm die Hände auf den Hintern. Sie tanzten, gingen an die Bar, tranken mehrere Saure zusammen; sie bestellte eine Flasche Sekt.

»Den trinken wir auf dem Weg zu mir!«

Sie küsste ihm den Nacken. Es lief *Cream.* Zinos hatte keine Chance. Er bestellte ein Wasser und noch eins, sie ging noch mal auf die Toilette, den Sekt hatte sie mitgenommen. Dann waren sie allein auf der Straße. Sie bestimmte die Richtung, er ging hinter ihr her, den Blick auf ihrem Hintern. Bo ging immer schneller.

An der U-Bahn Station St. Pauli fragte er:

»Gehen wir noch aus?«

»Ich wohn hier.«

Sie ging über die Straße. Ein Auto hupte.

»Auf dem Kiez?«, rief Zinos.

Er hatte sie eingeholt.

»Stressig, hier zu wohnen, oder?«

»Seitenstraße«, sagte sie.

Er wollte den Arm um sie legen, da ging sie noch schneller, er hielt Schritt und fragte sich, ob sie merken würde, wenn er stehen blieb oder nach Hause ging, da schloss sie plötzlich die Tür eines Rotklinkers auf und wartete.

Im Treppenhaus küssten sie sich.

In ihrer Wohnung brannte in jedem Zimmer Licht. Besonders viel Platz gab es hier nicht, und die Decken waren niedrig. Aber es war die ordentlichste Wohnung, die Zinos je gesehen hatte.

»Wow, ist das sauber hier!«

»Ja, bei mir kann man vom Boden essen«, sagte sie, ohne zu lachen.

»Machst du das manchmal?«

Sie sagte nichts. Zinos zog die Schuhe aus und stellte sie ins Treppenhaus neben ihre Stiefel.

»Ist noch jemand da? Ich meine, wegen des Lichts überall.«

Sie antwortete wieder nicht, er folgte ihr in die Küche. Sie war viel kleiner, als er gedacht hatte.

»Ich hatte mal eine Mitbewohnerin, ich hasste sie schon am ersten Tag. Als sie einen Tampon im Klo nicht runtergespült hat, habe ich nur noch geschrien. Sie ist freiwillig gegangen, noch am gleichen Tag. Eine Weile war ich pleite, aber ich hatte mein Wohnzimmer zurück. «

»Und warum das ganze Licht? Hast du Angst, dass eingebrochen wird?«

»Ich hab's eben gern hell. Und jetzt Schluss mit den Fragen.«

»Aber ich würde dich gern besser kennenlernen.«

»Warum?«, fragte Bo erstaunt.

»Du interessierst mich. Mehr als alles andere.«

»Und warum?«

»Weiß nicht. Du bist so schön.«

»Nein. Ich bin nicht schön. Ich weiß nur, was mir steht.«

»Du bist sehr schön. Und sehr sexy. Aber deshalb bin ich nicht hier, ich will dich erst mal besser kennenlernen.«

»Du bist noch Jungfrau, stimmt's?«, sagte sie und grinste.

Zinos antwortete nicht.

»Was willst du denn von mir wissen?«

»Weiß nicht. Was du magst, was du romantisch findest, was deine Lieblingsfilme sind und so.«

»Alles klar, komm mit.«

Zinos folgte ihr ins Wohnzimmer. Sie öffnete die mittlere Tür ihrer weißen Schrankwand.

»Bitte schön!, meine Lieblingsfilme. Ich wollte das mal studieren, also irgendwas mit Film. Aber ich hab nicht mal das Abitur geschafft. Ich bin nicht blöd oder so, ich war eben nicht gut drauf in der Zeit. Ich leihe keine Videos mehr aus und gehe nie ins Kino, denn Filme, die ich gut finde, will ich immer haben. Aber Videokassetten nehmen zu viel Platz weg. Ich finde es hässlich, sie auf dem Boden zu stapeln. Wenn du willst, gucken wir einen Film. Vorher gehe ich duschen.« »Guckst du dir auch keine Filme im Fernsehen an?«

»Niemals, nicht mal Serien. Ich mag nur Shows, wo jemand was gewinnen kann.«

Zinos sah sich die Videos an: *St. Elmos Fire, Breakfast Club, Pretty in Pink, L.I.S.A., Der helle Wahnsinn, Ferris macht blau, Unter Null, Sex, Lügen und Video, Wall Street, Neuneinhalb Wochen, Class, Bodycheck, Noch mal so wie letzte Nacht, Wilde Orchidee, Angel Heart.*

Als Bogdana aus dem Bad kam, trug sie einen viel zu großen weißen Bademantel und einen weißen Turban auf dem Kopf.

»Du kannst jetzt duschen, wenn du willst. Willst du danach einen Film sehen? Oder kennst du alle schon?«

»Ich kenne die meisten teilweise. Ich war früher oft mit meinem Bruder im Kino, und wir sind dann so von Saal zu Saal. Illias fand *Unter Null* ganz gut.«

»Und welchen Film mochtest *du*?«

»Weiß nicht, ich hatte noch keinen eigenen Geschmack. Ich hatte eben Illias' Geschmack, das wäre sonst auch viel zu anstrengend mit ihm gewesen.«

»Und heute? Hast du heute einen eigenen Geschmack?«

»Ach, wahrscheinlich haben Illias und ich einfach den gleichen Geschmack.«

»Dein Bruder scheint dich ja noch immer im Griff zu haben.«

»Nein, quatsch, aber er ist ein cooler Typ und hat ein großes Ego.«

»Als ich so alt war wie du, fand ich nur Egomänner gut.«

»Und jetzt nicht mehr?«

»Jetzt bin ich erwachsen und muss auf mich aufpassen.«

»Was ist das eigentlich für dich – Erwachsensein?«

»Man weiß besser, wie man seine Verletzbarkeit verstecken kann, und man verdient Geld«, sagte sie.

»Das ist alles?«

»Ach, lass uns nicht so ernst sein. Du wolltest wissen, was ich romantisch finde. Geh duschen, dann zeig ich's dir.«

Als Zinos das Wasser abdrehte, hörte er laute Musik. Nirgendwo brannte mehr Licht. Er ging der Musik entgegen. Chaka Khan sang:

Through the fire
To the limit, to the wall
For a chance to be with you
I'd gladly risk it all
Through the fire
Through whatever come what may
For a chance at loving you
I'd take it all the way
Right down to the wire
Even through the fire

Er stand in einem dunklen Zimmer. Man sah nur das rote Licht des Kassettenrekorders am Bett. Bo zog ihn zu sich herunter. Zinos hätte in den letzten Monaten mit ein paar Mädchen etwas haben können, bei denen er weniger nervös gewesen wäre. Bevor seine Angst zu versagen zu groß wurde, hatte Bogdana die Sache schon mit dem Mund erledigt. Sie setzte sich danach sofort auf seinen Schoß, er legte seine Hand auf ihren Hals, und er spürte, dass sie es schluckte. Zinos atmete noch schneller. Jetzt lehnte sie sich nach hinten, nahm seine Hand und führte seine Finger. Es war warm in ihr. Es wurde nass und heiß. Und alles nur wegen ihm! Sie ließ seine Hand los, er begann seinen Finger zu bewegen, das Blut stieg ihm in den Kopf, in den Schwanz, er wurde so hart wie noch nie. Wäre er nicht so high gewesen, er hätte befürchtet zu explodieren. Sie griff nach seinem Ding, war ganz darauf konzentriert.

Zinos hatte sich noch nie so mächtig gefühlt; er war nicht mehr derselbe Mensch, er war der Mann, den sie wollte. Sie setzte sich auf ihn, hielt sein Ding fest, sodass er nur ganz langsam immer tiefer eindrang. Das war besser und größer als alles. Dieses Gefühl besiegte alle Gefühle, die vorher da waren und die sein würden. Endlich war er ganz in ihr, sie bewegte sich, sie kannte sich aus. Ein absoluter Rausch.

Zinos fühlte sich wie das schnellste Auto der Welt, und Bo wusste, wie man es fuhr. Sie stöhnte leise, lauter, nie zu laut, er war es, der sie beherrschte. Sie saß beinahe aufrecht, hob und senkte den schönsten Hintern der Welt.

Sie stieg von ihm runter, drehte sich um, kniete und sagte, sie wolle es von hinten. Zinos hatte nicht geglaubt, dass die Sache sich noch steigern konnte. Ihren prächtigen Arsch vor Augen, dauerte es genau zweieinhalb Stöße, bis er erneut kam. Sie legte sich schnell auf den Rücken, nahm seine Hand, legte seinen Zeigefinger auf eine Stelle ihrer Möse und bewegte ihn hin und her. Er stieß ihren Arm weg, er wollte es allein machen, sie stöhnte laut, zuckte, und als er den Finger ein letztes Mal in sie gleiten ließ, war es da so nass, dass er kaum noch etwas anderes spürte. Danach schliefen sie noch einmal miteinander, er lag einfach auf ihr und küsste sie dabei, dieses Mal kam sie ohne seine Hand. Es dauerte länger, aber sie hatten ja Zeit; die Nacht war eine Endlosschleife von Chaka Khans *Through the Fire*, bis es langsam hell wurde.

Bo brachte ihm ein Glas Wasser, das er in einem Zug austrank. Sie teilten sich eine Zigarette, und Zinos schob seine Hand unter ihre Decke, doch da drehte sie sich weg. Er war zu müde, um sich nach dem Grund zu fragen, sicher wollte sie jetzt einfach nur schlafen. So erschöpft er auch war, er konnte nicht einschlafen. Er dachte an Bo, stellte sie sich vor, obwohl sie neben ihm lag. Immer wieder dachte er an ihren Hintern. Plötzlich sagte sie, er solle jetzt schlafen, dabei hatte er kein Wort gesagt. Vielleicht hatte er geseufzt. Schon wieder hatte er eine Erektion, kroch zu ihr unter die Decke und presste sich an sie. Sie schnarchte schon ganz sanft. Obwohl sie geduscht hatte, roch er noch ganz leicht ihr Parfum an ihrem Nacken: Eternity von Calvin Klein. Es roch wie der Himmel. Zinos war bereit für die Ewigkeit mit Bogdana, denn sie hatte ihn mit allem versöhnt.

Zinos träumte von Illias. Sie spielen Basketball. Es gibt keine gegnerische Mannschaft. Sie werfen einen Korb nach dem anderen, bis ihre Mutter kommt und eine Tupperdose voll mit Nudelauflauf bringt. Doch der Nudelauflauf schmeckt nach Udo Paveses Crostini di Fegato. Zinos wachte davon auf, dass Illias laut schrie, er wolle Pastitsio essen – und sonst nichts.

Die Sonne knallte aufs Bett. Er hörte Bo in der Küche und ging durch den langen Flur; sie trug nur diesen Bademantel.

Als er sie von hinten umarmte, schob sie ihn weg.

»Hey!, lass mal, ich bin noch gar nicht wach«, sagte sie schroff.

Zinos trat einen Schritt zurück. Sie drehte sich um, fasste ihm in die Haare.

»Fühlt sich gut an.«

Es war die letzte Berührung zwischen ihnen. Auch sie trat einen Schritt zurück und sagte:

»Pass auf, das mit uns wird nichts, verlieb dich nicht in mich oder so. Die Nacht war schön, aber das geht niemanden etwas an. Wenn du es rumerzählst, sorg ich dafür, dass du gefeuert wirst. Ist das klar?«

Zinos wusste nicht, was er sagen sollte. Er stand da und fühlte sich so wie damals, mit Übergewicht und Akne. Ihre Worte klangen unwirklich, es passte nicht zu dem, was letzte Nacht gewesen war. Er fror. Sie bot ihm nicht mal einen Kaffee an. Dann erinnerte er sich an das Gespräch mit Udo. An den Ausbildungsplatz bei Udo, den er wollte. Es wäre das Beste, was passieren könnte. Er würde kochen lernen, richtig kochen, besser als seine Mutter. Er würde sich anstrengen, ab heute. Alles würde sich ändern. Er sah in den Spiegel im Hausflur. Seine Haare wirkten voller als gestern, und sie glänzten. Seit diesem Tag fassten ihm Frauen oft in die Haare.

Zinos rannte nach Hause, er holte Busse und Autos ein, flog durchs Treppenhaus, duschte und zog sich um. Etwas über eine Stunde zu spät erschien er vor Udo.

Der saß an dem gleichen Tisch wie gestern Nacht, so, als wäre er gar nicht aufgestanden. Nur dass nun kein Rotwein, sondern ein Espresso vor ihm stand. Udo sah Zinos nicht an, und er begann erst zu sprechen, als Zinos sich gesetzt hatte.

»Dein Schiff geht sogar im Hafen unter, Zinos. Du bist ein unglaublich dummer kleiner Junge. Verschwinde, pronto!«

»Nur weil ich ein bisschen zu spät komme? Es passiert nie wieder! Ich dachte, der Monat fängt erst morgen an.«

»Jetzt werd nicht frech. Du hast überhaupt nicht gedacht.«

»Ich komme nie wieder zu spät. Niemals.«

»Exakt. Nie wieder wirst du in meinem Restaurant zu spät kommen – weil du hier nie wieder erwartet wirst.«

»Aber wieso denn?«

»Rede dich nicht raus, ich habe dir gesagt, was ich erwarte, und du wirfst alles weg, wegen einer Frau, die dir sowieso nur das Herz bricht.«

»Was?«

Zinos wurde ein bisschen übel und schwindelig.

»Bogdana wird niemals mit dir zusammen sein, sie liebt dich nicht, sie ist nicht verliebt in dich, nicht mal verknallt. Werd erwachsen, dann kannst du wiederkommen. Aber jetzt, mein Kleiner, dürftest du nicht mal als Brotkrümel hier existieren. Du Idiot, wir hatten eine Abmachung.«

Zinos stiegen Tränen in die Augen.

Pavese trank den Espresso in einem Zug aus, kippte sich die letzten Tropfen in den Mund und sagte:

»Es tut mir sogar leid für dich, Zinos. Ich mag dich, aber du bist noch klein. Jeder hat seine Geschichte, und deine Geschichte geht jetzt nicht hier in meinem *Pizza-Palast* weiter.

Komm wieder, wenn du nicht mehr wütend auf mich bist.«

Seelenruhig zündete Udo sich eine Zigarette an.

»Ich bin gar nicht wütend!«, brüllte Zinos und verließ das Restaurant.

Er schwor sich, nie wieder Sex zu haben. Er würde sich nicht mal mehr einen runterholen. Er würde einsam in der Natur leben, dort, wo es immer kalt war, dann würde er sehr schnell sehr krank werden und alleine sterben.

Als er zu Hause angekommen war, beschloss er, Hamburg für eine Weile zu verlassen. Aber wo sollte er hin? Er könnte auch einfach in seiner Wohnung verhungern. In der Wohnung, die seine Eltern ihm geschenkt hatten, um ihn loszuwerden. Dann würden sie bereuen, dass sie ihn verlassen hatten, obwohl er noch ein Kind war. Auch Illias hatte ihn hängen lassen. Nein, er konnte jetzt nicht in dieser Wohnung bleiben. Jetzt, wo sein neues Leben misslungen war. Er musste raus aus der Stadt, er wollte Bogdana nie mehr begegnen, er wollte überhaupt keiner Frau mehr begegnen. Ihm fiel jetzt nichts anderes über sich selber ein, als dass er Grieche war; ein wütender Grieche, zu jung und zu dumm, das zu bekommen, was er wollte.

Ja, er würde die Stadt verlassen. Er musste sich selber finden, obwohl er dazu eigentlich keine besonders große Lust hatte. Den alten Zinos wollte er ja gar nicht zurück, der geglaubt hatte, wenn man brav seine Schularbeiten erledigte, würde sich schon alles irgendwie fügen. Damals träumte er von einem netten Mädchen. Nun wusste er, dass nette Mädchen ihm nicht gefielen.

Er könnte nach Griechenland fahren. Doch da waren

schon seine Eltern. Aber nicht überall in Griechenland. Es gab Tausende Inseln, nicht alle waren bewohnt, dafür umso schöner.

Lange hatte er nicht mehr an Tante Eleni gedacht. Das letzte Mal war er bei ihr auf der Insel gewesen, als er noch ein Kind war. Es war in dem Sommer gewesen, in dem Tante Eleni und seine Mutter sich für immer zerstritten. Seit dem war Tante Elenis Name ein Tabu. Nun wusste Zinos, wo sein Platz sein würde.

REZEPT: UDO PAVESES CROSTINI DI FEGATO

MAN BRAUCHT

- Zweihundertfünfzig Gramm Kalbsleber
- eine Zwiebel normaler Größe oder drei kleine Schalotten
- eine große Knoblauchzehe
- fünfzig Gramm italienischen Schinken, z.B. Parma oder San Daniele
- ein Sardellenfilet
- einen Esslöffel Kapern
- vier große gehackte Salbeiblätter
- zwei Esslöffel Weißwein
- zwei Esslöffel Rinder- oder Gemüsebrühe
- Olivenöl
- Salz und frisch gemahlenen Pfeffer zum Abschmecken (eigentlich steckt genug Salz im Schinken, der Sardelle und den Kapern, aber mancher mag es so salzig wie kein anderer)
- weißes Brot

ZUBEREITUNG

Die Leber, die Zwiebeln, den Knoblauch, die Sardelle, den Salbei, den Schinken und die Kapern so klein wie möglich schneiden (wenn man pürieren will, braucht man sich nicht so anstrengen).

Hilfreich für das Finale ist ein traditionelles Schwinghackebeil mit zwei Griffen.

Nun das Gemenge in Olivenöl braten, bis es anfängt zu duften, mit Wein und Brühe ablöschen, einkochen lassen, bis man den Alkohol mit der Nase dicht über der Pfanne nicht mehr riechen kann. Mit Salz und Pfeffer abschmecken.

Die Temperatur nun runterdrehen und schmoren lassen. Weißbrotscheiben, so groß, wie man mag, so dick oder dünn, wie man Lust hat, auf ein Backblech legen, mit Olivenöl bestreichen und in den zweihundert Grad heißen Ofen schieben.

Wenn das Brot gebräunt ist, herausholen, auf einem großen Teller oder einer Platte verteilen und mit der Masse bestreichen. In die Mitte des Tisches stellen und sofort nachlegen, wenn nicht mehr so viele Brote daliegen, wie Personen am Tisch sitzen. Alle Salate, die man sich vorstellen kann, passen dazu.

Wenn man etwas übrig behält, kann man es in den Kühlschrank stellen und hat noch zwei Tage einen herrlichen kalten Brotaufstrich. Die Masse wird erst richtig fest, wenn man sie ein paar Stunden, am besten über Nacht, stehen lässt.

Man sollte mindestens ein Glas nicht zu schweren Rotwein dazu trinken, egal, an welchem Tag und zu welcher Uhrzeit. Nichts anderes passt dazu! Zinos würde auch eine kalte Cola schmecken, aber nicht, wenn Udo in der Nähe wäre …

Hat man sich an unzähligen Broten satt gegessen, tut ein Branca Menta gut, aber auch der klassisch magische Fernet Branca regt, gern nach, vor oder zusammen mit einem Espresso, den Geist und das Gespräch wieder an.

Wenn man in launiger Runde Beschwingendes von Billy Paul zu all dem hört, schmeckt es noch besser; einsam Melancholisches von Donny Hathaway verdirbt einem vielleicht den Appetit. Aber dann lässt man die Crostini di Fegato einfach weg und trinkt nur Rotwein, doch auch dann besser einen leichten: Sangiovese, meist die Traube des Chianti, Barbera, Bardolino, Nero d'Ávola oder auch einen Spätburgunder, der einzige nicht italienische Wein, der Udo schmeckt.

Brief einer Frau

»Das Leben ist zu kurz, um Früchte einzulegen.«

Von Piräus nahm man die Fähre, die mittlerweile streng nach Fahrplan ablegte und einmal in der Woche neben zahlreichen anderen Inseln auch M. ansteuerte, wie es abgekürzt auf der Informationstafel vermerkt war, vor der Zinos stand. Die Fähre sollte um drei Uhr morgens ablegen.

Zinos hatte noch eine gute Stunde Zeit.

Er suchte sich einen Platz etwas abseits vom Hafen und musste aufpassen, nicht einzuschlafen. Es war jetzt endlich kühl, deshalb nickte er immer wieder kurz ein. In der Hand hielt er eine leere Colaflasche, die jedes Mal, wenn seine Hand erschlaffte, scheppernd auf den Boden fiel. Zinos war seit über vierundzwanzig Stunden auf den Beinen.

Schweiß klebte an seiner Haut. Er hatte sich am ganzen Körper mit Deo besprüht, und er hoffte, dass der Duft verflogen war – sobald er sich das Deck mit denen teilen musste, die nun gemächlich durch die Nacht zum Hafen strömten wie Zombies. Einige kamen angerannt, nur wenige Minuten, bevor es losging. Zinos war erstaunt, wie gelassen er selbst war. Wenn er die Fähre verpasste, müsste er große Umwege fahren, mehrmals umsteigen und hoffen, dass ein Fischer ihn von einer Nachbarinsel nach M. brachte. Oder er würde eine Woche in Athen verbringen, wofür er kein Geld hatte. Schon jetzt verspeiste er nur süß und salzig gefüllte Blätterteigtaschen.

In Hamburg hatte Zinos vergeblich versucht, auf die

Schnelle einen vertrauenswürdigen Untermieter aufzutreiben. Da er nicht einmal wusste, wie die Miete zu ihm auf die Insel gelangen sollte, hatte er schließlich Olli gebeten, sich darum zu kümmern. Der versprach, den perfekten Untermieter zu finden. Die eine Hälfte der Miete sollte Olli per Post nach M. schicken, die andere auf Zinos Konto einzahlen.

Gemächlich setzte sich das Schiff in Bewegung. Zinos schmeckte das Salz des Meeres. Langsam wurde es hell und so heiß, dass er nicht schlafen konnte, dabei war es noch lang nicht Mittag. Er trank ein Bier, doch der Alkohol machte ihn wieder wach. Ein Rucksackpärchen aus Nürnberg hatte ihm das Bier geschenkt. Die Rucksacktouristen mit ihren Frisuren, Discmans und Markenrucksäcke – sie sahen anders aus als früher. Einige Mädchen lackierten ihre Fußnägel und zupften sich die Augenbrauen.

Nachdem sie in zahlreichen Häfen angelegt hatten, war Zinos fast alleine auf dem Schiff – und er entdeckte am Horizont die Insel. Sein Herz schlug schneller, und er erinnerte sich, nie so glücklich gewesen zu sein wie in seinen Ferien auf M. Er dachte an Illias und an seine Eltern – wie sie alle zusammen auf dem Schiff gewesen waren und Tante Eleni winkten, die auf der Mauer am Hafen stand und zurückwinkte.

Tante Eleni und Zinos Mutter stritten sich damals in jedem Urlaub an jedem Tag. Es ging dabei stets um Geschichten aus ihrer Jugend. Immer, wenn Zinos' Vater im Kafenion saß – mehrere Stunden am Tag –, nutzten die beiden Frauen die Zeit, um sich zu streiten. Sie stritten, da sie einander liebten, aber sich nicht leiden konnten. Illias schien den ganzen Sommer über außer Haus zu sein, manchmal sogar während der Essenszeiten. Zinos dagegen hielt sich am liebsten im kühlen

Haus auf und vertrieb sich die Zeit damit, den beiden zuzuhören. Dem Streit zu lauschen war eine einzigartige Weise, Geschichten erzählt zu bekommen. Er versteckte sich oft in der Vorratskammer, wo es viel Süßes in Einmachgläsern zu entdecken und vertilgen gab. Zinos horchte – und aß.

Seine Mutter und Tante Eleni hatten in ihrer Jugend oft um Männer konkurriert. Hier auf der Insel waren sie gemeinsam aufgewachsen, oberhalb des Dorfes in einem Haus, das bei einem Waldbrand vollkommen zerstört worden war.

Tante Eleni lebte in einem kleinen Haus oben im Dorf, das sie einst mit ihrem Mann Dimosthenis bewohnt hatte, einem Mann, der nie Geld besaß, aber gut aussah und ein Herz hatte und Verstand. Die beiden Schwestern waren die schönsten Mädchen der Insel gewesen, die allerdings nur knapp tausend Bewohner zählte. Der schönste Mann war Dimosthenis gewesen – und Tante Eleni hatte gewonnen. Zinos' Mutter sollte ihr das nie verzeihen, obwohl sie Zinos Vater, einen stolzen Handwerker mit vollem, glänzendem Haar, aufrichtig liebte.

Dimosthenis war ein Künstler, der einzige, der je auf der Insel geboren wurde. Jeden Winkel der Insel hatte er in surrealem Stil auf seinen selbst aufgezogenen Leinwänden verewigt, ohne je ein einziges Bild zu verkauft zu haben. Geld verdiente er mit Ikonenmalerei. Als er von den Heiligen endgültig genug hatte, bestieg er mit einem riesigen Paket seiner Werke die Fähre nach Athen, um seine Arbeit einem interessierten Galeristen zu zeigen, mit dem er in Briefkontakt stand. Das rostige Schiffchen ging unter. Warum, wurde nie ermittelt. Die Regierung legte keinen Wert darauf. Die Fähre war nie gewartet worden, da sie fast ununterbrochen zwischen den Inseln umherfuhr.

Nur weil Tante Eleni so früh Witwe wurde, besuchte Zinos' Mutter ihre Schwester weiterhin jeden Sommer, bis es irgendwann so krachte, dass sie nur noch auf die Peleppones zur Familie von Zinos' Vater reisten. Dort lebten Zinos Eltern jetzt, und die arme Tante Eleni war ganz allein. Sie und Dimosthenis hatte keine Kinder bekommen. Gerade als das im Dorf jedem auffiel und das Getuschel unüberhörbar wurde, versank Dimosthenis mitsamt seinen Bildern im Meer. Tante Eleni war Anfang dreißig, als sie Witwe wurde, und sie beschloss, ihre Insel nie zu verlassen. Sie hängte seine drei größten einzig verbliebenen Bilder auf: *Auto überfährt Ziegenherde im Gewitter; Auto überfährt Ziegenherde in der Hitze des Mittags; Tintenfisch frisst Fischer mit Boot Nummer 19.*

Im Frühling verbrachte Tante Eleni viel Zeit auf den Wiesen hinter dem Dorf, dort, wo Dimosthenis gemalt hatte. Manchmal wanderte sie durch die Berge und brachte ihre eingemachten und kandierten Früchte dem Eremiten, der mit einer Ziege in den Resten eines Hauses lebte. Niemand wusste, woher der Eremit gekommen war. Ein paar Monate, nachdem ein uralter Baum das Haus während eines Unwetters zertrümmert hatte, war er dort eingezogen. Wenn es regnete, zog sich der Eremit mit der Ziege hinter die einzige Tür in eine riesige Vorratskammer zurück, in der er auch schlief. Dimosthenis verbrachte viel Zeit mit ihm und zeichnete ihn häufig. Obwohl der Eremit nie sprach, hielt Dimosthenes ihn – abgesehen natürlich von sich und seiner Frau – für den einzig intelligenten Menschen auf der Insel.

Nach Dimosthenis' Tod begann Tante Eleni noch mehr Früchte in Sirup einzulegen. Sie sagte, sie sei glücklich, dass alles so gekommen sei. Sie hätte, auch wenn Dimosthenis am Leben geblieben wäre, niemals ihre Insel verlassen. Er hatte oft davon gesprochen, nach Athen zu ziehen, um ein berühmter Künstler zu werden. Tante Eleni glaubte, Poseidon habe entschieden, ihre Liebe sollte ewig sein. Sie war überzeugt, er habe dafür gesorgt, dass Dimosthenis nie das Festland erreichte.

Viele, sogar jüngere Männer bemühten sich nach Dimosthenis' Tod um Tante Eleni. Aber nicht mal auf die beharrlichen Avancen des hübschen Postboten Andreas ging sie ein. Dabei hatte er die stattlichste Nase aller Inselbewohner. Und er schnitt sich als Einziger regelmäßig die Nasenhaare. Der verliebte Postbote war so verzweifelt, dass er Tante Eleni manchmal die Post anderer brachte. Viele Nachbarn waren verärgert. Man solle ihr bloß nicht schreiben, betonte Tante Eleni stets. Andreas liebte Tante Eleni irgendwann so sehr, dass er aus diesem Grund Junggeselle blieb. Tante Eleni freundete sich später immerhin mit ihm an, anstatt ihn zu heiraten – was Zinos' Mutter unmöglich fand. Es gehöre sich nicht für eine Frau, mit einem Mann befreundet zu sein, noch dazu mit einem, der nicht nur nachts von ihr träumte!

Zinos kam jeden Sommer noch dicker aus den Ferien, weil seine Mutter Tante Elenis' durchzuckertes Obst für gesunde Süßigkeiten hielt.

Illias kehrte dünn und drahtig nach Hamburg zurück, weil er jedes Mal aufs Neue innerhalb eines Tages zum Anführer aller Inselkinder aufstieg und täglich bis zum späten Abend bei abenteuerlichen Streifzügen voranschritt. Es ging über die Klippen, an den schmalen Serpentinen entlang oder durch die Berglandschaft. Zinos war selten dabei, denn vor Steilklippen, Skorpionen und Schlangen fürchtete er sich ebenso wie davor, von einem der drei Autos erfasst zu werden, die es damals auf der Insel gab.

Um Illias sorgte sich ihre Mutter nie, aber als Zinos morgens einmal zu spät vom Bäcker zurückkam, weinte sie vor Sorge. Mit Obst und Gemüse beladene Maultiere hatten ihm den Weg versperrt. Während Zinos sich ihrem Tempo anpasste, hatte er verträumt das ganze Weißbrot aufgegessen, wofür er von der verheulten Mutter ein paar Ohrfeigen bekam.

Manchmal, wenn Illias abends eine Versammlung hinter der Kaimauer am Hafen abhielt, kam Zinos auch dazu. Er wollte in der Nähe eines bestimmten Mädchens sein. Vassiliki hatte hellere Haare und dunklere Haut als alle anderen; sie trug immer enge Jeans und bauchfreie T-Shirts. Manchmal sah er sie mit ihrer Familie in der Kirche; dann trug sie Kleider und Zöpfe.

Bald war sie mit einem Fünfzehnjährigen aus Athen zusammen. Sie saß nun immer abseits mit ihm. Die anderen machten laut Witze übers Küssen, und Zinos Eifersucht wurde so schlimm, dass er bald noch mehr Zeit allein verbrachte.

Manchmal blieb er den ganzen Tag bei Tante Eleni in der Küche und sah ihr versunken bei der Arbeit zu.

Tante Eleni tauschte ihre Früchte bei den Nachbarn gegen andere Lebensmittel oder Gegenstände. Sie verkaufte die kandierten Früchte an das Kafenion oder an den Eismann einer größeren Nachbarinsel, der nur dafür einmal im Monat vorbeikam. Ihren Verdienst bewahrte Tante Eleni in einem großen Lederkoffer mit Fahrradschloss unter dem Bett auf. Den hatte Zinos' Familie ihr geschenkt, als Dimosthenis gestorben war. Sie sollte nach Deutschland zu Besuch kommen, wann immer sie wollte. Also nie.

Die Touristen blieben nie lange auf der Insel. Nur ausgewanderte Verwandte verbrachten den ganzen Sommer dort. Die Touristen waren vor allem Wandertouristen, die schnell alles abgelaufen hatten, Jugendliche mit riesigen Rucksäcken, die die Partys vermissten, und Bildungsreisende, die, enttäuscht über die Abwesenheit von Sehenswürdigkeiten, immer wieder die einzige Kirche besuchten, die kleiner war als das Kafenion am Hafen. Abreisen konnte man aber nicht so einfach, da die Insel manchmal nur alle zwei Wochen von einer Fähre angesteuert wurde. Abreisewillige Touristen hatten Glück, wenn das Zisternenschiff, das während der heißen Monate häufiger andockte als die Fähren, bereit war, sie gegen ein dickes Bündel Drachmen mitzunehmen. Sonst saßen sie tagelang mit den Männern des Dorfes im Kafenion, störten sich bald nicht mehr daran, dass die Toilette dort zwar immer sauber war, aber statt hinter einer Tür hinter einem Duschvorhang lag.

Sie lernten, wie langsam man einen Mokka trinken konnte und wie schnell den erkalteten letzten Schluck, ohne dass ein Teil des Kaffeesatzes in den Mund gelangte. Sie wurden eifrige Tavlispieler und unterhielten sich dabei mithilfe eines Übersetzerkindes, wie Zinos es war, am liebsten über die heidnischen Götter und die Abenteuer des Odysseus, aßen sich satt an Sardinen, gebratenen Zucchini, Fischrogenmus und Auberginenpüree auf dicken Weißbrotscheiben, den größten Oliven der Welt, deftigem Schafskäse auf tellergroßen Tomaten- und Zwiebelscheiben, dicken Bohnen in allen Farben und Formen mit fruchtiger Tomatensoße, Schmorfleisch, das in einem Meer von gehacktem Knoblauch schwamm, Kichererbsen in buttrigem Reis, Sepia, gefüllt mit Spinat, Bergen von frittierten Kartoffelstücken, Tintenfischmoussaka, und was immer das Tagesangebot hergab. Sie tranken dazu Ouzo mit Eis und Wasser, bis sie selber die Sirenen singen hörten.

Wenn die Fähre nach ein paar Tagen tatsächlich kam, versammelte sich das ganze Dorf am Hafen, um zu winken, aber auch um zu sehen, was das Schiff außer den Heimkehrern, Tieren und Waren an neuen seltsamen Fremden brachte, die es zu überzeugen galt, wiederzukommen. Einige Dorfbewohner hatten Fotos von ihren Häusern dabei und verdienten sich was mit der Vermietung eines Zimmers dazu. Ein Hotel oder eine Pension gab es damals noch nicht. Es kamen immer mehr junge Rucksacktouristen. Sie ließen sich von den Fischern zu den besten einsamen Buchten bringen, die, neben dem Stadtstrand, die einzigen Strände boten. Illias' Bande kletterte hinterher, selbst bis zu den über Land als unerreichbar geltenden Buchten drangen sie vor, um von ganz oben einen Blick auf die Nackten aus aller Welt werfen zu können.

Neben der Kirche, dem Kafenion und der Taverne gab es noch ein einziges Geschäft, dort bekam man alles, was man nicht bei einem Fischer, Bauern, Gemüse oder Obsthändler bekam – deren Läden ihre Maultiere waren.

In dem Geschäft ragten Waschmittelpakete bis an die Decke, daneben Hygieneartikel, Rasierschaum, Moskitospray, Haargel, Schuhcreme, Telefone, Romanheftchen, einzelne Tabletten gegen Fieber, Kopfweh, Seekrankheit und Durchfall, selbst gemachter Hustensaft, Lotteriescheine, Schokoriegel, deren Verfallsdatum meist überschritten war, und in dem Ständer für Postkarten war nur ein Fach gefüllt mit Karten, die alle das gleiche Motiv hatten: einen Sonnenuntergang. Eine kleine Käse- und Wursttheke war zwischen all die Sachen gequetscht, und in einer Ecke, mit einem Schemel als Tisch, saß die alte Sevastiana vor ihrer Geldkassette auf einem Hocker. Sie öffnete die Kassette nie, denn sie hatte immer ein riesiges gerolltes Bündel Drachmen in ihrer Schürze. Jeder Preis wurde aufgerundet, da niemand außer den Touristen Wert auf Münzen legte.

Etwas abseits des Hafens gab es sogar eine Bank, die auch die Post war. Einmal war ein Geldautomat angebracht worden. Der silberne Kasten hing dort gute zwei Jahre, ohne dass er in Betrieb genommen wurde. Dann montierte man ihn wieder ab, da niemand sich ein Konto einrichten wollte. Auf der Insel war fast jeder sein eigener Chef, und wenn Lohn ausgezahlt wurde, dann bar. Nur die drei Mitarbeiter der Bank, der Post und der Deutsche, der irgendwo auf der Insel als Aussteiger lebte, hatten dort ein Konto. Geldgeschäfte wurden persönlich abgeschlossen, aber auch das Tauschgeschäft war beliebt. Wenige richteten im Lauf der Jahre ein Postsparbuch für ihre Kinder ein. Ab und zu tauschten Touristen in der Bank Geld. Alles lief so reibungslos auf der Insel, dass Andreas, der Postbote, gleichzeitig der einzige Polizist der Insel war.

Einmal fand man die nackte Leiche eines blonden Mannes, nachdem das Meer sie an den Stadtstrand gespült hatte. Er wurde schnell identifiziert: als Tourist von einer benachbarten Partyinsel, der zuletzt besoffen auf einer Beachparty gesichtet worden war. Da stand die Insel sogar in der Zeitung. Wochenlang redete man im Kafenion über nichts anderes. Obwohl oder vielleicht gerade weil die Insel so klein war, hatte sie einen auffälligen Namen, den aber keiner aussprechen konnte: Miostollorikiossinissossios. So oder so ähnlich hieß der Fleck im Meer, aber alle sagten nur M. oder *Die Insel mit dem Namen*, dann wusste jeder, der sie kannte, was gemeint war. Es gab dort keinen Vulkan, keine besonders hohen Berge, nicht mal ein Erdbeben über fünf hatte es dort je gegeben. Zinos erinnerte sich vor allem an alte Menschen; die jüngsten waren so alt wie seine Eltern oder noch Kinder. Alle jungen Leute hauten ab, sobald sie konnten, und die anderen waren nur vorbeiziehende Touristen. Das war genau der richtige Ort, um alt zu werden. Tante Eleni hatte ihn und Illias immer fest gedrückt, wenn sie ankamen, und noch fester, als sie wieder abreisten. Übers ganze Gesicht strahlte sie dabei, und sie weinte auch ein bisschen. Zinos hatte sich immer gefragt, ob sie traurig gewesen war – oder einfach nur erleichtert.

Er hoffte, Tante Eleni würde auch heute am Hafen warten, obwohl sie ja nichts von seiner Ankunft wusste. Vielleicht vermietete sie ein Zimmer und warb dafür mit einem Foto. Vielleicht hatte sie doch wieder geheiratet und Kinder bekommen. Die Fähre näherte sich der kleinen Kaimauer. Zinos sprang als Erster von Bord.

Er zündete sich eine Zigarette an und betrachtete die Tafel, auf der der Name der Insel stand. Fast die ganze Farbe war abgeblättert, nur das große M war noch vollständig. Eine alte Frau schimpfte über das Rauchen, baute sich vor ihm auf, nahm aus ihrem Korb eine riesige frische Feige und hielt sie ihm entgegen. Zinos warf die Zigarette auf den Boden und aß unter ihrer Aufsicht die ganze Feige mitsamt der Schale auf. Sie streckte sich und kniff ihm in die Wange, dass es schmerzte. Daran erkannte er Sevastiana; er hatte damals immer Angst vor ihrem Wangengekneife gehabt. Sie tat es andauernd, egal, ob sie einen herzte oder strafte. Meist drehte sie das Stück Wange zwischen Daumen und Zeigefinger auch noch um, sodass der Schmerz kaum auszuhalten war. Es tat immer noch weh, nachdem er seinen Zigarettenstummel aufgehoben hatte und sie daraufhin zufrieden davonschritt. Sie drehte sich noch mal um, und fragte, was er nach so vielen Jahren hier mache. Urlaub, sagte er, er wolle bloß Urlaub machen.

Tante Eleni musste ja nicht sofort erfahren, dass er vorhatte, für immer zu bleiben. Da seine Eltern und die anderen Verwandten in einem Dorf lebten und Illias im Gefängnis saß, würde er eben den Rest seines Lebens in der Obhut von Tante Eleni verbringen und so fett werden, wie er konnte. Vielleicht würden sie zusammen einen kleinen Laden eröffnen; während der Arbeit könnte er Sirup mit Früchten essen und Sirup ohne. Vielleicht würden sie Filialen in Athen eröffnen, und Angestellte würden die Geschäfte regeln. Dann könnten sie irgendwann einmal Sirupfrüchte in die ganze Welt exportieren. Erst aber musste Zinos etwas frühstücken.

Andreas fuhr auf seinem Mofa an Zinos vorbei. Er hatte eine Trillerpfeife um den Hals baumeln, seine Haare waren grau. Zinos zog seinen Rollkoffer hinter sich her und lief in Richtung Kafenion. Der kleine Koffer kippte auf dem unebenen, löchrigen Asphalt ständig um. Das eine oder andere Haus an dem kleinen Hafen hatte einen neuen weißen Anstrich bekommen. Das Kafenion nicht. Dort saßen die gleichen Männer wie damals, nur Stelios war nicht mehr da. Er war in Thessaloniki von einem Auto überfahren worden, als er seine Tochter besuchen wollte. Sein Sohn hatte seinen Platz im Kafenion eingenommen.

Zinos bekam in Sirup eingelegte Sauerkirschen in einer kleinen silbernen Schüssel serviert. Es war die Spezialität seiner Tante. Erst als er alles aufgegessen hatte, servierte einer der Stammgäste ihm einen Mokka. Die Süße der Kirschen sättigte ihn, und der Mokka, den er langsam trank, hellte seine Stimmung auf. Wenn die Männer berichteten, was sich seit seinem letzten Aufenthalt auf der Insel zugetragen hatte, kam Zinos nicht ganz mit. Lange hatte er kein so schnelles, eigenwilliges Griechisch mehr gehört, und auch das Sprechen fiel ihm noch schwer. Denn selbst wenn seine Eltern Griechisch mit ihm gesprochen hatten, hatte er meist auf Deutsch geantwortet.

Im Kafenion führen die Männer sich auf wie ein Orchester. Das Durcheinander ist bestens organisiert, man kann alles verstehen, alles passt zueinander. Alle erzählen alles zusammen, die gleichen Geschichten, im gleichen Takt, und jeder kennt seinen Einsatz. Sie schimpfen über die konservativen Politiker und die Brandstifter, berichten von den Fährunglücken der letzten Jahre, wer wen geheiratet, welche von den jungen Leuten man ans Festland verloren hat, sie nennen die Namen aller Kinder, die geboren wurden.

Schließlich betrat Hermes, der Wirt, mit einer riesigen Wassermelone auf der Schulter sein Lokal. Auch er erkannte Zinos sofort. Doch er war der Erste, der sich nach Zinos Befinden und dem Verbleib der restlichen Familie erkundigte. Die anderen Männer raunten beschämt, dann folgte ein Schwall lebhafter Erkundigungen, und abrupt schwiegen alle und blickten Zinos an. Er berichtete, dass Illias im Ausland war, weit weg auf einer Bohrinsel arbeitete, und seine Eltern auf dem Festland lebten. Darüber war man nicht so erfreut, verstand aber, dass sie im Dorf von Zinos' Vater lebten. Nachdem Zinos verkündet hatte, er sei Geschäftsführer eines Restaurants, wurde die Wassermelone aufgeschnitten; jeder bekam ein großes Stück. Während des Essens schwiegen alle.

Zinos erkundigte sich nach Tante Eleni. Es ginge ihr gut, und noch immer mache niemand süßere Früchte. Hermes erzählte, dass Andreas wegen einer rheumatischen Geschichte kaum noch etwas sehen könne, aber noch immer die Post ausfahre. Er habe eine Brille, aber die setze er selten auf, weil er fürchte, damit seine letzten Chancen bei Tante Eleni zu verspielen. Deshalb würde man untereinander die Post ständig neu verteilen.

Als man Zinos zu einer Partie Tavli aufforderte, verabschiedete er sich. Illias hatte ihn immer geschlagen, deswegen machte ihn dieses Spiel nervös. Er stieg die Treppen hinauf zu Tante Eleni. Die Wirkung des Koffeins ließ nach, auch der Zucker war verdaut. Zinos setzte sich auf Stufe hunderteins und hätte nun selbst in der Mittagshitze einschlafen können. Er trank die Flasche Mineralwasser aus, die Hermes ihm zugesteckt hatte, und es stellte sich heraus, dass es leichter war, den Rollkoffer zu tragen, als ihn Stufe um Stufe hochzuziehen.

Ohne weitere Pause erreichte er die Abzweigung zu Tante Elenis Gasse. Natürlich hatte ihr bereits jemand von seiner Ankunft berichtet. Sie lief ihm entgegen, weinte und strahlte übers ganze Gesicht. Sie drückte Zinos und hielt ihn so sehr an den Armen fest, dass er zwei blaue Flecken davon bekommen sollte.

Nachdem er sich an Mezzes satt gegessen hatte, legte er sich in seinem Zimmer nackt auf das gemachte Bett. Er schlief lange und fest. Das Zimmer hatte kein Fenster und lag ganz hinten im Haus. Deshalb liebte Zinos dieses Zimmer; er und Illias hatten sich immer darum gestritten. Man wusste nie, ob es Tag war oder Nacht, es war eine Welt für sich. Man hörte kaum, was im Rest des Hauses passierte, und vor allem war das Zimmer kühl. Manchmal, wenn es über vierzig Grad heiß gewesen war, hatten alle außer Tante Eleni in diesem Zimmer geschlafen. Sie sagte dann immer, Deutschland habe die Familie zu Schwächlingen gemacht. Wenn es sehr heiß gewesen war, hatte sich Tante Eleni zum Beweis ihrer Überlegenheit manchmal sogar zum Schlafen aufs Dach gelegt. Zinos war immer davon aufgewacht, dass sie die Leiter unter der Dachluke wieder hinuntergestiegen war, kaum dass sie ihre Schwester hatte schnarchen hören.

Als Zinos am nächsten Tag auf M. erwachte, wusste er einen langen Moment nicht, wer er war und wo er war.

Früher hatte gleich neben dem Bett eine kleine Lampe gestanden. Zinos tastete den Boden ab und fasste in etwas Klebriges. Seine Hand schmeckte süß nach Tante Elenis kandierten Sauerkirschen. Nackt wankte er durchs dunkle Zimmer und tastete die Wände nach dem Lichtschalter ab. Er öffnete die Tür. Im Flur schien die Sonne durch ein kleines Fenster. Er zog ein T-Shirt und ein paar alte, abgeschnittene Jeans an. Tante Eleni saß am großen Tisch in der Küche und entkernte Aprikosen. Einen riesigen Berg hatte sie schon geschafft, einen noch größeren hatte sie noch vor sich.

»Willst du?«, fragte sie, ohne aufzublicken.

»Aprikosen?«, fragte Zinos.

»Ich habe auch einen Milchkuchen fertig oder Baklawa mit Walnüssen, davon wirst du groß und stark.«

»Bin ich doch schon, Tante. Sei mir nicht böse, ich hätte lieber ein Brötchen mit Schinken oder so was.«

»Salz zum Frühstück?«, fragte sie empört.

»Sei nicht böse, ich liebe deine Sirupfrüchte, deine Kuchen. Ich habe so oft davon geträumt, dass ich schon vom Träumen zugenommen habe, Tante.«

Sie lächelte.

»Du kannst Sardinen haben, etwas anderes Salziges hab ich heute Morgen nicht. Wir gehen heute Abend zu Angelos in die Taverne, zur Feier des Tages. Mit dir kann ich mich da ja mal blicken lassen. Alleine geh ich nicht essen, und schon gar nicht mit Andreas – die würden im Kafenion über nichts anderes mehr reden. Nicht mal, wenn Wahlen wären.«

Tante Eleni rollte ein kleines Fass aus der Kammer. Es war bis zum Rand gefüllt mit Sardinen und Salz.

»Frühstück!«

Sie lachte schallend, aber Zinos aß bestimmt zwanzig kleine Fische mit Kopf und Flossen und trank reichlich von Tante Elenis Limonade, die sie aus selbst gemachtem Sirup von verschiedenen Zitrusfrüchten herstellte. Mit Wasser und Eiswürfeln goss sie den grüngelben Sirup immer wieder auf.

»Und was wirst du heute machen, mein lieber Zinos?«

»Ich geh zum Strand, in eine der kleinen Buchten. Vielleicht leiht mir jemand ein Boot.«

»So ein Glück, dass ich ein Boot besitze, fang, dann soll es heute dir gehören!«, rief Tante Eleni und warf einen Aprikosenkern auf Zinos. Er fing ihn auf. Der Berg entkernter Aprikosen überragte nun den der Früchte.

»Du hast ein Boot? Wozu das denn?«

»Ich weiß es nicht. Sevastiana hat es mir gegeben. Sie hatte eine offene Rechnung bei mir, noch aus dem Jahr, als kein einziger Tourist kam, wegen des Streiks. Die haben uns hier vergessen; selbst als der Streik vorbei war, hat es noch einen Monat gedauert, bis die Fähre wieder kam. Das Boot gehörte ihrem Sohn. Dem, der über zwei Meter misst. Dabei war ihr Mann kaum größer als sie. Sie sagt, es gebe einen Riesen, ein paar Generationen zurück. Was weiß ich denn, das wissen nur die Götter. Jetzt arbeitet er jedenfalls bei der Agrarbank in Athen. Er kann sich ein großes Boot mit einem Motor leisten.«

»Es ist ein Ruderboot?«

»Du sollst rudern, Zinos. Rudern ist gut, wenn man ein Mann wird. Ich kann dick sein, das interessiert die Götter nicht, aber du? Du nicht! Hast du eine Verlobte?«

»Nein, Tante!«

»Dann geh rudern, geh schon, ab, ab – geh!«

»Hast du inzwischen ein Telefon?«

»Du kannst unten an der Post telefonieren.«

»Wann gehen wir in die Taverne?«, fragte er.

»Um zehn. Und zur Feier des Tages werde ich ein schönes Kleid tragen.«

Zinos sprang die Treppen hinunter zum Hafen. Das Boot war ziemlich schmutzig. Es war mehr Betrieb als früher. Eine Menge Leute lagen am Strand, der noch weniger einladend aussah, als er es in Erinnerung hatte. Unter Inselbewohnern war es verpönt, an den Hafenstrand zu gehen, nur die Kinder machten das. Zinos begann das Boot von innen zu säubern. Sofort schwitzte er, die Sonne stand über ihm am Himmel und brannte auf seiner Haut. Er ging rüber in den Laden von Sevastiana. Sie gab ihm eine Tube Sonnencreme mit arabischer Schrift. Er versprach, abends das Geld vorbeizubringen; sie winkte ab und wollte ihm in die Wange kneifen, doch er wich gerade noch aus.

Im Gehen zog er sein T-Shirt aus und schmierte sich den Oberkörper ein. Das Zeug roch intensiv nach Kokos; es war ein Öl mit Lichtschutzfaktor zwei. Als er wieder in sein Boot steigen wollte, pfiff ihm jemand hinterher. Am Hafen, kurz bevor der Strand begann, war ein Verkaufstisch aufgebaut.

Ein Mädchen in einem weißen Kleid stand dahinter. Sie pfiff noch mal, als Zinos zu ihr rübersah. Mit verschränkten Armen sah sie ihn direkt an. Sie trug Turnschuhe. Ein junger Typ trat an den Stand. Sie hielt ihm Kassetten entgegen und steckte eine in einen Kassettenrekorder, den sie laut aufdrehte:

Life is what you make it von Talk Talk.

Sie spulte vor, und *It's Tricky* von Run DMC beschallte den Hafen.

Der Typ und das Mädchen wippten mit. Hermes stürmte aus dem Kafenion und schimpfte, bis sie leiser drehte. Zinos sah sie im Profil; sie trug einen unordentlich geknoteten Dutt. Sie war blond, trotzdem war ihre Haut fast schwarz von der Sonne. Plötzlich erkannte er in dem Mädchen Vassiliki. Sie war so, wie er sie in Erinnerung hatte – nur in groß! Sie sah ihn nun nicht mehr an, auch nicht, nachdem der Typ die Kassette gekauft hatte.

Zinos wollte weg vom Hafen. Er ruderte schnell und kräftig, sodass er bald eine Pause einlegen musste. Sein Rücken schmerzte. Er würde jeden Tag rudern, seinen Körper in Form bringen. Aber Vassiliki hatte er ja wohl auch so gefallen. Das Öl auf seiner Haut schien ihn zu grillen.

Er ärgerte sich, dass er noch immer an Vassiliki dachte, obwohl sie außer Sichtweite war, besann sich dann auf sein Ziel, eine kleine Bucht mit einer Grotte. Er ruderte beinahe noch eine Stunde, dann legte er an. Der Sand war fein und bot gerade genug Platz für ihn und das große geblümte Handtuch von Tante Eleni. Zinos sah sich um, aber der Zugang zur Grotte war nicht mehr auszumachen. Stattdessen erblickte er etwas, das von Weitem aussah wie ein schillernder Goldklumpen. Doch hinter dem Flimmern der Hitze fand Zinos bloß eine aus dem Sand ragende Flasche Whiskey neben der

Felswand. Sie steckte mit dem Hals im Sand. Zinos buddelte; sie war noch fast voll. Er nahm ein paar warme Schlucke, ihm wurde schwindelig – und auch ein bisschen übel.

Er rannte ins Wasser, sprang kopfüber hinein, tauchte, solange es ging, und schwamm so weit hinaus, dass er den letzten Felsen vor dem Hafen sehen konnte, zumindest glaubte er das. Er ließ sich auf dem Rücken über das Wasser treiben, das ihn immer weiter raus trug; vielleicht würde er nie wieder an Land schwimmen, vielleicht wäre das sogar besser. Dann fiel ihm ein, dass er heute Abend Tante Eleni ausführen wollte. Er begann, zurück zum Ufer zu schwimmen, da berührte ihn unter Wasser etwas, das sich bewegte. Sein Herz schlug so schnell, dass er schon allein deswegen um sein Leben fürchtete. Was auch immer es war, es griff ihn nicht an. Er wagte nicht, sich zu bewegen, dann stieß es ihn wieder an, es war nicht glitschig, fühlte sich nicht an wie ein Fisch, eher hart und kantig, es zwickte ihn in den Fuß, er erstarrte. Plötzlich tauchte neben ihm eine große Schildkröte auf, sah ihn eine Weile an und tauchte wieder ab. Zinos schwamm eine Weile neben ihr her, bis sie sich ins weite Meer aufmachte.

Er hatte ganz vergessen, was das Meer ihm bedeutete. Als er mit geschlossenen Augen dalag und fühlte, wie das Wasser auf seiner Haut trocknete, nahmen die Erinnerungen eine andere Form an. Es schien ihm, als würde sein Leben in diesem Moment endlich weitergehen. Bis zum frühen Abend hielt er es in der Bucht aus, dann ruderte er zurück zum Hafen. Er wusste nicht, wie spät es war. Die Lichter der Taverne blinkten bunt. Draußen an der Post gab es mittlerweile ein Telefon, während es früher bloß eine enge Kabine aus Holz gegeben hatte, in der man fast erstickte.

Er nahm den Hörer ab und warf Münzen ein. Es kam nicht

mal ein Freizeichen, und das Geld war weg. Im Kafenion bot Hermes ihm an, er könne telefonieren. Ollis Anrufbeantworter ging sofort an. Vocalhouse dröhnte Zinos ins Ohr.

»Olli, du Spinner, ich bin jetzt in Griechenland, ich brauch Geld, ich kann meiner Tante nicht auf der Tasche liegen. Ich hoffe, du hast meine Wohnung schon an jemanden vermietet, jemand Anständiges, Alter! Ich will keinen Ärger und keine Flecken, die nicht von mir sind. Grüß Bo. Einfach nur so. Und sag ihr nicht, wo ich bin! Interessiert sie sowieso nicht. Ruf an im Kafenion. Das hier ist die Nummer ...«

Er rannte die Treppen hoch ins Dorf. Tante Eleni hatte ihr schönes Kleid an, stand am Herd und rührte in einem Topf.

»Tante, Feierabend!«

»Ich dachte schon, Poseidon hat dich geholt, Zinos.«

»Mach dir keine Sorgen um mich.«

»Wer sagt, dass ich mir Sorgen gemacht habe?«

Sie zwinkerte. Vor Frauen, die zwinkern, wollte Zinos sich in Acht nehmen.

In der Taverne bestellte Tante Eleni gegrillte Sardinen, eingelegte Paprika, Linsenmus, Oktopussalat, Garnelen in Tomate und geschmortes Lamm.

Sie tranken dazu den selbst gemachten Rotwein des Wirtes und danach Ouzo auf Eis. Nach ihrem dritten Glas sagte Tante Eleni:

»Wie hast du dir das vorgestellt, Junge?«

»Was denn, Tante?«

»Na, machst du gerade Urlaub – oder was soll das werden?«

»Ich weiß nicht, ich will eine Weile bleiben und dann mal sehen.«

»Was ist eine Weile?«

»Freust du dich denn gar nicht, Tante?«

»Darum geht es nicht. Du bist ein Junge, der keine Arbeit hat, und ich frage mich, warum er mich so plötzlich besucht, nachdem er Jahre nicht angerufen hat. Da steckt doch was dahinter, Zinos.«

»Ich hatte einen Job, alles war gut, ich wollte kochen lernen, aber dann ...«

»Ihr Name!«

»Was?«

»Es steckt doch ein Mädchen dahinter, ist es nicht so, Zinos?«

»Eine Frau.«

»Die erste Liebe?«

»Mhm.«

»Das geht vorbei, mein Zinos.«

»Ich habe sie geliebt, sie mich nicht.«

»Kanntest du sie wirklich?«

»Was soll das heißen – wirklich kennen?«

»Hat sie dir jemals einen Brief geschrieben?«

»Nein, warum sollte sie?«

»Du kennst eine Frau erst, wenn sie dir einen Brief geschrieben hat.«

»Warum?«

»Vergiss nicht meine Worte, dann wirst du verstehen, Zinos.«

»Man darf sich nur in Frauen verlieben, die einem mal einen Brief geschrieben haben?«

»So ist es, Junge!«

»Nein, Tante, so war das früher.«

»Glaubst du mir nicht?!«

»Doch, Tante.«

»Also, was willst du hier auf der Insel? Du kannst bei mir wohnen, ich will kein Geld von dir. Aber ein Mensch muss arbeiten, du kannst nicht ein Leben lang um die Inseln rudern, so wie die komischen Leute mit den großen Rucksäcken.«

»Warum nicht?«

»Wenn man das Leben nicht ernst nimmt, hat man auch keine Freuden.«

»Aber ich nehm alles *zu* ernst, Tante.«

»Du kannst bei mir bleiben, solange du willst – wenn du dir eine Arbeit suchst.«

»Aber hier gibt's nicht viel zum arbeiten. Alles, was man hier machen kann, übernehmen die Leute von hier, und zwar so lange, bis sie tot sind.«

Tante Eleni lächelte.

»Willst du mich loswerden, Tante?«

»Wie kann so ein Gedanke in deinem Kopf herumspuken, an diesem Abend in dieser schönen Luft?«

Angelos schenkte Ouzo nach und setzte sich zu ihnen an den Tisch.

»Angelos, brauchst du eine Aushilfe?«, fragte Zinos.

»Dann würde ich hier nicht sitzen«, sagte Angelos und gab Zinos eine Zigarette, bevor er sich selbst eine ansteckte.

Als Zinos betrunken im Bett lag, war er sicher, einen Sonnenstich zu haben. Tante Eleni hatte recht. Was sollte bloß aus ihm werden?

Am nächsten Tag war Vassiliki nicht am Hafen. Zinos ging rüber ins Kafenion und erkundigte sich bei Hermes nach ihr.

»Ach, die!«, winkte er ab.

»Was ist denn mit ihr?«

»Sie ist keine gute Tochter der Insel!«

Hermes griff nach seinem großen Schlüsselbund und ließ ihn durch die Finger gleiten wie einen Rosenkranz.

»Was hat sie denn angestellt?«

»Alles. Nur nicht geheiratet.«

»Ich mag selbstständige Frauen!«

»*Frauen* …«, Hermes schnaufte verächtlich.

Wissend lehnte er sich nach vorne über den Tisch zu Zinos, schob die Schale Pistazien hin und her und flüsterte:

»Ihr Vater ist vor ein paar Jahren gestorben, frag nicht, wie. Es ging ihm nicht gut, das muss reichen. Er ist monatelang nicht ins Kafenion gekommen, dann war er tot. Aber er war nicht krank, und er hatte keinen Unfall. Also, frag mich nicht.«

»Hat er sich …«

»Pscht!«

Hermes legte den Zeigefinger auf den Mund.

»Ich sage dir: Er ist in den Eukalyptuswald gegangen und nicht wiedergekommen!«

»Vielleicht hat ihn eine Wespe gestochen, und er hatte einen allergischen Schock.«

»Das kannst du denken.«

»Und was wurde mit seiner Familie?«

»Ihre Mutter geht Kirschen pflücken, die Brüder haben geheiratet, auf dem Festland. Sie schicken Geld. Vassiliki lebt überall und nirgends. Alle paar Wochen besucht sie ihre Mutter. Und macht ihre Geschäfte an unserem Strand. Wir sehen das nicht gern.«

Hermes legte den Schlüsselbund auf den Tisch, zündete sich eine Filterlose an, zog kräftig daran und sagte:

»Sie macht Sachen!«

Das Telefon klingelte.

»Es ist für dich!«, sagte Hermes, drückte seine halb gerauchte Zigarette aus und zündete sich die nächste an.

»Woher weißt du, dass es für mich ist?«

»Niemand ruft mich um die Zeit an. Außer es ist jemand gestorben, und es ist niemand gestorben, denn sonst wüsste ich es, bevor das Telefon klingelt.«

Zinos ging nach hinten, die Treppe hoch, Hermes' Frau hielt ihm schon den Hörer entgegen.

»Zinos! Olli hier! Ich hab deine Bude vermietet! Und jetzt pass auf – an ein Model, ein riesiges blondes Model aus Südafrika. Und sie ist nett !«

»Nett?«

»Ja, nett. Und so schön, da brauchst du dir um die Miete keine Sorgen machen.«

»Wie lange will sie bleiben?«

»So lange, wie in Hamburg was läuft! Und sie hat bald ein Vorsprechen in den Staaten. Wenn's klappt, sattelt sie die Pferde. Eigentlich wäre Charlize nämlich lieber Schauspielerin.

»Grüß sie von mir. Und schick mir nur einen Teil des Geldes, den Rest überweist du auf mein Konto, alles klar?«

»Mach ich, Alter!«

Später ruderte Zinos wieder zur Bucht. Der Whiskey war fort, und die Schildkröte traf er auch nicht an. Er schwamm jetzt jeden Tag weit raus und legte sich auf den Rücken; das Meer war ruhig.

Bei Sevastiana tauschte er eine alte Sonnenbrille gegen eine noch ältere Taucherbrille. Nach etwa einer Minute lief sie mit Wasser voll. Er drückte die Brille mit beiden Händen aufs Gesicht und strampelte in die Tiefe. Doch Zinos fürchtete sich vor der Dunkelheit und bekam starken Druck auf den

Ohren. In Panik riss er sich die Taucherbrille vom Gesicht, schwamm nach oben und kraulte an den Strand. Jeden Tag übte er, was er im Schwimmunterricht versäumt hatte, weil er nicht hingegangen war. Er beherrschte bald den Schmetterlingsstil, Rückenkraulen und einen sauberen Sprung von einem Felsen mit einer Höhe von bestimmt zehn Metern. Er tauchte immer länger, aber nur noch im flachen Wasser, und ihm gelang nun sogar ein besonders langer Unterwasserhandstand, eigentlich eine Mädchendisziplin.

Nach ein paar Wochen hatte er Muskeln bekommen und jede Menge Gewicht verloren; seine Haut war braun und rein. Niemand störte ihn in seiner Bucht; weit draußen fuhren Schiffe vorbei. Manchmal hörte er Kinder, die hoch über ihm an den Klippen entlangwanderten. Die größeren Buchten lagen vom Hafen aus in der anderen Richtung. Bevor man bis zu Zinos' Bucht gelangte, fuhr man an einigen größeren vorbei; eine hatte sogar einen langen Strand. Niemand fuhr bis zu seiner Bucht, denn dahinter war es nur noch felsig.

Doch an einem Nachmittag näherte sich ein kleines Motorboot. Er erkannte sie, als sie anlegte. Sie trug eine Baseballkappe, eine kurze Hose und ein Bikinioberteil. Beides zog sie aus, warf es ins Boot und zündete sich eine Zigarette an. Mit dem Cap auf dem Kopf und in einer knappen Bikinihose kam sie mit ihren langen Beinen auf Zinos zu.

»Jetzt sind wir beide gleich angezogen. Ist doch fair«, sagte Vassiliki.

»Ich hab keine Mütze«, sagte Zinos. Sie warf ihr Cap in den Sand.

»Schönes Handtuch.«

Sie ließ sich neben Tante Elenis geblümtes Handtuch in den Sand fallen, streckte sich und öffnete ihren Haarknoten.

»Gehen wir schwimmen, ich stell dir Katerina vor«, sagte sie.

»Katerina?«

»Meine beste Freundin. Sie ist leider eine Schildkröte, wir können also nie zusammen in die Disco. Sie kommt aber immer vorbei, wenn ich hier bin.«

»Ich glaube, ich kenne Katerina. Ich habe sie schon einmal getroffen.«

»Da hast meinen Whiskey getrunken, das hat sie gerochen. Sie dachte, ich bin da. Am liebsten ißt sie Kalamares oder Garnelen. Ich habe was dabei, komm schon.«

Vassiliki lief ins Wasser. Zinos schwamm ihr nach. Schon nach kurzer Zeit tauchte die Schildkröte auf. Vassiliki fütterte sie.

Sie hatte eine sehr gute Taucherbrille und tauchte tiefer, als Zinos sich je getraut hätte. Als sie wieder hochkam, küsste er sie.

Am Strand zog sie ihre Bikinihose aus und setzte sich mit gespreizten Beinen in den Sand. Zinos schmeckte das Salzwasser, sie zog ihn hoch und setzte sich auf ihn.

Später, als es bereits dunkel wurde, schlug er vor, am Hafen zu essen, aber Vassiliki hatte alles dabei: Schafskäse, ein ganzes Weißbrot, eingelegte Pepperoni, zwei kleine Makrelen, Feigen, Kirschen, Gras und Zigaretten. Sie aßen, erzählten sich voneinander, kifften, tranken Limonade und Whiskey und schliefen ein. Als die Sonne aufging, wachte Zinos auf.

Das Leben erschien ihm wie ein einziges blaues Leuchten. Er sah Vassiliki an, sie sah so weich aus und atmete regelmäßig. Da er glaubte, sie würde schlafen, sagte er, dass er sie liebe. Er hatte es Bogdana sagen wollen, jedes Mal, als er sie gesehen hatte. Und er glaubte noch immer, sie hätte wissen sollen, wie viel sie ihm bedeutete. Nun, da er den Satz ausgesprochen hatte, war er frei. War es wichtiger, zum ersten Mal mit einer Frau zu schlafen – oder zum ersten Mal auszusprechen, dass man sie liebte? Mit einer Frau schlafen würde irgendwann normal sein, Liebe zu bekennen niemals. Nicht, wenn man dabei die Wahrheit sagte. Er sagte es noch mal und noch mal und wusste nicht, ob es die Wahrheit war.

Vassiliki öffnete die Augen und strahlte ihn an, sprang auf und rannte ins Wasser.

Sie schwammen noch einmal raus und gaben Katerina die Reste ihres Picknicks. Dann ruderte Zinos zurück, während Vassiliki langsam mit ihrem Motorboot neben ihm her fuhr.

»Womit verdienst du eigentlich dein Geld?«, rief er zu ihr rüber.

»Ich nehme Kassetten auf und verkaufe sie!«

»Raubkopien?«

»Na ja, ich stelle die Lieder neu zusammen. Ich verkaufe sie billiger, als sie im Laden sind. Ich bin gut im Zusammenstellen von Musik, ich will DJ werden!«

»Cool. Und was machst du heute noch?!«

»Ich bleibe bei meiner Mutter. Weiß nicht, wie lange. Sehn wir uns?«

»Ja, wollen wir bei Angelos was essen?«, fragte er.

»Das ist keine gute Idee, die mögen mich nicht.«

»Du gehst mit mir hin. Ich sag, du bist meine Verlobte.«

Vassiliki lachte. Sie redeten noch lange, als die Boote schon im Hafen lagen, und verabredeten sich für später bei ihrer Mutter.

Tante Eleni stand vor dem Haus in der Gasse, sie aß Grieskuchen und schaute grimmig.

»Was machst du, Zinos?«

»Leben.«

»Leben? Das macht man nicht. Leben ist das, was sowieso passiert. Dummer Junge! Was hast du die ganze Nacht mit diesem Mädchen zu tun gehabt?«

»Woher weißt du das?«

»Das spielt keine Rolle. Was soll das, du suchst dir keine Arbeit, aber lässt dir wieder das Herz brechen!«

»Sie bricht mir nicht das Herz, wir sind verlobt!«

Tante Eleni schüttelte den Kopf und machte eine Geste, dass Zinos sofort ins Haus kommen sollte.

»Zinos, du kennst dieses Mädchen nicht.«

»Früher hat man sich hier verlobt, ohne sich vorher gesehen zu haben!«

»Ich nicht, ich liebte Dimosthenis, weil ich ihn kannte.«

»Wie lange?«

»Das geht dich nichts an! Hat Vassiliki dir einen Brief geschrieben?«

»Nein!«

»Dann bitte sie darum. Bitte sie darum, ihre Gefühle aufzuschreiben! Mit Unterschrift!«

»Tante, ich bin kein Baby!«

»Was ist mit Arbeit, wann suchst du dir Arbeit?«

»Vassiliki kennt Leute auf Kreta. Da ist eine Disco, sie brauchen immer Leute, selbst in der Nachsaison. Sie kennt den Barchef. Bald fährt sie rüber und organisiert alles, und ich fahre noch mal nach Hamburg, um ein paar Sachen zu regeln und Illias zu treffen.«

»Du bist doch verrückt – Dionysos ist in deinem Kopf! Aber gut, wenn du nicht bei mir wohnst, kannst du machen, was du willst. Kreta! Das ist doch kein Leben – unter Touristen!«

Bei Vassilikis Mutter wurde Zinos freundlicher begrüßt.

»Warum hast du deine Tante nicht mitgebracht? Ich habe so viel Rindfleisch. Und ich habe ihre kandierten Kirschen im Haus.«

»Ihr war nicht wohl heute – zu viel Sonne!«

»Aber sie geht doch nie an den Strand?«

»Ja, deswegen! Bumm, es hat sie umgehauen.«

Sie aßen Sofrito, mit so viel Knoblauch, wie es Zinos' Mutter nie gemacht hätte. Ein Foto von Vassilikis Vater hing in einem Goldrahmen neben ein paar Heiligen.

In dieser Nacht ging Zinos nach Hause, er wollte Tante Eleni nicht noch mehr verärgern. Die nächsten Tage verbrachte er mit Vassiliki in der Bucht.

An Zinos' Geburtstag Ende August ging Vassiliki sogar mit ihm in die Taverne. Ein paar Tage später nahm sie die Fähre nach Kreta. Sie würde dort ein Apartment mieten und Arbeit für beide besorgen. Sie verabredeten, sich in spätestes einem Monat wieder auf der Insel zu treffen.

Auf M. war es auch Ende September noch heiß. Zinos hatte sein Boot gestrichen und stand nun verschwitzt vor Tante Elenis Haus. Sie schien auf ihn zu warten, stand dort mit ernster Miene und verschränkten Armen.

»Was ist los?«, fragte er.

»Komm rein. Ich habe dir ein Omelette mit Garnelen gemacht!«, sagte sie streng.

»Seit wann gibt's denn so was?«

»Etwas Neues auszuprobieren ist eine gute Medizin gegen die Wut!«

»Bist du wütend auf mich?«

»Iss erst mal.«

Zinos schlang das Omelette in sich hinein. Als er den letzten Bissen auf der Gabel hatte, nahm sie sofort den Teller weg und legte einen Briefumschlag vor ihn auf den Tisch.

»Der Brief einer Frau«, sagte Tante Eleni sehr ernst.

Zinos grinste.

»Von dir an mich?«

Tante Eleni sah ihn finster an und schüttelte den Kopf.

Obwohl der Brief fest verschlossen war, schien Tante Eleni zu wissen, was darin stand. Zinos drehte den Brief um: VASSILIKI stand auf der anderen Seite, keine Adresse. Der Poststempel war von Kreta.

»Ich mache einen Spaziergang«, sagte Tante Eleni. Als die Tür zuschlug, öffnete Zinos den Umschlag. Er ließ den Brief noch eine Weile liegen. Es war nur eine Seite, und auf der stand nicht besonders viel.

Lieber Zinos,

du wirst mich vielleicht nicht verstehen, denn ich versteh mich selbst nicht. Aber hier auf Kreta habe ich gefunden, wonach ich suchte, ohne zu wissen, dass ich es suchte. Das klingt verrückt, und das ist es auch. Das Leben ist verrückt!!! Vassiliki ist verrückt!!!

Die Disco gehört jetzt Alexandrios. Ich kenne ihn von früher. Er ist aus Athen und hat ein paar Mal auf M. Urlaub gemacht. Ich kann hier Musik auflegen und bin ich selbst wie noch nie!!! Ich werde dich nie vergessen und die Zeit in der Bucht. Aber ich liebe jetzt Alexandrios. Such mich nicht. Vergiss mich.

Mach's gut,

Vassiliki

P.S.: Grüß Katerina von mir.

Zinos ging in das Zimmer ohne Fenster, um zu heulen. Am nächsten Tag saß er den ganzen Tag bei Tante Eleni in der Küche und sah ihr beim Einmachen und Kandieren zu. Ab und zu ging er in das Zimmer ohne Fenster und heulte. Eine Woche duldete Tante Eleni diesen Zustand. Dann begann sie eines Morgens, als Zinos sich gerade erhob, um in das Zimmer zurückzugehen:

»So, jetzt ist es genug. Niemand ist gestorben, du bist nur ein Biest losgeworden! Für so eine hast du nun genug gelitten. Was willst du tun, Zinos?«

»Kann ich nicht einfach bei dir bleiben und mit dir Früchte einlegen?«

»Das Leben ist zu kurz, um Früchte einzulegen.«

»Aber du tust doch nichts anderes.«

»Ja, mein Zinos, aber davor hatte ich ein Leben. Jetzt hab ich meine Ruhe. Und zu verzweifeln, zu glauben, nichts hätte mehr einen Sinn, ist in jedem Alter bloß Bequemlichkeit. Für diese Vassiliki zu verzweifeln ist ohnehin verschwendete Mühe. Sie hatte doch nicht viel mehr zu bieten als ihre Schönheit.«

»Wann kommt die nächste Fähre, Tante?«

»Morgen früh.«

Tante Eleni stand um drei Uhr morgens mit Zinos auf, machte ihm wieder das Omelette mit Garnelen. Sie schleppte eine seiner Taschen nach unten zum Hafen, die voller Gläser mit kandierten Kirschen war. Sie warteten bis zum Mittag, dann kam Hermes zu ihnen und berichtete, dass es wieder ein Unglück gegeben habe und einige Fähren wegen technischer Mängel aus dem Verkehr gezogen worden seien. Eine Insel wie M. wurde in solchen Zeiten nicht angefahren. Zinos verbrachte noch ein paar Tage auf M., dann nahm ihn ein Fischer mit auf die nächste größere Insel. Von dort nahm er die Fähre nach Athen. Katerina hatte er nicht mehr besucht. Die Schildkröte vermisste ihn sicher genau so wenig wie Vassiliki.

Tante Eleni hatte beim Abschied die gleichen Tränen geweint wie damals, als sie Illias und Zinos an sich gedrückt hatte. Tränen, die beides zugleich bedeuteten: Traurigkeit und Erleichterung.

REZEPT: TANTE ELENIS SAUERKIRSCHEN IN SIRUP

MAN BRAUCHT

- ein Kilo Sauerkirschen
- ein Kilo Zucker (Die Menge des Zuckers erhöht sich bei Früchten, die roh nicht genießbar wären, wie zum Beispiel bei Quitten, um das Anderthalbfache)
- hundertsechzig Milliliter Leitungswasser
- drei Esslöffel Zitronensaft
- einen Topf und Kochlöffel
- ein großes Einmachglas oder viele kleine
- kleine silberne Schälchen und Löffel
- ein Glas Stilles Wasser
- vierundzwanzig Stunden

ZUBEREITUNG

Zuerst wäscht man die Kirschen und breitet sie zum Trocknen in der Sonne aus. Aber wenn man zum Beispiel in Hamburg lebt, breitet man sie einfach nur aus – am besten auf Küchenpapier. Damit sie schneller trocknen, kann man sie auch abtupfen. Wenn man sie entkernt hat, schichtet man sie abwechselnd mit dem Zucker in dem Topf auf, bis alles drin ist.

Dann mit dem Leitungswasser aufgießen und alles über Nacht stehen lassen. Das Ganze etwa eine Stunde köcheln lassen und den dabei entstehenden Schaum abschöpfen. Wenn die Flüssigkeit eindickt, den Zitronensaft unterrühren, den Topf vom Herd nehmen und erkalten lassen. Ab und zu umrühren. Dann füllt man alles in ein großes Glas oder in mehrere kleine.

Die kleinen Gläser kann man mitbringen, wenn man selber Gast ist – oder man kann ein Tauschgeschäft mit einem Nachbarn machen, falls zum Beispiel zum Milchkuchenbacken die Milch fehlt, zum Grieskuchen der Grieß …

Das große Glas benutzt man, wenn man nachmittags Besuch bekommt. Man füllt etwas in die Schälchen und legt die Löffel dazu. Es ist so süß, dass es unhöflich wäre, kein Glas stilles Wasser dazuzustellen. Dann lutschen alle zusammen langsam die Sirupfrüchte und das Gespräch ist eröffnet. Das Gliko ist eine Art Nachmittagsaperitif.

Mokka und Kuchen sollten darauf folgen. Denn bis zum Abendessen ist noch genug Zeit.

Zwischen den Jahren

»Gelobt wirst du noch genug, wenn du tot bist.«

Noch bevor Zinos in Hamburg zum ersten Mal wieder einen klaren Gedanken fassen konnte, bekam er eine fiebrige Erkältung.

Er lag in seiner von Charlize blitzblank geputzten Wohnung und schneuzte sich ununterbrochen die Nase, die rot und wund war und noch größer wirkte als sonst. Auch ein paar Pickel auf der Stirn waren zurückgekehrt und machten sich nicht sonderlich gut in seinem blassen Gesicht. Beinahe eine Woche blieb er zu Hause und ernährte sich von Tante Elenis Geschenken. Vor allem die Kirschen schienen dem Immunsystem gutzutun. Gerade als er zur Tür hinaustreten wollte, überkam ihn ein erneuter Anfall von Schüttelfrost, und er fiel, in Jacke und Schal, zurück auf sein Bett. Zum ersten Mal dachte er wieder an Pavese – und an das Angebot, eine Ausbildung bei ihm zu machen.

Bevor Zinos sich einen Job suchen wollte, musste er Illias finden. Dessen ehemaliger Zellenkumpel, der wohl noch in irgendeiner geschäftlichen Verbindung zu seinem Bruder stand, nannte ihm eine Adresse in Harvestehude.

Zinos stand vor einer weißen Villa. Er drückte einen goldenen Klingelknopf. Durch die Sprechanlage drang eine mädchenhafte Stimme.

»Ja, bitte?«

»Zinos Katsantzakis, der Bruder von Illias.«

Das Tor öffnete sich. In der Tür stand eine große junge

Frau mit kinnlangen Haaren. Ihr gelber Pullover reichte fast bis zu den Knien. Sie kratzte und rieb sich den Oberschenkel und schob den Pulli dabei kurz hoch bis an die Hüfte, während Zinos auf sie zuging. Mit einem Blick sah er, dass sie keine Unterhose trug.

»Hi!«, sagte sie.

»Hi.«

Sie rieb noch immer an ihrer Haut. Dann hielt sie ihm die freie Hand hin:

»Kathinka.«

Sie drückte mit ihrer knochigen Hand fest zu und versuchte ein Lächeln; die Augen müde, mit geplatzten Äderchen, die Lippen blass und trocken. Zinos schätzte sie nicht älter als zwanzig.

»Ist Illias hier?«

Sie antwortete nicht, sondern betrachtete die Stelle an ihrem Oberschenkel.

»Scheiße, schon wieder ein blauer Fleck.«

»Ist Illias hier – oder nicht?«

»Der schläft noch. Soll ich ihn wecken?«, fragte sie leicht gereizt.

»Das wär cool. Wir haben uns lange nicht gesehen.«

Sie bat Zinos herein und führte ihn in einen großen Raum. Streng sagte sie, er solle auf der Couch Platz nehmen.

»Jadwiga bringt dir gleich einen Saft. Besondere Wünsche?«

Dann verschwand sie. Kurz darauf kam eine Frau in einem Hauskittel mit einem Tablett und stellte ein großes Glas vor Zinos ab. Am Rand des Glases klemmte eine ganze Scheibe Ananas, daneben hing ein Zweig Johannisbeeren.

»Ein Sandwich gefällig?«, fragte Jadwiga.

»Vielen Dank, machen Sie sich keine Umstände.«

Jadwiga zuckte die Schultern. Zinos war zu nervös, um etwas zu essen, und der Saft machte ihn wach wie ein doppelter Mokka.

»Ist geil, das gesunde Zeug, ne Zini?«

Illias stand in der Tür. Sie fielen sich in die Arme. Kathinka hatte sich noch immer keine Hose angezogen. Sie ließ sich aufs Sofa fallen, verschränkte die Arme und legte die Beine überkreuzt auf die Lehne.

»Zini, darf ich dir deine künftige Schwägerin vorstellen: Kathinka!«

»Was? Ach, was! Ach so. Herzlichen Glückwunsch. Wo seid ihr euch denn über den Weg gelaufen?«

Illias warf ihr einen fragenden Blick zu, sie nickte.

»Sie musste so Sozialstunden machen, ne, und ich auch, deshalb konnte ich früher raus.«

»Was hast du denn angestellt?«, fragte Zinos Kathinka.

»Ach, nur ein bisschen Klauen. Meine Eltern haben mich angezeigt, war gut gemeint von ihnen.«

Kathinka verschwand nach oben.

»Ist das ihr Haus?«, fragte Zinos.

»Eigentlich wohnen ihre Eltern hier, irgendwann ist das ihr Kasten.«

»Und – wie alt?«

»Zweiundzwanzig.«

» Ist die nicht ein bisschen zu dünn für dich?«

»Geht, geht, Digger, kleine Titten haben auch Charme, ist 'ne ganz neue Erfahrung. Aber recht hast du, bei mehr Polster geht mir besser einer ab. Von ihr ist nur so wenig über wegen den Drogen, aber sie ist da jetzt von runter. Kifft nur noch, und koksen is nur noch beim Ausgehen, hat sie versprochen, Digger. Sie hat bestimmt schon hundert Gramm zugenommen!«

»Und was war vorher?«

»Alkohol, Koks, hat 'n bisschen Heroin geraucht, Tabletten von Mutti – das volle Programm, Zini!«

»Liebst du sie?«

»Ein bisschen, Digger. Ach, ich muss einfach wieder auf die Beine kommen. Und sie ist doch 'ne Hübsche! Zuckersüß.«

»Wie du meinst. Aber du kannst sie doch nicht heiraten!«

»Zini! Pscht. Lass mich mal meine Sachen machen, ich bin immer auf deiner Seite, und du bist auf meiner – hörst du zu!«

Er klopfte Zinos ein paar Mal auf die Wange.

»Illias! Wenn die schon so kaputt ist, dann verarsch sie doch nicht noch!«

»Wieso verarschen? Ich heirate sie, das wünscht sich doch jede Muschi. Was hab ich dir gesagt? Du darfst nie mehr fühlen als die Frau, sonst wirst du verrückt! Hast du dich daran gehalten? Du siehst so blass aus – Liebeskummer?«

»Lass mich in Ruhe, ich hatte bloß 'ne Grippe. Und nenn mich bitte nicht mehr Zini.«

Zinos stieß Illias weg und wandte sich zur Tür. Illias packte ihn und hob ihn hoch.

»Hey!, Kleiner, wo willst du denn hin? Wo warst du überhaupt die ganze Zeit?«

»Hast du mich gesucht?«

»Nee, hast du mich denn im Knast besucht? Nein, hast du nicht, nicht mal zum Geburtstag!«

»Ich war bei Tante Eleni.«

»Auf M.? Was willst du denn da?«

»Habe gearbeitet. Hart gearbeitet.«

»Echt? Und hast du jetzt was auf der Kante?«

»Nö.«

»Dann war's nicht hart genug, Zini. Entweder, du machst Geschäfte wie ich, oder du gehst arbeiten – dann aber richtig! Ich werd niemals arbeiten gehen, nicht meine Baustelle, Zini.«

»Ich heiß nicht Zini, alles klar? Und ich würd nie deine Geschäfte mitmachen, auch nicht, wenn ich hungern müsste, ich hab nämlich ein Gewissen.«

»Ja, aber ich hab nämlich 'ne Frau – hast du eine?«

»In Griechenland.«

»Und wenn sie deine Frau ist, wieso ist sie jetzt nicht hier?«

»Frag mich das nie wieder.«

»Aber nur, wenn ich dich Zini nennen darf.«

»Wenn's dich glücklich macht.«

»Also, jetzt ziehst du heute Nacht mit uns um die Häuser – großer Häuptling Zinos?«

»Heute ist Dienstag.«

»Für die Elite ein guter Tag zum Feiern! Wir gehen erst schön essen, dann in einen Club; macht ein Kollege von mir, da geht so einer ab, da kommt man ohne Beziehungen gar nicht rein. Auch nicht dienstags.«

»Meinetwegen.«

Zinos ging zurück ins Wohnzimmer, um sich von Kathinka zu verabschieden. Sie war auf dem Sofa eingeschlafen und lag da wie ein toter Kanarienvogel.

Das Restaurant war teuer. Illias und Kathinka bestellten das Menü, Zinos nahm eine Suppe und das einzige Hauptgericht, unter dem er sich etwas vorstellen konnte. Nachdem

Kathinka mit ihrer Kreditkarte alles bezahlt hatte, nahmen sie ein Taxi zu dem Club in der Nähe des Hauptbahnhofs.

Zinos versank in einer Ledercouch in der V.I.P.-Ecke. Illias schenkte Wodka nach, und Kathinka verschwand alle halbe Stunde zum Koksen auf der Toilette. Es tat gut, Illias so munter zu erleben; wie er sich freute, jedes Mal, wenn Zinos einen kurzen Wodka trank. Aber diese Art von Spaß konnte Zinos nicht länger ertragen. Als er sich verabschieden wollte, warf Kathinka sich auf seinen Schoß. Er schubste sie runter.

»Ey!, spinnst du? Lass das, du bist Illias' Freundin.«

»Dem ist das doch sowieso egal, das weißt du doch! Und mir reicht es, wenn er ein bisschen auf mich aufpasst, meine Eltern lieben ihn, weil er Grieche ist. Meine Eltern finden das exotisch, dass ich einen ungebildeten Griechen heirate und sie dann Verwandte in Griechenland haben. Das finden die geil – wegen ihrer Bildungsarier-Komplexe. Am liebsten hätten sie einen schwarzen Asylbewerber aus Afrika.«

Sie stand auf und imitierte Afrodance.

»Aber – Asylbewerber sind doch nicht automatisch ungebildet. Ganz im Gegenteil, oft verlassen sie ihre Heimat, weil sie zur politischen Opposition gehörten«, sagte Zinos.

Kathinka hörte auf zu tanzen.

»Du willst mich doch jetzt nicht mit Gemeinschaftskunde belästigen. Ich laber doch nur Scheiße, ich hab Spaß, willst du koksen? Ich hab genug für alle.«

»Kann ich mir vorstellen, aber, nein danke, ich trink mein Bier und hau ab.«

Kathinka sah ihn flehend an. Die Verzweiflung in ihrem Blick bedeutete wohl: sein Verschwinden wäre eine brutale Abwertung ihrer Existenz.

»Du kannst nicht gehen, das ist so wichtig für Illias, dass du da bist. Er liebt dich!«

Sie sagte es, als würde sie Zinos auch lieben, wischte sich unter der Nase rum und guckte auf ihren Handrücken. Dann strahlte sie ihn an und meinte:

»Wir können Spaß haben, ich motivier dich, ich wünsch mir ein Lied für dich! Bleib doch, dann ist Illias besser drauf, vielleicht baut er weniger Scheiß, er hat sich so gewünscht, dass wir uns kennenlernen.«

»Der Laden hier ist nicht mein Ding, die Party auch nicht, ich hau ab, lass mich los.«

Kathinka zog an seinem Arm, hielt ihn fest, in ihren Augen flackerte Panik.

»Eine Line Koks, jeder eine, wir beide zusammen, dein Ego geht von null auf hundert, sofort! Es gibt doch was zu feiern.«

Er riss sich los:

»Ach ja? Ich hab mich jetzt genug gefreut, pass auf dich auf. Tschüss!«

Zinos suchte Illias, der mit ein paar Jungs an der Bar stand.

»Ey!, Kleiner, willst du schon los? Dann muss ich mich ja um Kathinka kümmern.«

»Du bist so ein Idiot. Ruf mich an, ich bin jetzt weg.«

Draußen atmete Zinos tief durch und baute sich im Gehen einen Joint. Es war sehr kalt in Hamburg. Illias lief ihm nach.

»Tut mir leid Zinos, war nicht so dein Laden, was, Digger?«

»Illias, ich hab andere Sorgen, als in solchen Läden abzuhängen, ich brauch nen Job, 'n Ziel. Ich muss irgendwas machen.«

»Mach Geschäfte mit mir, ich hab da was laufen mit Wetten und so ...«

»Vergiss es, ich will einen Job, Ordnung, ich hab keinen Bock auf dein Leben.«

»Was hast du gegen mich? Ich hab immer auf dich aufgepasst! Ich brech jeden ab, der dir im Weg steht!«

Er machte eine Faust, hielt sie Zinos vors Gesicht und fuhr fort:

»Wenn man sein Leben nicht in der Hand hat, kann man auch andere nicht in der Hand haben – weder als Guter noch als Böser! Pass meinetwegen selber auf dich auf, mach ma, bin gespannt wie ein Flitzebogen!«

»Illias, ich wollte dich nicht beleidigen. Du bist du, und ich bin anders. Ich muss mein eigenes Ding machen. Ich hab dich immer angehimmelt.«

»Weiß ich doch, Zinos. Weiß ich doch. Kann man verstehen, ich bin ja auch 'n smarter Typ, ne. Aber noch ein Tip, Zini, äh, Zinos: Such dir mal einen Job, wo man sich die Muschis aussuchen kann: Schauspieler, Rockstar, Saxofonist, Modelagent, Staatsanwalt, was weiß ich! Guck mal, egal, was ich gerade mache: Ich bin von Hauptberuf Chef! Und so musst du das auch machen. Und hör bloß auf mit Mathe, werd nicht der Matheman oder so. Oder willst du studieren oder was?«

»Ich hab nicht mal Abi gemacht.«

»Wie das?«

»Mir ging's nicht so gut.«

»Und geht es dir jetzt besser, Zinos?«

»Geht so. Darum muss ich jetzt auch los. Ich muss mich darum kümmern, dass es mir besser geht, Illias. Und du, pass lieber auf deine Verlobte auf – die ist total fertig.«

»Ich weiß. Ich glaub, ich mach Schluss. Die isst manchmal ’n ganzen Tag nichts. Ich kann Frauen, die nicht essen, nicht ab. Und außerdem gibt es da so ’ne andere, ’ne richtige Perle, hast du die gesehen? Die stand neben uns am Tresen. Da bin ich schon seit Wochen dran.«

»Mach erst mal mit Kathinka Schluss, bleib sauber. Ich will los jetzt. Meine Adresse hast du ja.«

Sie umarmten sich, klopften einander auf den Rücken. Illias gab ihm zum Abschied die Clubkarte der Disco.

Einige Tage später fand Zinos einen Umschlag in seinem Briefkasten mit fünfhundert Mark. Ohne irgendeinen Kommentar; Illias vermied es eben, Dinge zu tun, die er nicht konnte. Zinos zahlte das Geld auf sein Konto ein. Er wollte es sparen, denn er hatte etwas entdeckt, dessen Besitz sein ganzes Leben verändern würde.

Jeder Mann brauchte zu einem Zeitpunkt seines Lebens die richtige Lederjacke. Und dieser Zeitpunkt war nun in Zinos Leben gekommen. Und vor einigen Tagen sah er sie, in einem Schaufenster am Jungfernstieg: eine Lederjacke mit Fellkragen. Zinos hatte sich nie besonders viele Gedanken um seine Kleidung gemacht, aber diese Jacke erinnerte ihn an Sylvester Stallone, Al Pacino, Robert De Niro, Prince! Sie alle würden diese Jacke tragen, sie alle hatten irgendwann so eine Jacke getragen. Die Jacke kostete fast tausend Mark. Wenn er diese Jacke hätte, würde er an *Paveses Pizza-Palast* vorbeigehen. Jeden Tag! Und egal, wo er nach einem Job fragen würde, welches Mädchen er ansprach, diese Jacke würde alles Unheil von ihm abwenden. Es würde nichts ausmachen, in dieser Jacke zu scheitern. Auch sein Vater hatte eine ähnliche Lederjacke besessen, auf die er ein paar Jahre zu jeder Gelegenheit bestand. Als Zinos und Illias nach einer solchen

Jacke bettelten, bekamen sie Kunstlederblazer von C&A, die so ähnlich rochen wie die Zutaten von Zinos' Chemiebaukasten. Zinos wollte nur diese eine mit dem Fellkragen, der ihn sogar in der Eiswüste wärmen würde.

Jeden Tag, wenn er sich eigentlich einen Job suchen wollte, ging er stattdessen zum Jungfernstieg und rauchte mindestens eine Zigarette vor dem Schaufenster. Er stellte sich vor, wie das schwarze Leder roch, und wie die Jacke sich anfühlte, der weiche Kragen, die Knöpfe, die Nähte, das Innenfutter, die Seide der Taschen. Die adretten Damen, die in dem Laden arbeiteten, tuschelten jedes Mal, wenn Zinos in seiner fleckigen Kapuzenjacke bibbernd vor dem Laden ausharrte. Bald hatte er kein Geld mehr für Zigaretten. Er ging trotzdem noch zum Schaufenster und blieb eine Weile mit den Händen in den Taschen seiner Jeans davor stehen.

Zinos wurde klar, dass er niemals zu irgendeiner neuen Jacke kommen würde, wenn er sich keinen Job suchte.

Er hätte gern wieder im *Pizza-Palast* gearbeitet, aber eine Abfuhr von Udo würde er – ohne die Lederjacke – nicht ertragen.

Da der *Pizza-Palast* in der Nähe seiner Wohnung lag, ging er nun jeden Tag dran vorbei, wenn er von seinem Date mit der Lederjacke kam. Er blickte dabei nicht auf, er wollte nur, dass man ihn sah. Wenn Udo wollte, konnte er ja rauskommen und nach ihm rufen.

Olli war nach Berlin gezogen. Nebenan wohnte nun ein Gitarrist. *Stairway to heaven* und *Wish you where here* brachten Zinos ständig zum Heulen.

Er ernährte sich von Tiefkühlpizza, Mais aus der Dose, Marshmallows, Nudeln mit Ketchup und Fischstäbchen. Die

Lederjacke hatte er sich schon länger nicht mehr angesehen. Auf seinem Konto waren noch etwa zwanzig Mark; bald war Weihnachten.

Er sah sich *König der Löwen an.* Es war eiskalt draußen, Montagnachmittag. Er saß allein in der ersten Reihe, der Kinderlärm hinter ihm verstummte. Nachdem der Film zu Ende war, blieb er als Einziger sitzen, bis es hell wurde, und starrte auf den Vorhang. Der kleine Löwe war nun der König, und alles war gut.

Zinos schlenderte durch die Gänge des Kinos. Er fand eine halb volle Tüte Popkorn auf dem Boden. Gierig begann er zu essen, dann schleuderte er die Tüte in einen Mülleimer und verließ das Kino.

Zinos klingelte bei der Villa von Kathinkas Eltern, Jadwiga öffnete und berichtete, dass zwischen Illias und Kathinka Schluss und Kathinka mit ihren Eltern auf den Kanaren sei. Die Disco, deren Clubkarte noch immer in seinem Portmonaie steckte, hatte plötzlich dichtgemacht. Zinos las in der Zeitung, dass Prostituierte und Dealer dort Geschäfte machten und auf den Toiletten minderjährige Mädchen beim Koksen erwischt wurden.

Zwei Tage vor Weihnachten ging Zinos nach der Schicht am Glühweinstand, wo er aushilfsweise arbeitete, ins Schanzenviertel, in eine Bar namens *Le Fonque*. Diese Bar hatte Illias mal erwähnt.

Zinos setzte sich in der engen, rot beleuchteten Bar an den Tresen. Er trank ein Glas Rotwein, das nach dem ganzen Glühwein ziemlich lasch wirkte. Das hübsche Mädchen hinterm Tresen gab ihm ein paar kurze White Russian aus – wegen Weihnachten. Bootsie Collins sang *I'd rather be with you.* Zinos torkelte nach nebenan in die *Flora*, wo eine Dubparty stieg, die das ganze Schulterblatt vibrieren ließ. Die Bässe dröhnten wirklich so laut, dass die Wände wackelten. Es war voll, und plötzlich, als Zinos schon eine Ewigkeit tanzte, stürmte ein Mädchen aus der Menge der Tanzenden auf ihn zu. Sie war stark geschminkt, die Wimperntusche verwischt.

»Willst du kiffen?!«

Erst jetzt erkannte er Kathinka. Sie trug eine blaue Perücke.

»Hallo, Kathinka, ich dachte, du bist auf den Kanaren.«

»Ich bin heute zurückgekommen, ich hasse Dinge wie gutes Wetter oder meine Eltern an Weihnachten!«

»Weißt du, wo mein Bruder ist?«

»Zum Glück nicht! Kommst du mit raus?«

Sie rauchten auf der Treppe einen Joint; es schneite. Kathinka trug ein kurzes weißes Wollkleid, eine Bomberjacke, eine Netzstrumpfhose, dazu Doc Martens. Sie hatte ein Piercing in der Nase, das nicht zu ihr passte. Sie strahlte ihn an. Zinos dachte an Vassiliki, Kathinka küsste ihn. Eine Weile machte er nichts, außer die Lippen ein bisschen zu öffnen. Plötzlich war es in Ordnung, dass bald Weihnachten war, dass es so kalt war, dass man seine Finger kaum noch spürte.

Er schloss die Augen, zog Kathinka an sich und küsste sie auch. Der Wein, die Kurzen im *Le Fonque*, ein paar Bier in der *Flora*, die Züge vom Joint und Zungenküsse mit der Ex seines Bruders. Alles drehte sich, er glaubte, kotzen zu müssen, öffnete die Augen, der Schwindel verging.

»Kathinka, hören wir auf, das geht nicht, du warst mit Illias zusammen. Ich fühl mich beschissen deswegen. Ich kann solche Dinger nicht machen.«

»Weißt du, was *der* für krumme Dinger macht?«

»Nicht so genau, aber das spielt auch keine Rolle, ich mach nichts mit der Ex meines Bruders.«

Kathinka sagte eine Weile nichts und dann etwas zu laut:

»Er plante irgendein ganz großes Ding und meinte, er will finanziell für immer unabhängig sein. Außerdem hat er gespielt – gewettet und so. Ich war ihm egal, der ist nur in seine Geschäfte verknallt.«

»Hat er dich betrogen?«

»Und wie! Und dann war er weg, hat Jadwiga gesagt, sie soll es mir stecken. Also, du kannst mich ruhig küssen.«

Affektiert hielt sie ihm einen Kussmund entgegen und plinkerte mit den Augen.

»Lass das. Er ist mein Bruder. Und außerdem will ich niemanden küssen, ich bin nicht hinweg über ein anderes Mädchen.«

»Ist mir egal, wenn du an *sie* denkst und *mich* küsst.«

Sie kramte einen dunklen Konturenstift aus ihrer Tasche und zog ihre Lippen ohne die Hilfe eines Spiegels perfekt nach, dann malte sie die Lippen knallrot aus und mit dem Konturenstift einen großen Schönheitsfleck auf die Wange. Sie grinste Zinos an; Lippenstift war auf ihren Zähnen.

»Ich hau jetzt ab, Kathinka. Mir ist kalt, und ich hab Rückenschmerzen.«

»Ich massier dich, wenn du mit zu mir kommst.«

»Nein!«

Er stand auf, sie griff nach seiner Hand und hielt sie ganz fest.

»Wann seh ich dich wieder?«, fragte sie.

»Weiß ich nicht.«

»Treffen wir uns zum Jahrtausendwechsel? Um fünf vor zwölf!«

»Das ist doch noch Jahre hin«, sagte er.

»Ja, bis dahin ist das mit Illias verjährt, dann ist es okay, wenn wir uns küssen.«

»Du bist verrückt! Was ist, wenn einer von uns mit jemandem zusammen ist?«

»Dann nicht.«

Sie ließ seine Hand los, steckte sich zwei Zigaretten in den Mund, zündete sie an, gab ihm eine und sagte:

»Abgemacht?!«

»Abgemacht! Aber wo würden wir uns treffen?«, fragte Zinos.

»An der Tankstelle auf dem Kiez?!«

»Lieber ein Ort, an dem niemand ist, wo in der Nacht keine Party ist.«

»Wo soll das sein? Im Wald?«

»Schön wär's«, sagte er.

»Aber wenn einer von uns nicht kommt, dann steht der andere um zwölf allein im Wald rum.«

Sie verzog das Gesicht.

»Okay, dann eben die Kieztankstelle. Drinnen«, sagte er.

Kathinka sprang auf und rief:

»So machen wir es! Bei den Zeitschriften. Der, der zuerst da ist, liest was, und der andere schaut ihm über die Schulter und sagt was Witziges. So treffen sich Leute immer in Filmen wieder.«

»Ich bin aber nicht witzig.«

»Dann sagst du eben was Charmantes!«

Er wollte sie zum Abschied in den Arm nehmen. Sie wich zurück und hielt ihm die Hand hin. Er schlug ein.

»Dann vielleicht bis kurz vor Zweitausend!«, rief Kathinka begeistert und lief wieder in die *Flora*.

Am letzten Tag vor Weihnachten ging ein Glühwein nach dem anderen über den Tresen; die Becher gingen immer schneller aus, und der fünfzehnjährige Sohn von Biggi, der Chefin, der sonst immer half, wenn so viel los war, lag mit Pfeifferschem Drüsenfieber im Bett. Biggis Mann hatte selber einen Schmalzgebäckstand auf dem Markt. Zinos nahm nichts mehr wahr, denn er war die Glühweinmaschine, bis er plötzlich aus all dem Stimmengewirr derer, die sich unbedingt noch vorm Heiligabend die Lichter ausgießen wollten, eine Stimme heraushörte, die rief:

»Selber schuld, wenn du dich nicht bei mir meldest, oder bist du etwa immer noch wütend?«

Eine Hand umfasste Zinos Handgelenk, als er den Becher übergeben wollte. Udo grinste ihn an, als wäre nie was gewesen. Zinos merkte, dass er nicht mehr wütend war, als er Udo sah. Er freute sich, das war alles.

»Ich bin Heiligabend im Restaurant, komm vorbei, wenn du willst.«

»Mal sehn.«

»Was ist mit Bo, wird sie auch da sein?«

»Sie arbeitet nicht mehr bei mir.«

»Verstehe, vielleicht komm ich mal vorbei.«

»Sei pünktlich, wenn du kommst, um zwanzig Uhr hat das Kalb genug geschmort, und das Rind schwimmt seit dem Mittag in Chianti. Das lässt einer wie du sich doch nicht entgehen. Und außerdem hast du noch nie mein Weihnachtsbrot gegessen. Du liebst doch Brot, ich kenne niemanden, der so viel Weißbrot auf einmal essen kann wie du.«

Zinos war kurz vor zwanzig Uhr da, er hatte Pavese sogar eine CD gekauft: *1999* von Prince. Die Tür war offen, eine gedeckte Tafel stand in der Mitte des Raumes. Sabine faltete Servietten. Udo kam aus der Küche, stellte einen riesigen Topf ab, umarmte Zinos und haute ihm kräftig auf den Rücken. Zinos gab Sabine die Hand. Jetzt erst sah er, dass sie schwanger war. Außer den dreien waren noch ein paar Jungs aus der Küche da, die ohne ihre Familien in Deutschland lebten.

Pavese war kurz nach hinten verschwunden und kam mit einem großen Paket wieder zurück. Er streckte es Zinos voller Stolz entgegen und befahl, es sofort zu öffnen. Zinos riss das Papier auf, Tränen schossen ihm in die Augen. Es war die Lederjacke.

»Woher wusstest du …?«

»Ich hab dich kleinen Spinner gesehen, wie du vor dem Schaufenster rumgeschlichen bist, ich hab dich beobachtet. Nicht nur an einem Tag. Ich hab gesehen, wie du auf dem Weihnachtsmarkt geschuftet hast. Du hast trotzdem gelacht, hast deine Chefin in den Arm genommen, als sie betrunken geheult hat, du hast immer weitergemacht und den Leuten noch was Nettes gesagt, wenn du ihnen ihren scheiß Glühwein gegeben hast. Es hat mich glücklich gemacht, zu sehen, dass ich mich doch nicht in dir getäuscht habe. Du bist ein Großer, das wusste ich damals schon, ich hab an dich geglaubt, deshalb hab ich dich ja gefeuert.«

»Warum hast du mir damals nie so was Nettes gesagt?«

»Gelobt wirst du noch genug, wenn du tot bist! Und jetzt gibt es erst mal was zu essen.«

Zinos erfüllte Udo gern den Wunsch, den ganzen Abend in der Lederjacke am Tisch zu sitzen. Obwohl ihm von dem ganzen köstlichen Essen und dem Rotwein immer wärmer wurde. Er hatte noch nie so zartes Fleisch gegessen. Und obwohl er sich so den Bauch vollgeschlagen hatte, aß er zuletzt noch ein ganzes süßes Weihnachtsbrot auf. Es war noch besser als die Kuchen von Tante Eleni. Er würde in der Kälte mehrmals um den Block laufen müssen, um die Kalorien loszuwerden. Zinos und Udo tranken zusammen fast eine ganze Flasche Grappa auf das Wiedersehen. Die Prince-CD gefiel Pavese; *Free* wollte er sogar mehrmals hintereinander hören. Er weinte ein bisschen und erklärte Zinos lallend, dass er so bald wie möglich eine Ausbildung bei ihm machen sollte. Zinos sagte:

»Du warst damals so wütend, du wolltest nicht mal meine Gründe anhören, und jetzt schenkst du mir die teuerste Jacke, die ich je hatte und willst, dass ich die Ausbildung mache, nur weil ein bisschen Zeit vergangen ist?«

»Ach, Zinos, der stärkste Regen ist auch am schnellsten vorbei«, sagte Udo und schlief kurz darauf im Sitzen ein.

Am Silvesterabend fing er wieder an, bei Pavese zu arbeiten. Schon in dieser Nacht verdiente er eine Menge Geld. Die nächsten Monate arbeitete Zinos jeden Tag und verdiente so viel, dass er endlich einen Führerschein machen konnte. Zinos bestand die Fahrprüfung im zweiten Anlauf.

Und dann begann seine Ausbildung zum Koch.

REZEPT: PAVESES WEIHNACHTSBROT

MAN BRAUCHT
- anderthalb Kilo Hefeteig
- zweihundert Gramm Honig
- hundertfünfzig Gramm Rosinen
- hundertfünfzig Gramm gehackte Mandeln, Walnüsse und Haselnüsse

- hundertfünfzig Gramm zerstoßenen braunen und weißen Kandis
- geriebene Schale einer Zitrone

ZUBEREITUNG

Den Teig mit allen Zutaten verkneten, in eine gebutterte lange Form geben und unter einem Handtuch an einer warmen Stelle mindestens eine Stunde gehen lassen. Dann mit Eigelb bepinseln und in den zweihundertzwanzig Grad heißen Ofen schieben. Man kann immer wieder nachsehen, ob das Brot langsam braun wird. Man kann sich aber auch auf den Duft verlassen, der, wenn das Brot fertig ist, durch das ganze Haus strömt. Der Appetit, den dieser Geruch auslöst, ist ein sicheres Zeichen dafür, dass das Brot nun genau richtig gebacken ist. Wer es zum ersten Mal probiert, soll sich nicht über die Kandisstücke wundern, die an den Zähnen knirschen. Genau so soll es sein.

Ein Espresso verträgt sich mit dem Brot genauso gut, wie danach ein milder Grappa schmeckt und den Magen ein wenig unterstützt. Das Weinachtsbrot tröstet und wärmt an jedem zu dunklen eisigen Wintertag und hilft, nach einem lauten Abend mit der Familie oder auch sonst zur Ruhe zu kommen.

Udo Pavese stellt sich deshalb abends lieber noch mal in die Küche, bevor er eine Schlaftablette nehmen würde.

Zweiter Brief einer Frau

»Lieber wäre ich mit dir als ohne dich unglücklich.«

Die Berufsschule machte Zinos zu schaffen – ein Irrenhaus voll abgehalfterter Theoretiker. Zinos lernte nicht mal, wie man richtig schnell Gemüse hackte, und behielt in keinem Fach seinen Ehrgeiz bis zum Schluss. Die verrückteste Lehrerin hieß Frau Schlörb; sie sollte die angehenden Köche in Warenkunde unterrichten, was sie auch tat, wobei sie allerdings selten von ihrem Lieblingsthema abwich: dem Konservieren. So lernte er alles über Einsalzen, Pasteurisieren, Kandieren, Trocknen, Einkochen, Einmachen, Einlegen in Essig, Alkohol, Zuckersirup, das Kühlen, Einfrieren, Vakuumieren, Räuchern und Pökeln aller erdenklichen Lebensmittel. Zinos träumte von konservierten Leichen, die in Frau Schlörbs Wohnung lagen.

Herr Punzel, der den Umgang mit Fleisch lehren sollte, lebte seit einigen Jahren vegan und gehörte einer hinduistischen Sekte an. Sein Ekel vor totem Fleisch und alternative Möglichkeiten, an Eiweiß zu gelangen, waren sein eigentliches Thema. Frau Bielfeld, die Lehrerin, die die Klasse wiederum in Geschäftliches des Restaurantalltags einweihte, war die dickste Frau, die Zinos je gesehen hatte. Nach jedem Satz hechelte sie. Zu Beginn des zweiten Ausbildungsjahres begleitete ein Fernsehteam Frau Bielfeld auf Schritt und Tritt. Der Sender machte eine Dokumentation über ihre Magenverkleinerung. Und so kam es, dass Zinos Frau Bielfeld eine Weile später im Fernsehen von innen sah. Man hatte eine Kamera in ihren Magen eingeführt, um das Werk des Chirurgen besonders anschaulich zu machen. Oft schwänzte Zinos die Schule, um Udo in der Küche auszuhelfen. Dann arbeitete er am Grill oder dem Pizzaofen.

An einem dieser Tage erwähnte Udo nebenbei, dass er mit Sabine und seinem Sohn Donny nach Turin gehen werde, um dort ein anständiges Restaurant zu eröffnen.

»Du kannst mich doch nicht einfach hier alleine lassen!«, rief Zinos.

»Du hast doch die Lederjacke.«

»Was soll ich mit 'ner Scheißlederjacke, wenn du weg bist?!«

»Du brauchst mich nicht mehr, und ich bin jetzt alt genug, um frei zu sein.«

Udo hätte Zinos besser nicht kurz vor der Abschlussprüfung von seinen Plänen erzählen sollen.

Die theoretische Prüfung bestand Zinos nur knapp. Doch es passierte noch etwas, dass seine Konzentration störte. Am Morgen seiner Kochprüfung schlug er die Zeitung auf – und sah Illias. Er war mit ein paar Kollegen ins Alsterhaus eingebrochen. Warum auch immer, es hatte auch noch angefangen zu brennen. Es hieß, dass Illias schon länger wegen verschiedener anderer Delikte gesucht wurde und ihn ein paar Jahre ohne Bewährung erwarteten.

Zinos versagte bei der Prüfung; eine Sache namens Flädlesuppe machte ihm zu schaffen. Die Einlage waren Pfannkuchenstreifen, was Zinos nicht erinnerte. Er erinnerte sich überhaupt nicht, jemals von dieser Suppe gehört zu haben, er hätte sich an überhaupt keine Suppe mehr erinnern können, nicht mal an Tomaten- oder Kartoffelsuppe. Es gab nur noch Wasser und Salz in seinem Kopf; Salzsuppe hätte er geschafft.

Er setzte sich, dabei weiß jeder: Man sollte niemals im Sitzen kochen. Der Aufseher mit der größten Kochmütze ging auf und ab. Zinos rechnete damit, dass er dessen große verhornte Pranken zu spüren bekommen würde. Aber niemand schlug ihn, und es knallte nicht. Er briet, ohne zu wissen, ws er da tat, einen großen Pfannkuchen und ließ ihn in Wasser mit Salz gleiten. Er streute Petersilie darüber, bis nichts mehr zu sehen war. Er schloss die Augen, sah grünes Meer, Felsen aus Pfannkuchen ragten heraus, Inseln aus Pfannkuchen waren in der Ferne zu erkennen. Plötzlich sah er Katerina, die Schildkröte, im grünen Salzwasser schwimmen. Sie lächelte ihn an, strahlte mit Vassilikis Augen.

»Was ist denn so spaßig, Bürschchen?«, fragte die größte Kochmütze.

Zinos hatte gar nicht gemerkt, dass er grinste.

»Nichts, das ist ja das Komische.«

»Komisch? Soll das da komisch sein – die Scheiße da auf deinem Teller? Ist das komisch? Was soll das überhaupt sein?«

»Schildkrötensuppe«, sagte Zinos und starrte in den Teller, aber Katerina war nicht mehr da. Tränen schossen ihm in die Augen.

Als Einziger in seinem Jahrgang bestand er nicht. Udo packte die Koffer, verkaufte den *Pizza-Palast*, und das Gebäude wurde kurz darauf abgerissen. Zum Abschied hatte Udo ihm eine Visitenkarte in die Hand gedrückt und gesagt:

»Für dich ist gesorgt, hier bekommst du sofort einen Job!«

Die Visitenkarte war türkis. In seiner Kindheit gab es ein türkisfarbenes Kugeleis; Zinos mochte es damals nicht essen, aber Illias hatte Tonnen davon vertilgt, bis das Gesundheitsamt es verbot, weil der Farbstoff im Verdacht stand, die eine oder andere Krankheit auszulösen. Auf der türkis leuchtenden Karte stand: *Jeanny's Dinner Club – Linde Ping*. Dazu eine Kiezadresse. Udo meinte, Linde sei eine alte Freundin, eine gute Frau.

»Ist das ein Puff?«, fraqte Zinos.

»Und wenn schon?«, sagte Udo.

»Das unterstütz ich nicht. Dass Frauen sich verkaufen.«

»Überleg's dir, sei nicht dumm. Vielleicht ist es ja das Paradies!«

»Das Paradies ist doch nur 'ne optische Täuschung.«

An einem Morgen, ein paar Wochen nach Udos Abreise, funktionierte Zinos Radiowecker plötzlich wieder. Er hatte ihn jeden Abend gestellt, aber nichts war passiert. So konnte Zinos die Tage verschlafen, ohne sich schuldig zu fühlen. Doch dann hatte das olle Ding sich plötzlich erholt. Das Lied, das laut in seinen Unterwassertraum mit Schildkröten hineinschallte, war Bill Contis *Gonna fly now*, der Titelsong von *Rocky*. Lange war das sein und Illias' gemeinsames Lieblingslied gewesen. So lange, bis Illias anfing, nicht mehr zu Hause zu schlafen.

Zinos stand auf wie in Trance, haute sich wie Rocky ein paar rohe Eier in ein Glas, trank's und musste kotzen. Auf dem Boden vor dem Klo fror er noch mehr; man hatte ihm schon das Gas abgestellt, morgen war der Strom dran. Es waren immerhin nur noch wenige Wochen bis zum Frühling, dann brauchte er die Heizung nicht mehr. Aber was waren das für Gedanken? Wollte er wirklich vom Wetter abhängig sein, anstatt Geld zu verdienen? Er war bald Mitte zwanzig und hing wieder durch wie damals mit achtzehn, als er zum ersten Mal auf sich allein gestellt war. So durfte es nicht weitergehen, wenn er nicht als Penner enden wollte.

Zinos zog einen Jogginganzug an, darüber einen langen Wollpullover und seine Lederjacke. Er brauchte dringend Winterschuhe. In seinen Chucks machte er sich auf zum Kiez. Das also war das Paradies: ein Flachdachbau in einer Seitenstraße, die zum Hafen führte.

Zinos klingelte, er hörte nichts, die Klingel schien kaputt zu sein. Er zählte bis zehn, wenn niemand öffnete, war das hier nichts für ihn.

Bei neun öffnete ihm eine große Person mit einem goldenen Turban und einem rosigen, aufgedunsenen Gesicht, die Lippen dunkel umrandet, sonst ungeschminkt. Sie trug einen Jeansanzug mit einem Gummizug in der Taille – und war barfuß. Nie hatte Zinos jemanden gesehen, dessen Alter und Geschlecht sich so schwer einschätzen ließen.

»Ich komme von Udo Pavese.«

»Der kleene Grieche!«

»Ich bin Zinos.«

»Der kleene Grieche!«

»Ja.«

»Na, dann komm mal rin in die gute Stube! Ich bin Linde, Chef hier.«

Zinos schüttelte ihre große Hand.

»Du kannst Linde zu mir sagen.«

Linde rülpste laut.

»Entschuldige, die schlechte Musik, ich sollte das Frühschoppen lassen«, sagte sie.

Die schalldichte Tür hinter ihnen fiel zu, kein Tageslicht drang in den Flur, die paar kleinen Fenster waren verbarrikadiert. Linde ging vor ihm durch den langen Flur, an den Wänden blinkten plötzlich kleine blaue Lichter. Es war warm und roch intensiv nach Raumspray *Grüner Apfel*. Zinos dachte an seine Mutter; wenn sie wüsste, wo er gerade war …

Die Küche lag hinter der Bar, in die man über eine Ziehharmonikatür aus blauem Plastik gelangte. Vor dem schmalen Fenster war ein türkisfarbenes Rollo heruntergezogen. An der Wand hing ein Falco-Starschnitt. Linde tippte darauf und sagte:

»Meine einzige große Liebe jemals, für den hätte ich alles gemacht!«

Die Arbeitsflächen waren schmal; in der Mitte der Küche stand ein großer Tisch, die Durchreiche zur Bar war mit einer Miniwesterntür versehen. Linde sagte, Zinos werde ab und zu auch hinter der Bar stehen, wenn Toto mal wieder ausfalle. Das komme leider zu oft vor, und sowieso sei Toto leider vollkommen unfähig. Eigentlich habe er kochen sollen, aber er schaffe es nicht mal, ein Ei ohne Schale in die Pfanne zu schlagen, und selbst aus passierten Tomaten könne er keine Suppe machen, weil die Sache vorher anbrenne. Toto hatte sie gegen Dodo getauscht, eine alte Hure, die jetzt im Altenheim arbeitete und sich dort gut machte. Toto ertrug, seit er die Fünfzig überschritten hatte, keine alten Menschen mehr.

Die Mädchen kämen am frühen Mittag, berichtete Linde.

»Und wenn sie hungrig, sind, sorgst du dafür, dass sie es nicht mehr sind, wenn hier gearbeitet wird.«

»Wann ist das?«

»Na, in der Mittagspause: vorbeikommen, entspannen – und kommen. Welches Restaurant bietet das schon; bei den meisten gibt es doch nur Fisch und Fleisch von gestern und einen Espresso aufs Haus.«

»Das Mittagsgeschäft bringt am meisten ein, war bei Udo auch so«, sagte Zinos.

»Ich weiß eben, wie die Leute sich wohlfühlen, wer selber so lang gebraucht hat, sich ein schönes Leben aus dem Leben zu machen, versteht was davon. Zigarette?«

Sie steckte Zinos eine an und reichte sie ihm.

»Warum machst du kein Hotel draus?«, fragte er.

»Da bleiben die Gäste zu lang.«

Sie setzten sich an die Bar. Linde machte Kaffee.

»Es gibt 'ne Menge beschissener Jobs, und das hier ist einer davon. Aber man verdient hier besser als woanders und kann mehr schlafen. Also, willst du hier arbeiten oder nicht, Kleiner?«

»Was soll ich überhaupt machen?«

»Meine Rezepte. Keine aufwendigen Sachen. Aber anregend.«

»Sind die Typen, die hierherkommen, nicht sowieso alle ziemlich angeregt?«, fragte Zinos.

»Nicht unbedingt. Und außerdem soll es was Besonderes sein. Die Konkurrenz hier in der Nähe ist groß!«

»Und das Essen kostet extra?«

»Klar – wie die Getränke! Aber mit Geld hast du nichts zu tun, darum kümmere ich mich.

»Wo wird gegessen?«

»Im Bistro, ist ein Extraraum dahinten; ich mach gleich Licht. Abends heißt es da: Salon.«

»Ist es nicht unmoralisch, Geld damit zu verdienen, dass andere ihren Körper verkaufen?«, fragte Zinos.

»Ich frag mich nicht, was unmoralisch ist – nicht meine Baustelle. Du hast hier den ganzen Tag mit hübschen Frauen zu tun, das ist doch was. Schwul kommst du mir nicht vor, und außerdem gibt es außer George Michael doch gar keine schwulen Griechen.«

»George Michael ist Grieche?«

»Na, und was für einer! Aber ich fand ihn schnuckeliger, als er noch als Hetero getutet hat. Wie er im *Careless Whisper*-Video zwischen den Tauen rumeiert, ganz in Weiß – mein lieber Weichzeichner!«

»Also, ich mag nur Mädchen.«

»Sag ich doch. Und mit denen is hier nichts, außer Käffchen und Quatschen, kapischi? Auch nicht aufn Albersplatz aufn Schnaps, nicht mal im Kiosk um die Ecke zufällig treffen. Wenn du bumsen willst, geh ins ›After Shave‹ oder aufn Hamburger Berg, da findest du nach zwölf immer ’ne entgleiste Studentin mit feuchten Schenkeln.«

»Ich habe bisher nur mit Frauen geschlafen, in die ich verliebt war.«

»Und die haben dir das Herz gebrochen?!«

»Ja, aber jetzt geht es mir wieder besser.«

»Du solltest nur noch was mit Mädels machen, wo es nicht gleich rums macht. Und zwar so lange, bis du ein Mann bist.«

»Das hat mein Bruder auch immer gesagt, aber ich konnte gar nichts gegen das Verlieben machen. Es hat sich so gut angefühlt.«

»Ich kann dich leiden, Zinos. Du zerreißt mir die Pumpe, na, was davon übrig ist. Wenn du willst, bist du angestellt.«

»Aber was soll ich in meinen Lebenslauf schreiben?«

»Bleib doch einfach – für immer.«

»Und ich soll wirklich nur kochen?«

»Du sollst schon auch son büschen den Mann im Haus machen. Kannst du was reparieren?«

»Mein Vater hat für Geld alles repariert, der hat mir dies und das gezeigt.«

»Gut, nach 'ner Woche sagst du, ob's dir gefällt.«

»Meinem Bruder würde es hier gefallen!«

»Kann der kochen?«

»Illias? Keine Ahnung, hab ihn noch nie dabei gesehen.«

»Illias – Kazantsakis?«, rief Linde und wirkte plötzlich etwas angespannt.

»Ähm. Ja. Ist das ein Problem?«

»Habt ihr viel miteinander zu tun?«

»Nö. Zurzeit eigentlich gar nichts.«

»Besser is das Schnucki.«

Plötzlich ging ein Mädchen den Flur entlang, schüttelte einen großen Schlüsselbund, schnalzte mit der Zunge und rief:

»Hey!«

Linde sprang von ihrem Barhocker auf, stellte sich hinter das Mädchen, packte sie an den Schultern und schob sie ein Stück nach vorn.

»Das ist Jennifer. Jennifer, das ist Zinos, unser neuer Mann im Haus.«

Jennifers schwarz gefärbte Haare reichten bis zum Hintern, die Haut war tief orangebraun. Sie schwang den Schlüsselbund hin und her. Er schätzte sie auf Anfang zwanzig. Über ihre riesigen Brüste war ein kleiner Rollkragenpullover gespannt, die enge Jeans ging bis über den Bauchnabel. In ihrem Gesicht war alles ein bisschen zu groß, bis auf die dünnen, aufgemalten Augenbrauen. Über den etwas zu weit auseinanderstehenden Augen klebten riesige Wimpern. Sie starrte Zinos durch grüne Kontaktlinsen an. Ihre große, spitze Nase wirkte gegenüber dem riesigen Mund beinahe klein. Sie zog die fleischige Oberlippe schief hoch, sodass man einen gigantischen schneeweißen spitzen Schneidezahn sah. Jennifer gab ihm die Hand und sagte:

»Tach.«

Ihre Hand fühlte sich weich an, sie drückte nur mit den Fingerspitzen sehr kurz zu. Zinos dachte an Illias und seine Theorien über den Händedruck einer Person, und ob man dieser Person demnach trauen konnte. Jennifers Händedruck passte in keine von Illias Kategorien. Wenn sie keine Nutte wäre, wäre sie eigentlich sein Typ.

»Nenn mich niemals Jenni«, sagte sie zickig.

»Warum nicht?«

»Spitznamen killen den Zauber!«

Jennifer ging, ohne einmal gelächelt zu haben, auf ihr Zimmer. Linde sagte:

»Hast du ihre Brüste gesehen? Seitdem läuft es noch besser. Sie war mal Ballerina, gutes Elternhaus. Keine Ahnung, was in ihrem Kopf schiefgegangen ist. Interessiert mich auch nicht. Sie macht allein ein Drittel der Einnahmen; dabei lehnt sie die meisten ab.«

»Wow«, sagte Zinos.

Er lernte in den nächsten Tagen auch die anderen Mädchen kennen, dazu Toto und den Rotweiler Tiamo, der Anita gehörte. Anita versuchte es seit Jahren nebenbei als Doppelgängerin. Wegen Julia Roberts hatte sie sich sogar die Lippen aufspritzen lassen. Als Lady Di hatte sie zum ersten Mal Erfolg gehabt – wäre sie bloß früher drauf gekommen. Ein paar Monate später, im Sommer 97, kehrten Anita und Tiamo zurück, und sie versuchte es nie wieder.

Jedes der Mädchen im *Jeanny's* sammelte etwas, da Linde bestimmt hatte, dass jede, die bei ihr arbeitete, zum seelischen Wohl irgendein Hobby brauche. Linde selber sammelte alles über Falco, Steffi sammelte Schwarzlichtbirnen, Inez Swatch Uhren, Ilonka Bücher, die davon handelten, wie jemand seine Drogensucht überwindet, Juliane Duftradiergummis, Trinidad holografische Postkarten, Anita Fotos, auf denen sie unscharf war, Kiki Zeitungsartikel über Menschen, die im Urlaub gestorben waren. Jennifer sammelte Schneekugeln.

An der Bar war nicht viel zu tun, trotzdem machte Zinos meist die Getränke, da Toto mehrmals am Tag ohne ein Wort einfach verschwand. Toto rauchte und kiffte den ganzen Tag und trank dazu Sekt mit Ascorbinsäure. Er war sehr dünn. Zinos verstand nicht, wie man bei so großer Angst vor dem Tod so ungesund leben konnte.

Linde sagte einmal, Toto fürchte sich nicht vor dem Tod, sondern vor dem Leben – und vor Gedanken darüber, was man daraus machen könne, und er lenke sich mit neurotischen Zwangsvorstellungen über die eigene Endlichkeit ab. Toto trug immer Stretchjeans und zu große weiße Unterhemden. Wenn er fror, zog er einen schwarzen Kapuzenpullover an, der ihm bis zu den Knien ging. Vor Sex ekelte Toto sich schon seit Mitte der Achtziger, wie er Zinos gleich bei der ersten Zusammenarbeit ungefragt erzählt hatte.

Zinos wurde den Eindruck nicht los, Linde und Toto seien, auf welche Weise auch, immer ein Paar. Das hätte vor allem erklärt, warum Toto bleiben durfte. Abgesehen von seiner Unfähigkeit zu arbeiten, neigte er dazu, alles Mögliche in Brand zu stecken. Allein in seinem ersten Jahr bei Linde hatte Zinos über ein Dutzend von Totos Bränden im *Jeanny's* gelöscht.

Toto spielte häufig gedankenverloren mit Streichhölzern oder Feuerzeugen, kokelte dieses und jenes Lose oder Feste an und roch dann verträumt an den schwarzen Stellen, wobei seine Pupillen vollständig unter den Augenlidern verschwanden und die Lider zu zittern begannen. Manchmal fiel ihm während einer Kokelei plötzlich irgendetwas anderes ein. Dann ließ er die brennende Sache einfach liegen oder fallen.

Überall im *Jeanny's* standen Eimer mit Wasser, wie unter Weihnachtsbäumen.

Vor der Bar gab es einen Swimmingpool; in den schubste Zinos Toto einmal, als ein Bündchen seines Kapuzenpullovers brannte. Zinos hatte Toto schreien hören, und als er aus der Küche an die Bar kam, stand Toto einfach nur da und schrie immer schriller, er haute nicht einmal auf dem brennenden Pullover herum, wie ein Mensch mit gesunden Reflexen es getan hätte. Nachdem Zinos ihn ins Wasser gestoßen hatte, tauchte Toto lange nicht auf, schnappte kurz nach Luft, ging wieder unter und ruderte unter Wasser wild mit den Armen. Zinos erstarrte vor Schreck. Die Mädchen waren aus ihren Zimmern gekommen. Jennifer zog ihn mit einem Ruck aus dem Pool – in dem man stehen konnte. Toto weinte in ihren Armen wie ein Kind, bis Linde kam.

Der Pool war eher ein Wasserloch, schwimmen konnte man darin nicht, man konnte sich von einer zur anderen Seite hin und her stoßen. In den Separées war es immer schummrig, nur das Wasserloch leuchtete türkis.

Es gab ein Zimmer im *Jeanny's*, in dem man übernachten konnte, wenn es zu Hause Probleme gab. Toto hatte wochenlang dort gewohnt, nachdem man ihn aus der Wohnung geworfen hatte, weil er seinen Balkon abgefackelt hatte.

Ab Februar 1998 begann Toto regelmäßig zu lächeln; er lächelte immerzu, nur wenn er kokelte, fiel er immer noch in diese abwesende Starre. Einmal bekam Zinos mit, wie er Anita erzählte, er habe den Falco-Starschnitt verbrannt und dabei einen Fluch ausgesprochen. Toto hatte nämlich einen Bekannten namens Palomo gehabt, der stammte von einer karibischen Insel namens Adios. Als Palomo im Sterben lag, verriet er Toto den Fluch – mit dem Verweis, ihn nur mit Bedacht anzuwenden. Kurz darauf kam Falco bei einem Autounfall in der Karibik ums Leben. Toto war so glücklich darüber, dass man ihn allein dafür hätte anzeigen sollen.

Sonst unternahm er nie irgendwas, aber nach diesem Ereignis war er so beflügelt, dass er im Sommer allein zur Loveparade nach Berlin reiste. Er kam erst einen Monat später zurück, und seitdem wirkte er seltsam normal.

Zinos war froh, sich wieder besser aufs Kochen konzentrieren zu können, da Toto nun tatsächlich arbeitete. Seit er so lange weg gewesen war, stand Linde plötzlich zu Toto; sie waren jetzt offiziell ein Paar. Nur noch ab und zu ließ er im Aschenbecher ein paar Streichhölzer in Flammen aufgehen.

Niemals wurde so viel zu essen bestellt, dass Zinos wirklich ins Schwitzen geriet oder eine Küchenhilfe gebraucht hätte. Da er nun nicht einmal mehr an der Bar zu tun hatte, verdiente er sich ab und zu was mit ausgiebigen Massagen der Mädchen dazu. Nur Jennifer ließ sich nie von ihm massieren.

Der Stress, den Zinos aus dem *Pizza-Palast* gewohnt war, kam bei Linde nie auf. Sie behauptete, alle seien wegen ihrer stimmungsaufhellenden Rezepte so entspannt. Doch nie waren all die Zutaten im Haus, die man für Lindes sonderbare Gerichte gebraucht hätte.

Auf der Karte standen: Glücklicher Putersalat, Kesser Kasslersalat, Käptens Krabbensalat, Blutwurstsalat Baby Doll, Sandwich Samba, Salat Ei Ei, Pikante Pilze Singapurnights, Reis Maharadscha, Fleischsalat Junger Jäger, Krabben Costa del Sol, Melonensalat Sofia Loren, Milchreis Cleopatra, Pariser Papayasalat mit Speck, Apfel-Feigen-Salat Eva & Adam, Südfrüchtchen mit heißer Soße.

Dreimal die Woche kochte Zinos scharfe Ochsenschwanzsuppe mit Linsen. Das reichte für alle Gäste und wurde oft bestellt. Auch die Mädchen liebten die Suppe, und auch Zinos selbst aß sie gern. Noch nie hatte ihm etwas, das er selber gekocht hatte, so geschmeckt.

Den Freiern bemühte er sich auszuweichen. Es reichte ihm schon der Geruch, der immer eine Weile im Haus hing, bis endlich jemand *Grüner Apfel* versprühte. Auch Totos Kokelei hatte den Schweißgeruch immer neutralisiert.

Bis zum Sommer 1999 beachtete Jennifer Zinos kaum. Dann, an einem besonders heißen Tag, hatte Zinos nichts zu tun; sie kam nachmittags in die Küche. Zinos wusste nicht, ob sie mit jemandem zusammen war. Die meisten der Mädchen hatten einen Freund oder sogar einen Ehemann, aber die Partner hatten Hausverbot.

Jennifer setzte sich an den Tisch. Das hatte sie bisher noch nie getan, nicht mal bei der Weihnachtsfeier. Mit jedem der Mädchen hatte Zinos ab und zu geplaudert, aber Jennifer war kein Mädchen, mit dem man plauderte, sie war eine, bei der Zinos sich immer fürchtete, etwas Falsches zu sagen.

Sie war barfuß, hatte nur eine kurze Jeans an und ein buntes Ding, dass die Brüste umspannte. Sie hatte einen grünen Strassstein im Bauchnabel und in der Zunge einen Ring. Ihre Haare waren zu unzähligen kleinen Zöpfen geflochten. Es war heiß in der Küche. Zinos briet sich gerade ein Steak.

»Willst du auch was zu essen? Ich hab noch mehr Fleisch.«

»Nee, ich brauch mal jemanden zum Reden«, sagte sie.

Er warf ein paar Rosmarinzweige in die Pfanne, dazu ganze Knoblauchzehen.

»Du sollst doch hier nichts mit Knoblauch machen«, sagte sie und legte ihre langen Beine auf den Tisch.

»Apfelspray macht den Geruch weg. Linde kommt erst heute Nachmittag.«

»Es stört aber mich!«, sagte sie gewohnt zickig.

Zinos drehte das Fleisch um, es zischte.

»Also, hörst du mir zu?«, sagte sie.

»Okay, was ist los?«

»Ich bin unzufrieden.«

»Womit?«, fragte er.

»Ich werde in ein paar Jahren dreißig, ich kann doch nicht ewig so weitermachen.«

»Und was hab ich damit zu tun?«

»Ich dachte, wir ticken da ähnlich.«

»Wir beide? Du und ich?«

»Du bist der einzig Intelligente hier außer mir, und du willst das hier doch auch nicht für immer machen?!«

»Doch, mir geht's gut hier. Is so 'ne Art Paradies.«

»Bullshit, im Paradies riecht es nicht nach Raumspray. Außerdem wirst du auch nicht jünger. Willst du hier ohne Tageslicht versauern?«

»Ich fühl mich noch nicht alt oder so, ich zerbrech mir nicht den Kopf, ich bin froh, dass ich nicht mehr der kleine Zini bin. So hat mich mein Bruder früher immer genannt.«

»Fühlst du dich erwachsen oder so was?«

»Erwachsensein, ey!, ist doch voll keine große Sache, Mädchen!«

»Ja, sag mal, was ist es dann?«

Zinos erinnerte sich plötzlich an Bos Worte und sagte:

»Erwachsensein bedeutet, man kann seine Verletzbarkeit besser verstecken und verdient Geld.«

»Genau, das ist es! Mehr nicht. Scheiße, ich hab immer gedacht, alles wird besser, wenn man groß ist, aber es ist alles nur beschissener, weil man jetzt selber Schuld ist. Früher hat es mir gereicht, meine Eltern zu hassen, um alles andere auszuhalten.«

Jennifer hatte Tränen in den Augen.

Zinos sagte:

»Mein Vertrauensleher in der Schule hat mir mal erzählt, man muss sich seinen Ängsten stellen, wenn man weiterkommen will. Wovor hast du Angst?«

»Vor allem.«

»Aber, was du hier machst, ist doch ziemlich mutig.«

»Bullshit, ficken konnte ich schon mit dreizehn.«

Ihr liefen Tränen über die Wange, aber sie schluchzte nicht.

Man hörte ein paar von den anderen Mädchen im Flur.

»Können wir uns später woanders treffen?«, fragte sie und wischte die Tränen weg.

»Das dürfen wir doch nicht«, wandte Zinos ein.

»Ist mir so egal.«

»Jennifer, ich will keinen Ärger.«

»Kriegste nicht, wenn du dich mit mir verabredest. Um eins im *Lehmitz*?«

»Zu gefährlich. Lieber woanders, in Altona oder der Schanze!«

»Okay, in Altona! Im *Familieneck*«, schlug sie vor und lächelte plötzlich.

»Kenn ich, da um die Ecke bin ich groß geworden.«

»Groß?«

Sie lachte.

»Na, dann eben aufgewachsen.«

»Ich wohn da seit ein paar Jahren, is mein Viertel, da weiß niemand, was ich arbeite, ich lauf da auch 'n bisschen anders rum! Als Teenager bin ich immer in Ottensen ausgegangen, weil Lokstedt so öde war«, sagte sie.

»Kennen wir uns von früher?«

Er war sich sicher, dass sie sich nicht kannten.

»Nein, ich würde mich dran erinnern«, sagte sie.

»Das habe ich auch gerade gedacht.«

»Danke für das Kompliment. Bis um eins.«

Im *Familieneck* war es voll. Zinos nahm einen Cuba Libre mit nach draußen; alle Hauseingänge waren besetzt, er lehnte sich an die Hauswand und beobachtete einige Mädchen, die Tabletts mit Kurzen herumreichten. Es war schon fast zwei. Auf dem Alma-Wartenberg-Platz hauten sich ein paar alte Besoffene gegenseitig aufs Maul und brachen dann plötzlich in Gelächter aus. Der, der am lautesten lachte, schlug noch mal zu, darauf lachte der andere umso lauter. Als man von weit her eine Polizeisirene hörte, legten sie sich auf den Bauch und verschränkten die Arme hinterm Kopf. Die Polizei fuhr vorbei, die Männer drehten sich auf den Rücken. Eine Frau aus der gleichen Clique kam dazu, öffnete drei große Dosen Bier und trat die beiden.

Als Zinos ausgetrunken hatte, drängte er sich hinein in die kleine Kneipe; auf der Treppe traf er eines von den Mädchen mit einem neuen Tablett mit Kurzen. Geschickt balancierte sie es über die taumelnde Menge, die sich ununterbrochen rein- und rausbewegte. Jeder schien irgendwem etwas zuzurufen. Das Mädchen hatte dunkle Haare, weiche Haut, ein saftiges Dekolleté, dekoriert mit einem Silberkreuz.

Sie strahlte ihn an:

»Ey!, Adam, wie geht's? Ich dachte ihr seid schon wieder auf irgendeinem Filmfest!«

»Adam? Du verwechselst mich!«

»Ey!, verarsch mich nicht, ich bins, Deborah!«

»Ich würde dich ja gern kennen, aber wir kennen uns nicht. Ich heiße Zinos.«

»Und gleich kommt Fatih um die Ecke und sagt, er ist Yüksel Düksel oder was? Ey!, du bist doch Adam! «

Zinos zeigte ihr seinen Ausweis.

»Da siehst du aus wie Adam, als er jünger war.«

»Wer ist denn Adam?«, fragte Zinos.

»Ein Freund von uns, er hat grad in nem Film von nem anderem Freund mitgespielt, von Fatih! *Kurz und schmerzlos*! Solltest du dir mal ansehen.«

»Mach ich.«

Sie gab ihm einen Kuss auf die Wange und wünschte ihm einen schönen Abend. Sie roch gut. Plötzlich hörte er Jennifers Stimme, hörte sie lachen. Er fand sie in einem Hauseingang mit einem dunkelhaarigen Typen, der ziemlich betrunken war. Jennifer schien das nicht zu stören.

Als sie Zinos sah, sagte sie:

»Das ist Philipp, er hat genau so eine schöne große Nase wie du, dabei ist er gar kein Grieche!«

»Hi!, Philipp«, sagte Zinos.

Jennifer rief affektiert:

»Philipp! Du musst das erste *i* lang sprechen!«

»Ist mir egal, Baby!«, sagte Philipp, hielt Zinos seine Hand entgegen und lallte:

»Yo, Kollege, wir kennen uns, du bist doch Adam! Ich bin ein Freund von Jasmin und Deborah und so.«

Die Augen von diesem Philipp fielen beinahe zu, aber er bemühte sich zu lächeln.

»Nee, ich bin nicht Adam, ich bin Zinos.«

»Aber woher weißt du, dass du nicht Adam bist?«, fragte Philipp, trank seinen Wodka Martini in einem Zug aus und flüsterte Zinos ins Ohr:

»Weißt du, ob die Titten echt sind?«

Zinos schubste ihn zur Seite.

»Deborah und so sind, glaub ich, da drüben«, sagte Zinos.

»Ah, cool, die sind schon da? Wo denn?«, fragte Philipp und drehte sich zweimal im Kreis.

Zinos deutete auf die Gruppe. Philipp torkelte rüber, stolperte und rief noch:

»Du siehst aus wie Adam, der Schauspieler! Guck mal *Kurz und schmerzlos*! Mach mal, Digger! Geiler Film! Yo, Jennifer, Baby, bin gleich wieder da!«

Er kam nicht zurück, aber ein blonder Typ tauchte plötzlich mit zwei weiteren Wodka Martini auf:

»Habt ihr Philipp gesehen, ist er schon wieder abgehauen?«, fragte er.

Jennifer nahm ihn in den Arm:

»Der Süße hier ist Kay! Wenn Philipp zurückkommt, können wir vier Hübschen noch 'ne Party bei mir zu Hause feiern!«

Kay grinste:

»Nee, danke, das kriegt ihr zwei schon alleine hin. Ey!, du bist doch Adam! Cool gespielt!«

»Danke«, sagte Zinos, sie schlugen ein, Kay verschwand. Jennifer lehnte sich lasziv gegen die Hauswand.

»Puh, wird wohl nichts mit der Orgie heute. Aber vielleicht treffen wir ja noch diesen Adam, das könnte interessant werden.«

»Ich wusste gar nicht, dass wir uns zu so was verabredet haben. Was hast du denn alles getrunken?«

»Nur ein bisschen Grapefruitsaft, und ich habe ein bisschen gekifft. Soll ich noch einen bauen?«

Sie hatte den Tabak schon in der Hand und baute so schnell und geschickt einen Joint, wie Zinos es nie vorher gesehen hatte. Er winkte ab.

»Weiß nicht, ob mir das so guttut. Beim letzten Mal hatte ich am nächsten Tag Rückenschmerzen.«

»Das kommt von der falschen Körperhaltung durch die unnatürliche Entspannung!«

»Das klingt ja wie aus einem Antidrogenbuch.«

»Ich weiß eben Bescheid, was ich mir antue. Und ich tue mir gern was an.«

Sie warf sich exaltiert gegen die Wand und machte ein paar Verrenkungen.

»Ausdruckstanz!«, rief sie und krümmte sich dann vor Lachen.

»Ich hol mir noch was zu trinken, willst du auch was?«, fragte Zinos.

»Ja, Wodka mit Grapefruitsaft, ein Schuss Aperol, einen guten Schuss Zucker und bisschen Limettensaft oder Zitrone!«

»Das *Familieneck* ist doch keine Cocktailbar!«

»Hast du ein Problem mit mir, sag mal?«, sagte sie und zog kräftig an dem Joint, die Augen ohne ein Blinzeln auf Zinos gerichtet.

»Nee, komm runter. Ich hol dir, was du willst.«

»Und den Schuss Aperol großzügig, bitte! Den Wodka auch! Solltest du auch mal probieren, wirkt antidepressiv! Bitter-süß-sauer mit gutem Alkohol und Vitamin C, geht sofort ins Blut. Du wirst sehen, danach geht's dir gut.«

»Mir geht's gut genug.«

»Das sagen alle!«

»Wer alle?«

»Alle, die den Drink noch probiert haben.«

Als Zinos sich endlich durch die Menge bis zur Bar gedrängelt hatte, wartete er, bis die zwei Barkeeper alle hübschen Frauen – und auch die hässlichen – bedient hatten. Schließlich bestellte eine von den Hässlichen etwas für Zinos, fasste ihm in die Haare und zog daran, als er ging.

Jennifer lehnte nicht mehr an der Hauswand. Zinos entdeckte sie auf der anderen Seite des Platzes, auf dem Kantstein hockend, mit Philipp. Sie küssten sich, er hatte die Hände unter ihrem T-Shirt. Zinos setzte sich in den Hauseingang, trank erst seinen Cuba Libre und dann ihren Wodka Grapefruit. Er sah rüber zu Deborah, leider beachtete sie ihn nicht. Plötzlich stand Philipp auf und ging weg. Jennifer kam wieder rüber zu Zinos.

»Du bist noch hier?«

»Ja, ist so 'ne romantische Sommernacht. Warum ist Phiiiiiilipp denn jetzt abgehauen?«

»Er hat den Joint nicht vertragen und meinte, er müsse los.«

»Schade für ihn«, sagte Zinos.

»War das so 'ne Art Kompliment?«

»Wenn du willst.«

»Komm, wir gehen, ich wohn hier um die Ecke. Wir können ja Video gucken, den Film, in dem du mitspielst.«

»Okay, ich guck gern Filme.«

Sie liehen sich *Kurz und schmerzlos* in der Videothek aus. Jennifers Wohnung war größer, als Zinos erwartet hatte.

»Haben meine Eltern mir gekauft«, sagte sie und warf den Schlüsselbund in eine Schale voller Glasherzchen.

»Meine Eltern haben mir eine Dachkammer mit Bettsofa geschenkt.«

»Hauptsache, gemütlich«, sagte Jennifer und ließ sich aufs lange weiße Ledersofa fallen. Überall standen Schneekugeln in allen Größen herum. Zinos sah sich das Bücherregal an; er entdeckte ausschließlich Ratgeber für ein besseres Leben und ein paar Bücher mit Cocktailrezepten. Über dem Sofa hing ein gläserner Setzkasten mit Figuren aus Überraschungseiern, daneben ein großes, gold gerahmtes Foto von Jennifer als Kind in einem Tütü, dahinter die stolzen Eltern.

»Wissen deine Eltern, was du machst?«

»Die denken, ich bin noch immer auf der *Stage* – der Musicalschule.«

»Und warum bist du da nicht mehr?«

»Von Konkurrenz bekomm ich Migräne. Wollen wir jetzt *Kurz und schmerzlos* gucken?«

Der Schauspieler sah wirklich aus wie Zinos – und am Ende wurde er getötet. Jennifer nahm Zinos in den Arm, und als er sich beruhigt hatte, küssten sie sich. An seinen Tod hatte er schon lange nicht mehr gedacht, zum letzten Mal als Kind. Es hatte ihm damals einen Schock versetzt, dass er sich weder Endlichkeit noch Unendlichkeit vorstellen konnte. Also hatte er es nicht mehr versucht. Nun war er älter und hatte Gewissheit; es gab keinen Beweis, dass seine Existenz einen Sinn ergab und seinen Körper überdauertn würde. Kurz überfiel ihn Panik, aber anstatt sich dieser hinzugeben, zog er Jennifer aus. Er hatte bisher nie so viel beim Sex empfunden, nicht als er verliebt war, nicht als er liebte. Alles war egal, nur nicht das, was gerade mit seinem Schwanz passierte.

Irgendwann würde er sterben, verschwinden, er, Jennifer, alle, die er kannte, wären für immer fort. Und nichts, was er tat, würde daran etwas ändern. Er sah ihr in die Augen, während er sie vögelte; er empfand zum ersten Mal keine Scham, keine Reue, er dachte an nichts mehr außer ans Ficken, denn es war das einzig Erträgliche.

Als die Sonne wieder am Himmel stand, wachte Zinos auf, er lag neben Jennifer auf dem Boden, sie hielt seine Hand. Sie erhob sich und zog die Gardinen zu. Er sah ihre Brüste, sie hatten sich zu hart angefühlt; die Brustwarzen sahen aus wie aufgenäht. Sie zog ihn hoch und führte ihn ins Schlafzimmer. Nachdem er sich ins kühle Bett gelegt hatte, zog sie in der ganzen Wohnung die Gardinen zu. Er schlief ein, sie weckte ihn noch mal und sagte:

»Ich habe mich in dich verliebt.«

»Quatsch, das denkst du nur«, murmelte er.

»Wieso sagst du das? Das ist gemein.«

»Ey!, Jennifer, mach uns nicht unglücklich.«

»Wir sind doch sowieso unglücklich. Ich wäre in Zukunft lieber mit dir als ohne dich unglücklich.«

»Warum hast du dann letzte Nacht diesen Philipp geküsst?«

»Da war ich vielleicht noch nicht in dich verliebt, und außerdem bin ich 'ne Nutte.«

»Und warum glaubst du, dass du mich liebst?«

»Du hast mich gekriegt mit dem, was du gestern in der Küche gesagt hast.«

»Was? Was, hab ich gesagt?«

»Das Erwachsenwerden nur bedeutet, man kann seine Gefühle besser verstecken und verdient eigenes Geld. Damit hast du mich gekriegt.«

»Aber deswegen musst du dich doch nicht gleich in mich verlieben, dass waren nicht meine Worte, Süße, das hat mal 'ne Frau zu mir gesagt, du hast dich in die Worte einer Frau verliebt.«

»Aber gevögelt hat mich letzte Nacht keine Frau. Du hast echt Seele beim Ficken, das hat mich fertiggemacht. Du warst nicht nur in meiner Möse, du warst überall, verstehst du!«

»Jennifer, danke für das Kompliment, ich fand's auch schön, aber bin nicht verliebt in dich, nicht mal verknallt. Wir sind nur Kollegen. Tut mir leid.«

»Ach, fick dich!«, sagte sie, zog ihm die Decke weg und ging ins Wohnzimmer. Zinos wickelte sich in die Überdecke und rief ihr nach:

»Jennifer, das hat nichts mit dir zu tun, tut mir leid. Schlaf gut. Wir reden morgen!«

»Alles ist gesagt, verpiss dich!«, kreischte sie entrückt, knallte die Tür zu und schloss sie dann ab. Zinos wollte weg, ihm fiel ein, dass seine Klamotten im Wohnzimmer lagen. Auf sein Klopfen und Bitten reagierte sie nicht. Er legte sich wieder ins Bett und schlief ein.

Am nächsten Morgen wachte Zinos vom Knallen der Haustür auf. Bei der Arbeit erschien Jennifer nicht, sie tauchte tagelang nicht auf und meldete sich auch nicht krank. An einem Morgen wartete Linde in der Küche schon auf Zinos, sie stand auf, sie trug ihre höchsten Pumps, dazu den goldenen Turban, sie hielt Zinos einen Brief hin.

»Hier, für dich!«

»Wenn er für mich ist, warum hast du ihn dann aufgemacht?«, fragte Zinos.

»Weil es mich was angeht. Sie schreibt: du oder sie. Sie schreibt, sie könne nicht mehr arbeiten, wenn du hier bist.

Zinos, ich hab dich gern, du warst der Beste, den wir je hatten, sogar Toto mag dich, aber jetzt ist Feierabend.«

»Toto *mag* mich?«

Linde zog Zinos an sich und drückte ihn.

»Na, dich muss man ja einfach gern haben. Hau bloß ab, und lass dich nie wieder blicken! Wenn ich mal was für dich tun kann, melde dich, aber komm bloß nicht vorbei.«

»Kann ich nicht noch bis zum Jahresende bleiben?«

»Nein, ich wünsch dir einen guten Rutsch ins neue Jahrtausend. Mach's gut, mach was aus deinem Leben, such dir einen Job in einem richtigen Restaurant! Du kannst was. Oder werd Schauspieler. Ich hab neulich einen tierisch guten Film gesehen, da sah ein Schauspieler aus wie du.«

Zinos arbeitete den Rest des Jahres in der *Kiste* – einer Kneipe, in der es nur Erdnussflips zu essen gab. Er überlegte, aus Hamburg wegzuziehen, vielleicht auf Reisen zu gehen. Irgendwann, wenn er genug gespart hatte. Er unternahm meist nichts, ging nach der Arbeit in der *Kiste* gleich wieder nach Hause. Manchmal ließ er sich von betrunkenen Frauen abschleppen. Er fand es rührend, wie sie am Tresen warteten und immer betrunkener wurden. Er bemühte sich, nicht mehr mit Seele zu ficken, erzählte, er habe eine Freundin oder liebe seine Exfreundin noch immer. So hielt er sich weitere Liebesgeständnisse vom Hals. Doch bald deprimierte ihn die Unverbindlichkeit noch mehr als die Frauen, die er belog.

Die *Kiste* war wieder ein Lokal in der Nähe seiner Wohnung. Aber es war nicht wie bei Udo. Die Leute waren nett und arbeiteten viel, mehr nicht. Und so machte es nun auch Zinos, mehr wollte er nicht vom Leben. Manchmal fuhr er in einen anderen Stadtteil und aß in einem griechischen Restaurant, hatte dort ein paar laute Gespräche und zu viel Ouzo. Das nächste Mal fuhr er in einen anderen Stadtteil zu einem anderen Griechen.

Kurz vorm Jahrtausendwechsel redeten alle von der Party ihres Lebens. Sogar die netten, arbeitsamen Leute aus der *Kiste*. Jeder, den Zinos irgendwie kannte, fragte, was er Silvester vorhabe. Zinos hatte zugesagt, in der *Kiste* zu arbeiten.

Zwei Tage vor Silvester fragte ihn jemand, ob er mit jemandem zusammen sei, da er dann auf ein Silvester-Pärchenfondue eingeladen sei, da ein anderes Paar wegen spontaner Trennung ausgefallen war. Zinos war froh, nicht qualifiziert zu sein, aber ihm fiel plötzlich ein, dass er seit Jahren eine Verabredung hatte. Nur wusste er nicht, ob Kathinka mit jemandem zusammen war, oder ob sie es vergessen hatte.

Die netten Leute aus der *Kiste* meinten nur, er sei gefeuert, wenn er nicht zur Millenniumsschicht erscheine.

REZEPT: LINDES SCHARFE OCHSENSCHWANZSUPPE MIT LINSEN

MAN BRAUCHT

- zwei Kilo Ochsenschwanz
- reichlich Wasser
- Salz und schwarzen Pfeffer
- drei Lorbeerblätter
- zehn oder noch mehr frische, große rote und grüne Pepperoni
- eine Handvoll getrocknete kleine rote Pepperoni
- ein paar Knoblauchzehen

- drei große rote Zwiebeln
- ein Stück Ingwer
- fünfhundert Gramm rote Linsen oder schwarze Beluga-Linsen
- drei Zitronen
- zwei Bund glatte Petersilie
- ein Glas Öl
- einen großen Topf
- Rührwerk
- Kelle
- Schüsselchen
- Teelöffel

ZUBEREITUNG

Die Stücke des Ochsenschwanzes anbraten, in den Topf legen und mit Wasser auffüllen. Zum Kochen bringen und eine Weile köcheln lassen, bis sich oben Schaum absetzt. Man kann den Schaum abschöpfen; Linde meint, es sei besser für die Wirkung des Essens, gut umzurühren, bis er eingekocht sei.

Während das Fleisch langsam weich wird, halbiert man die frischen Pepperoni, entfernt die Kerne und schneidet sie in kleine Stücke. Die Zwiebeln würfeln und die Knoblauchzehen nur pellen, wenn man es vermeiden will, sie mitzuessen. Man sollte sie aber essen, denn Knoblauch fördert die gute Laune und die Gesundheit, und ein gesunder Mensch strebt immer danach, sich zu mehren. Alles ab in den Topf. Den Ingwer gibt man ungeschält als Ganzes in den Topf. Denn das Wirksamste steckt in der Schale. Die getrockneten Pepperoni einfach dazubröseln, die Lorbeerblätter hinein, dann salzen, pfeffern, umrühren und den Deckel drauf. Es muss mindestens drei Stunden köcheln. Man sollte vor und nach dem Rühren immer wieder dran riechen, das steigert den Appetit.

Wenn das Fleisch so zart ist, dass es sich vom Knochen löst, hebt man es heraus und legt es nebeneinander auf eine Platte, damit es schneller abkühlt. Dann pult man das Fleisch in möglichst großen Stücken von den Knochen, Fett und Knorpel kommen weg. Das Fleisch zurück in den Topf und noch mal durchziehen lassen. Die Linsen kochen, die Petersilie hacken und die Zitronen auspressen. Petersilie, Zitronensaft und Öl in einem Schälchen vermischen, einen Löffel hinein und auf den Tisch stellen, so kann es sich jeder nach Belieben in die Suppe tun.

Auch die Linsen sollte sich jeder selber auftun. Wenn man mehr nimmt, ist es eher ein Eintopf als eine Suppe. Aus dem gleichen Grund ist es auch wichtig, dass eine große Menge Fleisch im Topf ist. Kochendes Wasser kann man nachfüllen. Es kann so entweder Hauptgericht oder Zwischenmahlzeit sein. Für mehrere Gänge ist ja zumindest mittags meist keine Zeit. Auf eine Sättigungbeilage sollte man verzichten, wenn man noch was vorhat. Das Eiweiß aus Fleisch und Linsen, zusammen mit den Vitaminen aus Zitrone und Petersilie, dazu die Schärfe schmieren den Organismus und die Laune. Trinken sollte man dazu Mineralwasser, Champagner oder, wie Toto, Sekt mit Ascorbinsäure.

Die Konsistenzen von Kathinka

»Wenn du mich liebst, machst du die Krümel aus dem Bett.«

Zinos stand im Shop der Tankstelle und blätterte in einer *Bravo*. Zu Hause hatte er ein bisschen gekifft und die Flasche Barolo getrunken, die Udo ihm zu Weihnachten geschickt hatte. Trotzdem fühlte er sich nüchtern. Kathinka war nirgends zu sehen. Zinos verließ die Tankstelle und sah sich um; der Blick reichte nicht weit, Menschen brüllten durcheinander, öffneten Flaschen oder schmetterten leere auf den Boden. Es war eine Minute vor zwölf, die Masse begann zu zählen. Zinos hatte nichts zum Anstoßen. Die letzten Sekunden brachen an.

Jemand hielt ihm die Augen zu und flüsterte: »Welche Augenfarbe hab ich?«

Er drehte sich um.

Kathinkas Pupillen waren so groß, dass man ihre Augenfarbe nicht mehr erkennen konnte. Böller knallten in der Luft, auf dem Boden, Zinos wurde von allen Seiten umarmt, Kathinka drückte ihm eine Flasche Wodka in die Hand und strahlte. Sie trug eine kurze Pelzjacke, darunter ein enges glitzerndes Kleid. Ihre Stiefeletten machten sie einen Kopf größer. Sie kaute einen roten Kaugummi, der süßlich roch. Zinos nahm einen großen Schluck Wodka.

»Ein erfolgreiches nächstes Jahrtausend wünsch ich dir!«

Sie lachte und steckte ihm die Zunge in den Mund. Ihr Lipgloss klebte. Sie zog ihn hinter sich her. Trotz ihrer hohen Schuhe rannte sie beinahe.

»Was ist mit dir?«, fragte Zinos.

»Nichts, ich hab bloß Spaß«, sagte sie etwas zu laut.

»Wohin gehen wir?«, fragte er.

»In den *Bunker*, Feldstraße, da ist Hip-Hop!«

»Klingt gut«, sagte Zinos.

»Du bist solo?«, fragte sie.

»Sonst wäre ich nicht gekommen. Und du?«

»Seit gestern nicht mehr, ich hab Schluss gemacht, ich wollte *dich* treffen! Und ich hoffe, ich bereue es nicht. Aber ich kann ihn jederzeit zurückhaben. Jigger Jackson ist verrückt nach mir und total irre. Er macht Hip-Hop, er ist auf der Party. Letztes Jahr war schon mal Schluss, da hat er zwei Songs für mich geschrieben, *Muschihölle* und *Freakfotze*. Süß, oder? Ich war gerührt, deshalb sind wir wieder zusammengekommen, er hat mir *Obsession* von Calvin Klein zu Weihnachten geschenkt. Der Typ kifft und träumt zu viel.«

»Was hast *du* denn alles genommen?«

»Nichts! Wie kommst du darauf, dass man Silvester 1999 *Drogen* nehmen könnte!?«

Sie lachte mit sich alleine, stakste neben Zinos her und rauchte Kette.

»Und meinst du nicht, dieser Jigger könnte vielleicht – ein Problem mit mir haben?«

»Ach was, das geht den gar nichts an, mit wem ich unterwegs bin. Wir gehen da jetzt einfach hin.«

»Du siehst gut aus«, sagte Zinos.

»Danke, du auch. Schöne Lederjacke, steht dir, du siehst darin aus wie Al Pacino – geil, ich feier Silvester mit Pacino!«

Bis zum *Bunker* an der Feldstraße hatten sie die Flasche Wodka ausgetrunken. Es knallte und leuchtete noch immer überall, Zinos störte es nicht mehr. Kathinka zog ihn an der langen Schlange vorbei und begrüßte die Türsteher mit Küsschen. Oben auf der Party verschwand sie sofort auf die Toilette. Zinos holte sich ein Bier und lehnte sich gegen die Wand. Ein großer, dicker Typ stand plötzlich vor ihm:

»Hey!, Typ, die Frau, mit der du da bist – hast du was mit der?«

»Bist du Jigger?«

»Ja, Digger – Jigger Jackson, was geht! Hat sie von mir gesprochen?«

»Das müsst ihr zwischen euch ausmachen, ich hab damit nichts zu tun«, sagte Zinos, und als Jigger nicht antwortete, sondern ihn anstarrte, ohne dass Zinos den Gesichtsausdruck deuten konnte, sagte Zinos:

»Ey!, ich mag deine Musik! Korrekt, Digger!«

Jigger grinste selig. Sie stießen an und kifften zusammen. Zinos tanzte, traf Leute von früher aus Altona, Kiezfreunde von Illias und schloss Partyfreundschaft mit ein paar lässigen Jungs aus Eimsbüttel. Jigger Jackson machte mit zwei Eppendorferinnen rum, als Kathinka erst um kurz vor fünf wieder auftauchte. Sie hatte Nasenbluten und wollte sofort los.

Mit dem Taxi fuhren sie zum Haus ihrer Eltern, die gerade in Thailand waren. Jadwiga, die Haushälterin, weigerte sich, mit Kathinka allein im Haus zu sein, da hatte Kathinka sie gefeuert. Überall lagen Klamotten herum, sogar auf der Treppe. Leere Teller, Zeitschriften, Verpackungen aller Art waren überall verteilt. Es roch nicht besonders gut. Kathinka zog ihr *Obsession* aus der Handtasche und drehte sich wild sprühend einmal im Kreis.

»Kommen Sie rein, können Sie rausgucken!«

Sie warf sich auf die Couch, richtete sich sofort wieder auf, schüttete Koks auf den Glastisch, machte sich zwei dicke Lines fertig und zog sie. Das Nasenbluten fing wieder an. Zinos stand in der Tür.

»Kathinka – meinst du nicht, du hast genug?«

»Ich mach nur noch den Rest weg, das dritte Gramm bewahr ich auf fürs nächste Wochenende. Wir trinken noch was zum Runterkommen, ich mach uns Wodka mit Bananensaft, das funktioniert immer ganz gut. Oder hast du was zu kiffen? Ich hab sonst auch Schlaftabletten.«

Sie sprang auf und machte *Heroin* von Velvet Underground an.

»Kein Lied bringt Liebe besser auf den Punkt!«, sagte sie und zog noch 'ne Line Koks.

Zinos wollte gehen, aber Kathinkas Nasenbluten wurde immer schlimmer; außerdem bekam sie Panik, weil ihr Herz so schnell schlug. Er holte ihr einen kalten Lappen und massierte ihr den Nacken. Als es ihr etwas besser ging, exte sie zwei Wodka Banane und schluckte eine Schlaftablette. Sie zog sich aus bis auf einen goldenen Stringtanga und legte sich auf die Couch.

»Wann kommen deine Eltern zurück?«, fragte Zinos, nahm einen Schluck Wodka Banane und setzte sich neben sie.

»Ach, das kann dauern.«

»Belastet dich das?«

»Ich bin erwachsen. Wenn ich will, kann ich ihnen nachreisen. Will ich aber nicht.«

»Geht mir genauso«, sagte Zinos.

»Können wir morgen drüber reden, mir geht's nicht so gut, ich nehm jetzt noch eine Tablette.«

Kurz nachdem sie die zweite Tablette genommen hatte, fragte sie:

»Machen wir morgen einen Neujahrsspaziergang?«

Dann schlief sie ein.

Zinos trug sie nach oben ins Bett. Er legte sich aufs Sofa, ohne zu wissen, warum er blieb.

Am nächsten Morgen wachte er auf, weil sehr laut *Masquerade* von Sergio Mendes lief. Kathinka stand munter vorm Sofa, sie trug einen Jogginganzug und hatte rosige Wangen. In der einen Hand hielt sie einen Sprühreiniger, in der anderen einen Lappen. Zinos richtete sich mühsam auf, sein Kopf schmerzte, er hatte ein Piepen im Ohr, und schlecht war ihm auch, dazu stieg ihm Sodbrennen die Kehle hoch.

»Einen guten Morgen am ersten Tag Ihres ganz persönlichen neuen Jahrtausends!«, sagte Kathinka im Ton einer Stewardess und sprühte zweimal mit dem Reiniger in die Luft – und einmal auf Zinos' Hose. Zinos hatte in seinen Klamotten geschlafen. Ihm war jetzt so schlecht, dass er befürchtete, sofort kotzen zu müssen, wenn er versuchen würde zu sprechen.

»Ich lasse dir gleich ein Bad ein, und hier ist dein Frühstück.«

Auf dem Glastisch waren keine Spuren mehr von der letzten Nacht, stattdessen ein Teller mit Rührei und Schwarzbrot, ein Becher Kaffee, eine Tasse schwarzer Tee, eine Tasse grüner Tee und ein Glas frisch gepresster Obstsaft.

»Ich wusste ja nicht, was du magst. Ich wäre doch 'ne Frau zum Heiraten – oder siehst du das anders?«

»Hä, was? Danke, danke auf jeden Fall. Ich mag alles.«, sagte er und musste würgen.

»Krieg ich jetzt zehn Punkte?«

»Zehn Punkte?«

»Zehn Punkte von zehn möglichen?«

»Du kriegst fünfzehn, aber ich glaub, ich muss trotzdem kotzen.«

Sie zeigte ihm das Gästeklo.

Alles, was er vom Haus sah, war nun aufgeräumt und geputzt.

»Wie spät ist es?«, fragte er, nachdem er sich übergeben hatte.

»Gleich drei, iss was, wasch dich, und dann gehen wir ein bisschen raus, okay?«

Er aß ein bisschen von dem Rührei, aber ihm wurde gleich wieder schlecht, er trank den Saft und den kalten Kaffee. Kathinka hatte ihm ein Bad eingelassen. Das Wasser war heiß und grün, es roch nach Eukalyptus. Er legte sich hinein, schloss die Augen und hätte gern von den Wäldern auf M. geträumt, aber es ging nicht. Immerhin half der Geruch, die Übelkeit zu überwinden.

Sie spazierten runter zur Alster, an den Familien vorbei, schauten Schwänen auf dem Wasser zu, tranken Kaffee in einem Lädchen, in dem sonst nur alte Damen und Paare saßen. Hinter einer meterlangen Glasvitrine voll mit bunten Torten liefen eifrig ein paar Damen jeden Alters hin und her, benannten laut jedes Stück Torte, das sie servierten, und gaben immer die genaue Summe des Wechselgeldes kund, wenn sie herausgaben. Der Raum war mit putzigen Tischchen mit Deckchen und Plastikblumen zugestellt. Die dreibeinigen Tische gerieten bei jeder Berührung ins Wanken. Obwohl es noch hell war, stellte ein Mädchen, das den alten Damen trotz des Altersunterschieds irgendwie glich, ein schwimmendes Teelicht auf jeden Tisch. Zinos hatte ein Stück Marzipantorte gegessen, und er konnte sich nicht vorstellen, jemals wieder Hunger zu bekommen. Kathinka, die während des Spaziergangs einen Joint geraucht hatte, schlang schon das zweite Stück Blaubeerkäsetorte runter. Dann aß sie eine Rumkugel. Zinos schlug der Filterkaffee auf den Magen, während Kathinka schwärmte:

»Nichts trinke ich lieber als Filterkaffee. Meine bescheuerten Eltern trinken ja nur noch Tee, seit sie nicht mehr rauchen. Ich finde nicht, dass irgendein Tee wach macht, nur Filterkaffee knallt.«

Sie bestellte sich noch eine Rumkugel und eine Portion Sahne.

»Du kommst doch wieder mit zu mir, oder?«, fragte sie mit vollem Mund.

»Kathinka, ich weiß nicht, ich muss zu Hause ein paar Sachen regeln.«

»Was denn für Sachen? Heute steht die Welt still – überall auf der Welt«, sagte sie.

»Ja, aber morgen dreht sie sich weiter, und ich hab seit gestern keinen Job mehr.«

»Ach, und da willst du heute noch schnell 'ne Bewerbungsmappe fertig machen? Warum denn eigentlich seit gestern?«

»Ich hatte Silvester Schicht in 'ner Kneipe und bin einfach abgehauen, um dich zu treffen.«

»Na, da hast du ja was aufgegeben für mich, ein Job ist natürlich ein größeres Opfer als Jigger Jackson! Bereust du es jetzt? Du bereust es, ich seh das, deine Pupillen sind größer geworden.«

»Na, damit kennst du dich ja aus.«

»Du bereust es, stimmt's?«

»Nein, ich hing nicht an dem Kneipenjob. Ich muss mir ein paar Gedanken machen, wie es weitergehen soll, ich hab gar keinen Plan, ich hab meine Ausbildung zum Koch verhauen, aber ich kann nur das, und das nicht mal gut.«

»Mein Onkel hat ein Hotel am Hauptbahnhof, ist nicht so toll, aber groß, da brauchen sie immer mal jemanden in der Küche!«

»Kannst ja fragen, ich muss auf jeden Fall schnell Geld verdienen.«

»Ich frag aber nur, wenn du heute wieder mit zu mir kommst.«

»Du bist ganz schön aufdringlich.«

»Immerhin hast du deinen Job für mich aufgegeben, da kann ich mir doch was drauf einbilden.«

»Ich hing nicht an dem Job.«

»Danke für die Blumen.«

Kathinka nahm eine Plastikblume aus der Plastikvase und steckte sie sich ins Haar.

Zinos fragte:

»Was ist eigentlich mit dir, willst du dein Leben lang vom Geld deiner Eltern leben, oder willst du auch was werden?«

»Du bist ja hart, ich bin doch schon was. Ich bin ich.«

»Vielleicht müsstest du nicht so viel feiern, wenn du auch mal was anderes zu tun hättest als du sein.«

»Kann sein.«

»Gibt es nicht irgendwas, was dich interessiert?«

»Wer bist du, ein Berufsberater, oder was? Ich wusste, die setzen irgendwann einen auf mich an.«

»Ich interessiere mich eben für dich.«

»Dann schlaf mit mir.«

»Wozu?«

»Damit du mich besser kennenlernst«, zwinkerte sie ihn an.

»Das hat doch damit nichts zu tun. Und übrigens traue ich Frauen nicht, die mir zuzwinkern«, sagte Zinos.

»Hast du noch nie mit einer Frau geschlafen, und danach war alles anders?«

»Doch, aber ich habe auch schon öfter mit Frauen geschlafen, und danach war nichts.«

»Was kann ich tun, damit du mir traust?«, fragte sie plötzlich ernst.

»Erzähl mir, was du aus deinem Leben machen willst.«

»Ich wäre gern Ernährungsberaterin.«

»Du?«

»Wieso nicht?«

»Also, wie du mit deinem Körper umgehst ...«

»Wenn du wüsstest!«

»Was?«

»Schon mal was von der Nahrungspyramide gehört?«

»Ja, hab ich schon mal gesehen.«

»Ich esse jeden Tag eine davon.«

»Was?«

»Ich zeig's dir, ich habe diesen wirklich großen Mixer, der kriegt alles klein, sogar altes Vollkornbrot.«

»Aber warum sollte man altes Brot in einen Mixer tun?«

»Du musst nur wieder mit zu mir kommen, dann zeig ich dir, was da noch so alles reingeht.«

»Nicht heute. Fragst du deinen Onkel trotzdem wegen des Jobs?«

»Mach ich.«

Sie spießte die Rumkugel mit dem Mittelfinger auf und hielt sie hoch. Mit glasigen Augen sah sie Zinos an und steckte sich die ganze Kugel in den Mund.

»Du bist verrückt«, sagte er. »Ich hab noch nie erlebt, dass jemand sich so viel reinziehen kann und am nächsten Morgen nüchtern ein ganzes Haus putzt.«

»Wer sagt denn, dass ich nüchtern war. Kommst du wieder mit zu mir?«, sie streichelte ihm über die Wange, sie hatte Tränen in den Augen. Zinos sah zum ersten Mal, dass sie schön war. Draußen dämmerte es. Er nickte. Sie gingen langsam zurück.

Die Küche war noch größer als die in *Paveses Pizza-Palast*, es sah nicht aus, als ob dort gekocht würde. Kathinka öffnete einen Schrank, holte eine Flasche Olivenöl raus, dann Tüten mit Sonnenblumenkernen, Haselnüssen, ein paar kleine Kartoffeln, dunkles Knäckebrot, Haferflocken und eine Tafel Schokolade und breitete alles auf der Arbeitsfläche aus. Aus dem Kühlschrank holte sie eine Schale mit Obst und Gemüse, eine Tüte Tiefkühlerbsen, eine mit Blaubeeren, Milch, Eier und Käse.

Sie zerbrach das Knäckebrot und warf es in den Mixer, schüttete Haferflocken, Sonnenblumenkerne, Haselnüsse dazu, kippte Tiefkühlerbsen drauf, Weintrauben, tiefgekühlte Blaubeeren, dann schnitt sie zwei Äpfel mit Schale hinein.

»Die Schale ist das Beste, das ist immer so, auch bei Gurken, mit allem, nur Idioten schälen.«

»Was ist mit Kiwis, Orangen oder Mangos und so weiter und sofort?«, fragte Zinos.

Sie legte den Kopf schief:

»So etwas esse ich nicht, ich esse nur Lebensmittel, deren Schale man mitessen kann.«

Sie würfelte die Gurke, die Kartoffeln, zerdrückte Tomaten, goss das Ganze mit Olivenöl auf, schnitt eine Scheibe

Käse ab, schlug ein Ei auf, goss Milch in den Mixer und platzierte ganz oben ein Stück Schokolade.

»*I like to introduce*: Miss Nahrungspyramide. Ich habe heute Morgen schon eine gegessen, deshalb geht es mir so gut. Und die hier mach ich für dich.«

»Kathinka, vielen Dank, aber ich werde das nicht …«

Sie hatte den Deckel bereits zugemacht und den Startknopf gedrückt. Der Mixer legte in schrammeligen Stößen los; immer wieder versuchten seine Scheren eine ganze Umdrehung, und dann hatte er es endlich geschafft, er mixte die Nahrungspyramide zu einem Brei, dessen Farbe Zinos nicht benennen konnte. Kathinka schaltete das Gerät ab und steckte ihren Finger tief hinein.

Kathinka besorgte Zinos einen Job im *Hotel Capital*, das ihrem Onkel Guido gehörte. Zinos arbeitete in der Küche, aber nicht als Koch. Die Hauptaufgabe der Küche dieses Hotels, das vor allem Geschäftsleute nutzten, bestand darin, Büffets aufzubauen, Frühstücksbüffets, Mittagsbüffets, Tagungsbüffets. Nichts, was auf den Büffets liegen blieb, wurde weggeschmissen. Die Ananasstückchen, die es zum Frühstück im Obstsalat gab, kamen abends in den Hawaiisalat, nachts schabte Zinos die Mayonnaise ab und warf sie in die Süßsauer-Soße, die am nächsten Mittag zum Hühnchen serviert wurde. Das, was vom Huhn übrig blieb, gab es in den nächsten Tagen als Brühe mit Geflügelklößchen, Frikassee, Salat, Schnitzel. Die Nordseekrabben des Sonntagbüffets fanden sich im Krabbencocktail wieder. Wenn Onkel Guido die abgelaufenen Fertigschnitzel von ihrer Panade befreite und zu Capital-Curry-Spezial verarbeitete, fanden dort auch die Ananas und die Mandarinen aus dem Waldorfsalat eine neue

Bestimmung. Die Gäste des Hotel Capital aßen alles und beschwerten sich nie – was Zinos am meisten anwiderte.

Er verdiente deutlich mehr als die Pakistanis in der Küche und die asiatischen Zimmermädchen, von denen Onkel Guido eine geheiratet hatte. Als einziger von den Neuen wurde er sofort krankenversichert.

Kathinka hatte ihm den Job verschafft, obwohl er am ersten Januar doch noch nach Hause gegangen war. Er hatte sie einfach in der Küche stehen gelassen. Ein paar Tage später verabredeten sie sich. Von da an sahen sie sich regelmäßig.

Sie gingen essen, spazieren oder guckten Videos. Kathinka rauchte ab und zu einen Joint, aber sonst schien sie clean zu sein. Irgendwann zeigte Zinos ihr die geheimen Eingänge ins Ufa-Kino; sie sahen sich fast jeden Abend einen Film an. Und an einem dieser Abende wurden sie ein Paar. Zinos hatte außer mit seiner Familie noch nie mit jemandem so viel Zeit verbracht. Er mochte ihr Aussehen immer mehr, ihren Geruch, den Klang ihrer Stimme, egal, was sie ihm erzählte, und sie gab ihm noch immer das Gefühl, sie würde jederzeit aus seinem Leben verschwinden, wenn er das wollte. Deshalb wollte er es nicht. Die meiste Zeit verbrachten sie in Zinos' Wohnung. Kathinka massierte seinen Rücken und blies ihm einen, wann immer er wollte. Einmal hörte man aus einer Wohnung auf der anderen Seite des Hofes *Under the Cherry Moon* von Prince, als sie miteinander schliefen. Dieser Moment führte dazu, dass Zinos glaubte, er wäre verliebt. Er sagte nichts, aber er küsste sie, er hatte sie noch nie dabei geküsst. Ein paar Tage später sagte sie ihm, dass sie ihn liebe. Er sagte, dass er gern Zeit mit ihr verbringe. Er versuchte sich zu erklären, meinte, dass er nicht wisse, was er fühle, und wissen wolle, ob sie die Geduld habe abzuwarten. Aber sie konnte gar nicht mehr sprechen, so sehr weinte sie. An dem Abend schlief sie zu Hause. Und dann meldete sie sich nicht mehr und war auch nicht auf dem Handy erreichbar. Zinos erkundigte sich bei Onkel Guido, der nur zu berichten hatte, dass ihre Eltern seit ein paar Tagen wieder in Hamburg seien. Zinos rief sie nicht mehr an; er vermisste sie, aber nicht genug, um zu betteln. Nach ein paar Wochen ging er dann doch zum Haus von Kathinkas Eltern. Ihre Mutter aß einen Joghurt, während sie in der Tür stand und Zinos nicht reinbat. Sie trug den gelben Pullover, den Kathinka getragen hatte, als Zinos sie zum ersten Mal gesehen hatte.

»Wir sehen Kathi auch nicht oft, sie zieht viel um die Häuser, ist unterwegs, so ist sie eben.«

Mehr erfuhr Zinos nicht.

Er machte sich auf die Suche, ging nachts ab und zu über den Kiez. Irgendwann lief sie in der Davidstraße einfach so an ihm vorbei, sie sah ihn nicht einmal, war mit einer Gruppe von Leuten unterwegs.

»Kathinka!«

»Hey!, Zinos!«

Sie kam zurück, die anderen gingen einfach weiter, so als hätten sie gar nicht bemerkt, dass Kathinka weg war. So dürr hatte er sie noch nicht gesehen. Ihre Pupillen waren wieder so groß, dass man ihre Augenfarbe kaum erkennen konnte.

»Warum meldest du dich nicht mehr bei mir?«, fragte er.

»Du meldest dich doch auch nicht«, sagte sie mit einem unpassenden Lächeln.

»Ich hab es doch versucht.«

»Ist doch egal jetzt. Mir geht es gut. Ich hoffe dir auch?«

Sie legte den Kopf schief.

»Mir geht es gut, wenn du jetzt mit zu mir kommst«, sagte er und streckte die Hand aus.

»Liebst du mich?«

Er nickte, zog sie an sich und nahm sie in den Arm. Ihr Körper fühlte sich merkwürdig schlaff an. Sie versuchte sich aus seiner Umarmung zu befreien, aber er ließ sie nicht los, zog sie hinter sich her bis nach Hause.

Sie schwitzte die ersten Nächte, obwohl es Winter war. Langsam erholte sie sich und nahm sogar ein bisschen zu, aber sie war nicht mehr dieselbe. Ein paar Wochen später entdeckte Zinos, dass sie Tabletten nahm. Aber er sagte nichts, und er hoffte, es hätte was zu bedeuten, dass er es in der Ein-Zimmer-Wohnung mit ihr aushielt. Sie taten einfach so, als seien sie ein glückliches Paar. Jeden Tag, wenn er von der Arbeit kam, hatte sie gekocht. Sie machte schreckliches Essen, aber es schien sie zu begeistern. An Weihnachten stritten sie, weil Kathinka nicht mit Zinos zu ihren Eltern wollte. Sie sagte, sie ertrage es nicht, wenn man sie nicht beachte; ihre Mutter wende sich oft mitten im Gespräch von ihr ab, ohne es zu merken. Und ihr Vater spreche auch an Weihnachten über nichts anderes als Geld und Arbeit.

Zinos hätte Weihnachten gern in einer Familie gefeiert, egal, wer mit wem worüber sprach. Er nahm alle Schichten im Hotel an, die er kriegen konnte. Kathinka kochte einen großen Topf Minestrone, weil er ihr von der Zeit bei Udo erzählt hatte. Dann kochte sie plötzlich nur noch Suppen, Suppen kamen ihrer Vorliebe für Püriertes sehr nahe. Einmal pürierte sie eine Tomatensuppe samt Nudeln und Hackklößchen, einmal servierte sie ihm Pesto ohne irgendetwas dazu. Kathinka pürierte Bohnensuppe, Linsensuppe mit Nudeln, Zwiebelsuppe, Fischsuppe, Artischockensuppe, Steinpilzsuppe. Als er sie bat, doch mal etwas anderes zu versuchen, etwas Festes, lag am nächsten Abend ein einziger Raviolo mit einem Durchmesser von zehn Zentimetern auf dem Teller. Ab diesem Tag nahm sie die Sache ernst, sie schleppte Unmengen von Kochbüchern an, und sie begann zu lernen.

Kathinka ging in ihrem neuen Universum auf, sie war bald eine bessere Köchin als Zinos. Sie hörte sogar auf, ihr eigenes Essen zu pürieren. Immer, wenn sie eine neue Zutat für sich entdeckt hatte, bereitete sie alle Rezepte zu, die sie dazu finden konnte. Beim ersten Mal war es Huhn: Fenchelhuhn, Huhn aus der Pfanne, frittiertes Huhn, gefülltes Huhn, gegrilltes Huhn, gekochtes Huhn, in Wein geschmortes Huhn, Huhn in Thunfischsoße, Zitronenhuhn, scharfes Huhn, Hühnerbrust in Rotwein, Hähnchenschenkel in Balsamico, Hähnchenbrust in Parmaschinken, Chicken Madras, Chicken Tikka, Frikassee, Stubenküken, Hühnerfüße, Hahnenkämme. Als Nächstes nahm sie sich Fisch vor. Beim Fleisch kam jedes Tier dran; sie begann mit Schwein, Lamm, Rind, dann folgte Wild, und sie vernachlässigte auch nicht die Innereien. So verging fast ein Jahr, in dem Zinos im *Hotel Capital* eine Menge Geld verdiente und Kathinka in der kleinen Wohnung zu einer großen Köchin wurde. Einmal hatte sie ein paar Freunde eingeladen. Sie hatte Zinos nichts davon gesagt. Als er erschöpft nach Hause kam, saßen zwei Paare an einem Tisch, den sie von einer Nachbarin geliehen hatte. Der große Tisch füllte fast den ganzen Raum aus, und Kathinka servierte ein Vier-Gänge-Menü. Kaum hatte man aufgegessen, flüsterte sie Zinos ins Ohr, er solle dafür sorgen, dass alle verschwänden, und schloss sich im Klo ein, bis er ihrer Aufforderung gefolgt war.

Sie verließ das Haus bald nur noch, um einkaufen zu

gehen, und verbrachte immer mehr Zeit auf dem Dach, um zu kiffen. Zinos machte sich darüber keine Gedanken, obwohl sie sogar aufs Dach ging, wenn das Essen auf dem Herd stand, manchmal während des Essens und danach, und auch wenn Zinos schon ins Bett gegangen war. Und manchmal blieb sie dort auch, sogar wenn es kalt war, bis zum Morgen.

Zinos redete sich ein, das Kiffen brächte sie wenigstens dazu, mehr zu essen. Doch bald bemerkte er, dass sie immer dünner wurde. Dass sie ihn so gut ernährte, führte dazu, dass Zinos so etwas empfand wie Liebe. Ein paar Wochen wollte sie nicht mit ihm schlafen, stattdessen massierte sie ihn so lange und hart, dass er blaue Flecken bekam. Dann wollte sie plötzlich täglich mit ihm schlafen, manchmal drei- oder viermal an einem Tag. Als sie dabei immer aggressiver wurde, wurde es ihm zu viel. Sie bestand darauf, ihm trotzdem einen zu blasen, und dann durfte er sie wieder wochenlang nicht anfassen und nicht mal mehr nackt sehen. Er fragte sich, warum er mit ihr zusammenlebte. Vielleicht weil sie nie stritten. Sie nahm alles hin. Bald hoffte er, sie würde einfach so verschwinden, wie beim letzten Mal. Diesmal würde er sie nicht suchen. Er war sicher, dass es bald so weit war. Kathinka sprach auch nicht mehr von Liebe; sie erwartete schon lange nichts mehr, außer, dass Zinos jeden Abend ihr Essen aufaß.

Eine Weile kehrte wieder eine gewisse Ruhe ein. Er aß, ging ins Bett, sie verschwand aufs Dach. Er wachte auf, sie lag nicht neben ihm, er schlief wieder ein. Und morgens lag sie schlafend neben ihm. In einer Nacht klammerte sie sich plötzlich an seinen Körper und redete vor sich hin. Er nahm an, sie würde im Schlaf reden, aber dann schüttelte sie ihn, sah ihm in die Augen und sagte, er solle sich keine Sorgen machen, sie kläre das mit den Leuten gerade.

Nach dieser Nacht kam sie gar nicht mehr ins Bett, er wusste nicht, ob sie überhaupt noch schlief. Zinos stieg selbst nachts aufs Dach. Sie war nicht da. Er versuchte sie auf ihrem Handy zu erreichen, es lag in der Dachrinne. Vorsichtig hob er es auf und sah nach unten auf die Straße. Nach einer Stunde kam sie nach Hause, es war sechs Uhr morgens. Ihre Haare waren zerzaust, und sie strahlte Zinos an, als sei nichts gewesen:

»Hallo, Schatz, du hast gewartet, das ist süß von dir.«

Ihr Tonfall war merkwürdig, beinahe wie der eines Kindes, und sie hatte ihn noch nie *Schatz* genannt.

»Wo warst du?«

»Spazieren, ich bin die Straße rauf und runter und vor und zurück. Ich musste einfach mal an die frische Luft.«

»Aber, warum hast du dein Handy nicht mitgenommen?«

Sie schaute ihn plötzlich böse an, so böse hatte er sie noch nie gesehen.

»Weißt du nicht, was da drin ist?«

»Wie – was soll da drin sein?«

»Soll ich's dir zeigen?«

Sie holte ihr Handy, drückte wild darauf herum und hielt es Zinos direkt vors Gesicht.

»So nah kann ich nichts sehen.«

Er zog ihre Hand zurück. Das Display war voll mit Nummern und Semikolons.

»Siehst du!«, rief sie triumphierend.

»Nein, ich sehe nichts, hör auf, mich zu verarschen, ich muss in einer halben Stunde aufstehen.«

Zinos legte sich hin und schloss die Augen. Kathinka räumte die Wohnung auf, wie Zinos glaubte. Aber als er sich im Halbschlaf wunderte, weil sein Wecker nicht anging, richtete er sich auf und sah, dass alle elektrischen Geräte zusammen in der Mitte des Raumes standen, die Stehlampe, der Radiowecker, der neue Ghettoblaster, der Fernseher, ihr Mixer, ihr Pürierstab, ihr Fön, die Nachttischlampe, der Staubsauger, der Toaster. Die Kabel hatte sie alle miteinander verknotet. Dann war sie aufs Dach gegangen. Auch Zinos ging nach oben. Es regnete.

»Bist du jetzt Künstlerin, oder was?«

Kathinka hatte nur ihre Unterwäsche an und saß aufrecht im Schneidersitz mitten auf dem Dach.

»Kathinka?!«

»Mir ist überhaupt nicht kalt!«, sagte sie fröhlich.

»Ich muss jetzt arbeiten, bis später – und leg dich mal hin.«

Als Zinos nach Hause kam, stand sie angezogen am Herd, das Ensemble elektrischer Geräte vom Morgen war verschwunden. Alles stand wieder an seinem Platz.

»Hallo, Schatz!«, rief sie beschwingt und rührte etwas zu schnell in einem der Töpfe.

Zinos ging zu ihr und nahm sie in den Arm. Es roch seltsam.

»Was gibt es denn?«

»Fisch und Spaghetti alla mamma!«

»Hört sich gut an, aber es riecht angebrannt, findest du nicht?«

»Nein, du? Nein, du? Nein, du?«, wiederholte sie affektiert und brach dann in schallendes Gelächter aus.

Auf die Teller kamen Spaghetti mit Bananenstückchen, von der Panade befreite Fischstäbchen und eine Blue-Curacao-Zitronen-Soße. Zinos aß nichts davon und sah Kathinka zu, wie sie selber darin rumstocherte.

»Kathinka – was soll das Theater?«

»Alla mamma! Siehst du, mecker-mecker-mecker!«, sagte sie mit verstellter Stimme. Dann sprach sie ganz normal:

»Ich habe das als Kind für meine Mutter gekocht, zusammen mit meiner Freundin Annemarie. Meine Mutter sagte immer, man müsse Fisch essen, dass sei gut fürs Herz, und sie hat so gern Blue Curacao getrunken; sie hat immer gesagt, das sei gar kein richtiger Alkohol, deshalb durfte ich auch was davon haben und von dem Amaretto, der war so schön süß. Zitrone zum Fisch spaltet das Eiweiß, Bananen und Nudeln sind gut für die Nerven – voilá!, hat sie gesagt. Und als Annemarie und ich das für sie gekocht haben, ist die Küche ein bisschen kaputt gegangen, und da hat sie uns verprügelt, auch Annemarie hat sie richtig verdroschen, die hat mehr geblutet als ich. Die hat einen ziemlich großen Schreck gekriegt, denn die kannte das ja noch nicht. Die durfte danach natürlich nicht mehr vorbeikommen, und alle anderen Kinder auch nicht, es hat sich schnell rumgesprochen. Klar, die langweilen sich alle, die brauchen was zu reden, ich will nicht wissen, was bei denen los ist, wenn die Gardinen zu sind – hat meine Mutter gesagt, und mein Vater hat ihr zugestimmt.«

Sie lachte.

»Die Eltern haben meine Mutter nicht verklagt, weil mein Vater der Chef von Annemaries Vater war. Und dann gab es noch ein Gehalt extra. Davon haben sie Annemarie ein Barbiehaus gekauft. Also hatten doch alle was davon. Voilà. Und ich hatte heute plötzlich Lust, das mal wieder zu kochen, ich wollte wissen, ob du auch sauer wirst!«

Zinos stand auf und wollte sie in den Arm nehmen, aber sie war ganz starr. Als sie ihn wegstieß, sagte er:

»Willst du nicht zum Arzt gehen? Ich hab das Gefühl, es geht dir nicht so gut.«

»Was? Mir geht es total gut! Kommst du mit aufs Dach?«

Er ging mit, sie rauchte ein paar Joints und sagte kein Wort mehr.

»Willst du nicht schlafen gehen – oder dich zumindest mal hinlegen? Du hast dich schon seit Tagen nicht mehr ins Bett gelegt.«

»Da sind überall so Sachen im Bett, so kleine pieksende Dinger. Krümel!«

»Krümel? Da sind keine Krümel im Bett.«

»Wenn du mich liebst, machst du die Krümel aus dem Bett!«

Noch nie hatte sie in so einem aggressiven Ton mit ihm gesprochen.

Zinos ging runter in die Wohnung, er sah sich das Bett an, keine Krümel, nichts, er bezog es trotzdem neu. Er merkte, dass er zitterte. Er glättete jede Stelle des Lakens mehrmals. Sie stand später vor dem frisch gemachten Bett und sagte:

»Da, da überall sind diese kleinen Piekser, die Krümel. Zinos, du musst mal genau hingucken, genau!«

Sie strich übers Bett und rief:

»Die kommen immer wieder, die kleinen Biester, du kannst machen, was du willst, ich leg mich nicht zu den Pieksern, den kleinen Drecksstücken, die waren schon unter meiner Haut. Ich hab sie alle totgedrückt, und jetzt ist Schluss.«

Sie knallte die Tür hinter sich zu. Zinos war erleichtert, allein im Bett zu liegen. Ein paar Stunden konnte er sogar schlafen.

Als er am nächsten Tag nach der Arbeit nach Hause kam,

sah es von weitem so aus, als hätte jemand eine Hüpfburg für Kinder in der Straße aufgebaut. Er dachte kurz an ein Straßenfest, doch dann entdeckte er die Feuerwehr und Polizeiautos und eine Menschenmenge drum herum. Oben auf dem Dach stand Kathinka. Sie war nackt und brüllte irgendetwas. Zinos rannte durch die Menge, die Polizei ließ ihn ins Haus, begleitet von einem Psychologen. Als sie oben ankamen, stellte sie sich dem Psychologen gerade förmlich vor und sagte dann zu Zinos:

»Ich gehe mit denen, ich bin bereit, aber ich will mir erst was Hübsches anziehen.«

Der Psychologe wies die Rettungssanitäter an, einen Stock tiefer zu warten und blieb in der Tür stehen. Kathinka zog das Glitzerkleid an, darüber die Pelzjacke und hakte sich bei dem Therapeuten unter. Sie drehte sich noch mal um, und zwinkerte Zinos zu.

REZEPT: KATHINKAS PÜRIERTE NAHRUNGSPYRAMIDE

MAN BRAUCHT

- zweihundertfünfzig Gramm Gemüse
- zweihundertfünfzig Gramm Obst
- hundertfünfzig Gramm Nüsse
- zwei Gläser Milch
- ein Ei – roh oder gekocht
- einen Schuss Olivenöl, einen Schuss Sonnenblumenöl oder auch teures Kürbiskernöl, Walnussöl, Rapsöl etc.

- eine Scheibe Vollkornbrot
- hundertfünfzig Gramm Fisch
- dreißig Gramm rotes Fleisch
- siebzig Gramm Geflügel
- Salz, Rohrzucker oder Pfeffer nach Belieben
- einen großen Mixer

ZUBEREITUNG

Alles vorher möglichst klein schneiden oder hacken. In den Mixer werfen, und los gehts. Wer besonders ernährungneurotisch ist, sollte noch Nahrungsergänzungsmittel untermischen! Kathinka hat manchmal, wenn Zinos nicht hinsah, auch einen Schuss Wodka hineingegeben, auch Paracetamol, Acetylsalicilsäure (z. B. Aspirin) oder Verschreibungspflichtiges – und wer weiß schon, was noch …

Man kann mehr oder weniger Flüssigkeit hineingeben, je nachdem, ob man Brei oder einen Cocktail bevorzugt. In jedem Fall sollte man garnieren: mit Petersilie, ein zwei Basilikumblättern, einer Beere, einem Zuckergitter, einem Schirmchen oder, wie Kathinkas Mutter es seit Neuestem gerne macht, mit einer essbaren Blüte – erhältlich beim Feinkosthändler. Man kann die Sache mit einem guten Mineralwasser (am besten gekennzeichnetes Heilwasser) trinkbarer machen.

Damit hat man in einem Schwung alle Nahrungsgruppen intus und kann sich, falls man die Nahrungsaufnahme als notwendiges Übel betrachtet, den Tag über mit Wichtigerem beschäftigen.

Auf großer Fahrt

»Man steht mitten im Leben, solange man jederzeit abreisen kann.«

Kathinka wurde am 10. September 2001 in die Psychatrie eingewiesen. Am Tag darauf hatte Zinos endlich mal wieder ausgeschlafen, aber er bekam die verstörenden Gedanken an Kathinka nicht aus dem Kopf. Er brauchte dringend ein bisschen Ruhe und Zerstreuung und schaltete den Fernseher ein. Nachdem er wegen der Bilder aus Amerika zunächst in Panik geriet, da seine Nerven ohnehin überstrapaziert waren, verbrachte er die ganze nächste Woche fasziniert vor dem Fernseher. Die Ereignisse boten genug Ablenkung und ließen ihn eine Weile glauben, es gebe Schlimmeres als persönliches Unglück.

Er fragte sich, ob Kathinka auch fernsehen durfte. Onkel Guido rief ein paar Tage später an, er stammelte, Zinos könne nicht weiter für ihn arbeiten, er sei auf die Finanzspritzen von Kathinkas Eltern angewiesen. Zinos versuchte nicht, Onkel Guido zu überzeugen, dass er gar nichts mit Kathinkas Problemen zu tun hatte.

Zinos brauchte einen neuen Job. Zum ersten Mal hatte er Probleme, einen zu finden. Er lebte bald von dem Geld, was er für ein Auto gespart hatte. Er ging jeden Tag die Zeitungen nach Anzeigen aus der Gastronomie durch. Aber niemand stellte ihn ein. Er bekam nicht mal den Tresenjob in der Kneipe am Hafen, weil die Dame des Hauses fand, er sähe zu jugendlich aus. Immerhin gab sie ihm zur Mittagszeit ein paar Fernet Branca aus und riet ihm, seine Ansprüche runterzuschrauben.

»Noch weiter?«, rief Zinos.

»Wer aus Sprotten keine anständige Mahlzeit machen kann, macht auch aus einem Lachs nur Katzenfutter!«, krächzte sie mit ihrer heiseren Stimme, die stets am Ende des Satzes erstarb.

Schließlich arbeitete Zinos ein paar Monate als Putzkraft in einer Kantine und dann an einem Sandwichstand am Flughafen, obwohl er beim Putzen mehr verdient hatte. Nach etwa einem Jahr stöckelte eine Freundin von Kathinka in der Abflughalle auf ihn zu und kaufte ein Lachsandwich für sechs Euro siebzig. Als er ihr das Wechselgeld gab, sah sie ihm zum ersten Mal ins Gesicht und öffnete als Erkennungszeichen weit den Mund. Ohne sich zu erkundigen, wie es ihm ging, berichtete sie hysterisch begeistert, Kathinka wäre endlich raus aus der Klinik und wolle vielleicht Ökotrophologie studieren. Sie schlug vor, Kathinka von ihm zu grüßen. Als Zinos sie bat, es nicht zu tun, nickte sie, ohne zu lächeln, und zog die Augenbrauen so hoch, dass es aussah, als könnten ihre Augäpfel rausplumpsen.

Es war Anfang 2003, als Zinos sich zum ersten Mal ein eigenes Restaurant wünschte. Im August würde er dreißig werden, und er hatte nicht mal eine Frau. Nicht mal eine Exfrau. Er hatte Leute aus seiner Klasse getroffen, die hatten schon Kinder. Er würde anfangen wie Udo, mit einfacher, guter Küche, aber dazu mehr Seele. So würde er eine Menge Geld verdienen. Griechisches Essen sollte es geben, und seine Gäste sollten sich zu Hause fühlen; es sollte laute Musik geben, wenn alle gegessen hatten, zumindest am Wochenende; sein Restaurant würde ein Original sein.

Er traf sich mit Illias, um über seine Idee zu sprechen. Der versprach, sich um Kapital zu kümmern – ohne zu garantieren, dass es sauberes Geld sein würde. Zinos versuchte es bei einer Bank, doch das Gespräch war schnell zu Ende. Seine freie Zeit nutzte er, um kochen zu üben, versuchte sich an Rezepten seiner Mutter. Es gelang ihm nichts besonders gut: Er ernährte sich von angebranntem Nudelauflauf, matschiger Moussaka und bröseligem Bifteki.

An einem Morgen im Frühling, dem ersten, an dem es so warm war, dass man keine Jacke brauchte, verpasste er den Airportshuttle, weil er zu lange mit seinem Kaffee in der Sonne gesessen hatte. Wenn er pünktlich kommen wollte, musste er ein Taxi nehmen. Als er eingestiegen war, erkannte er ihre tiefe Stimme sofort und sah im Rückspiegel Jennifers grüne Kontaktlinsen.

Während er noch überlegte, etwas zu sagen, meinte sie:

»Wie geht's dir, Zinos?«

»Und dir?«

»Besser.«

»Besser als mir oder besser als damals?«

Sie antwortete nicht.

»Fliegst du in den Urlaub ohne Gepäck, oder holst du deine Freundin ab?«

»Ich arbeite am Flughafen.«

»Sexy! Als Bodenstewardess?«

»Sandwichstand.«

»Nicht schlecht, da hat man mit Menschen zu tun.«

»Ja, so wie du.«

»Ich bin keine Nutte mehr.«

»Schon klar, du fährst Taxi.«

»Nein, nur ab und zu, nur solang ich keinen Job hab,

aber ich hab wieder einen. Taxi fahre ich nur noch diesen Monat.«

»Und was dann?«

»Ich gehe wieder aufs Schiff, auf die *Medusa*, das ist ein Kreuzfahrtschiff, ein Traumschiff, ein *Loveboat*! Nur nicht ganz so romantisch. Ich tanze da abends für die Passagiere, mache Choreografie und Animation. Ich laufe die ganze Zeit in roten Hotpants rum.«

»Verdienst du da gut?«

»Es ist okay, und ich seh die Welt! Die nächste Fahrt geht in die Karibik. Essen und Wohnen ist für lau, und man kommt gar nicht dazu, das Geld, das man verdient, auszugeben. Ich hätte gern eine eigene kleine Tanzschule für Kinder, darauf spar ich. Solange mach ich eben den Affen für die Touris.«

»Kann ich da auch arbeiten?«

»Warum nicht? Restaurants gibt es genug, da gibt es bestimmt einen Job für dich. Aber warum sollte ich dir einen Job besorgen, du hast mein Herz gebrochen.«

»Wollte ich aber nicht.«

»Wir sind quitt, du hast wegen mir deinen Job verloren, ich schulde dir was, gib mir 'ne Handynummer, ich klär das und ruf dich an.«

Zinos gab ihr seine Nummer, sie stieg aus, um ihn zu umarmen. Das einzig Künstliche waren noch die Kontaktlinsen. Sie trug eine normale Jeans, weißes T-Shirt, Turnschuhe.

Nach der Arbeit hatte er schon eine Nachricht von ihr auf der Mailbox, er könne in einem der Restaurants anfangen, im *Belmondos*. Er müsse nur noch die medizinische Untersuchung bestehen. Der Arzt stellte fest, Zinos sei ein gesunder junger Mann. Zinos wunderte sich, wie sehr ihn das beruhigte.

Er würde so lange auf dem Schiff bleiben, bis er das Geld für sein Restaurant zusammenhätte. Den Namen wusste er auch schon.

An seinem dreißigsten Geburtstag, in ein paar Monaten, wäre er also – auf See. Zinos fühlte sich plötzlich nicht mehr alt. Seine Mutter hatte sich immer eine Kreuzfahrt gewünscht, aber dem Vater wurde selbst bei den Überfahrten auf der Fähre nach M. jedes Mal schlecht, sogar bei Windstille.

Zinos musste Illias im Gefängnis besuchen, um sich zu verabschieden. Der hatte Dealern im großen Stil Drogenschulden abgekauft und hochverzinst eingetrieben. Leider waren unter den Verschuldeten die geständigen Söhne eines einflussreichen Anwaltes und die Tochter eines liberalen Journalisten, der selber gern kiffte. Das Einzige, was Illias ernste Sorgen bereitete, war, dass er auf dem immer gleichen Foto in den Zeitungen und Magazinen nicht gut genug aussah. Zinos nahm seinem Bruder den Stapel weg. Er hätte ihn gern bei einer guten Flasche Wein in einem weniger kargen Ambiente getroffen. Eine Frau streichelte ein paar Plätze weiter ihrem Typen ununterbrochen die Wange und knallte ihm dann eine.

»Ich glaub, ich werde lange unterwegs sein, Illias.«

»Das sagts du doch nur, weil du keinen Bock hast, mich zu besuchen. Versteh ich Bruder, is ja auch nicht schön hier, aber im Sommer schön kühl, nur dieser Scheißhall macht mich halb irre!!!«, brüllte er in den Raum.

Etwa einen Monat später saß Zinos mit gepackten Sachen an einem Fischimbiss am Hafen. Es war noch ein paar Stunden hin, bevor er sich an Bord zu melden hatte, aber der Typ, dem er seine Wohnung vermietet hatte, war viel zu früh erschienen. Zinos hatte schnell das Interesse an weiteren Gesprächen mit Tillman verloren. Er hatte Tillman, der fast zwei Meter groß war, einen Mokka gemacht und ein bisschen mit ihm geplaudert. Tillman war achtzehn, steckte spindeldürr in einem etwas zu großen Anzug mit roter Krawatte. Er war von seinen Eltern nach Hamburg zum Studieren geschickt worden. Jetzt verstand Zinos, warum Tillman am Telefon gleich der überhöhten Mietforderung zugestimmt hatte. Seine Eltern hatten darauf bestanden, er solle sich selber eine Wohnung suchen, denn sie würden die Miete nur zahlen, wenn er das schaffte. Wahrscheinlich hatten sie keine Ahnung, wie teuer Einzimmerwohnungen waren, und der genannte Preis war für sie Taschengeld. Tillman sollte sich die Hörner abstoßen. Zinos war verwundert, dass Tillman mit der kleinen Bude zufrieden war, seine Eltern hätten ihm sicher auch ein weitläufiges Loft finanziert. Tillman ging mit seinen riesigen Füßen auf und ab; er trug glänzende Lederschuhe, mindestens Größe siebenundvierzig. Zinos hatte aufgeräumt und geputzt, aber man sah der Wohnung ihre Jahre ohne Renovierung an. Tillman sah sich um und strahlte, dass seine geraden Zähne blitzten. Zinos garantierte, ein Jahr wegzubleiben, und klopfte seinem Untermieter zum Abschied auf die Schulter. Der strahlte noch immer, als Zinos schon auf der Treppe war. Kaum hatte Zinos unten die Tür geöffnet, brüllte Tillmann durch die Sprechanlage: »Noch mal alles Gute, vielen Dank und ahoi!«

Zinos war schon länger nicht mehr am Hafen gewesen; zum letzten Mal, als er sich an Silvester an den Landungsbrücken unter Touristen das Feuerwerk angesehen hatte. Als Kind war er häufig hier gewesen, mit seiner Mutter und Illias;

sie waren mit dem Dampfer rüber nach Finkenwerder ins Schwimmbad gefahren. Es gab dann vor der Abfahrt immer eine Fischfrikadelle und eine Cola und danach ein Dolomiti-Eis.

Zinos aß seine vierte Fischfrikadelle und trank Cola, Dolomiti gab es leider nicht mehr. Er bat den Besitzer des Ladens direkt auf dem Ponton, die Toilette benutzen zu dürfen. Sein riesiger Reiserucksack passte kaum in das Kabuff. Als er zurückkam, saß ein dunkelhaariger Typ an seinem Tisch. Der Typ rauchte hektisch und hatte einen Haufen Blätter auf dem Tisch verteilt. An den drei anderen Tischen saßen ältere Damen und Familien. Zinos hatte keine Lust, sich irgendwo dazuzusetzen, also fragte er den Typen, der aussah wie ein Türke, ob er sich zu ihm setzen könne.

»Na klar, ey!, du siehst einem Freund von mir ähnlich.«

Zinos erinnerte sich, dass er vor Jahren mal verwechselt wurde.

»Heißt der zufällig Adam?«

»Ja, Mann, du siehst ihm echt ähnlich!«

Zinos setzte sich zu ihm, der Typ grinste ihn an:

»Ähm, ey!, schuldige, ich bin Fatih! Und wie heißt du?«

»Zinos Kazantsakis!«

»Das is ja n geiler Name, Kazantsakis hieß doch der Typ, der *Alexis Sorbas* geschrieben hat, Nikos Kazantsakis! Geiles Buch, geiler Film! Hast du den gesehen?«

»Ja, als Kind mit meinen Eltern, ein paar Mal, ich fand den Film traurig und schrecklich. Ich glaub, ich war noch zu klein, meine Mutter hat immer geheult.«

»Das ist kein Kinderfilm, das ist große Philosophie, Alter!«

»Ja, vielleicht muss ich den noch mal gucken, wenn ich wieder da bin.«

»Wo willst du denn hin, Zinos?!«

»Aufs Schiff, auf die *Medusa.*«

»Hört sich ja gruselig an! Was machst du denn da – Urlaub?«

»Nee, ich arbeite, ich bin Koch, na ja, ich kann kochen, nicht gut, aber für Touristen auf Kreuzfahrt reicht's. Was machst du denn so?«

»Ich mach Filme.«

»Regie?«

»Bingo!«

»Ach, warte mal, dann bist du der Typ, der den Film gemacht hat, in dem der Typ mitmacht, der aussieht wie ich und am Schluss stirbt! Der Film, den ich mit Jennifer gesehen habe, nachdem mich im *Familieneck* in Ottensen alle für den Typ gehalten haben, der in deinem Film umgebracht wird, obwohl der gar nichts Schlimmes gemacht hat.«

»*Kurz und schmerzlos*, du hast *Kurz und schmerzlos* mit deiner Perle gesehen!«

»Ist nicht meine Perle.«

»Is vorbei?«

»Wir waren nie zusammen, aber sie hat mir den Job auf dem Schiff verschafft.«

»Nichts ist umsonst, Alter. Wie lange bleibst du denn auf dem Schiff? Ist das so dein Traum, zur See zu fahren?«

»Nee, ich mache das nur, weil ich zurückkehren will mit viel Geld, um ein eigenes Restaurant zu eröffnen, was Besonderes!«

»Ganz allein?«

»Vielleicht zusammen mit meinem Bruder. Illias. Ich liebe ihn, aber er baut viel Mist, macht Sachen, er kann sich nicht mal auf sich selber verlassen. Ich weiß nie, ob er gerade im

Knast ist oder nicht, aber er würde nie jemanden umbringen.«

»Und eure Eltern?«

»Die sind wieder in Griechenland, seit ich achtzehn bin; die haben mich ein bisschen hängen gelassen, aber ich liebe sie, ich bin Grieche, weißt du.«

»Ey!, weißt du, was witzig ist, Zinos? Adam, mein Freund Adam, hat ein Restaurant, und das ist etwas Besonderes, das *Sotiris* in Ottensen, du musst da unbedingt mal vorbeikommen, wenn du wieder da bist. Da gehen die geilsten Partys ab, so mit Prince-Musik.«

»Ich steh auf Prince, Prince hat mir das Leben gerettet, als ich in der Pubertät war, Kollege!«

Fatih zündete sich noch 'ne Zigarette an, machte sich ein paar Notizen und fragte:

»Wie soll dein Restaurant mal heißen, hast du dir das schon überlegt?!«

»*Soul Kitchen*!!!«, antwortete Zinos.

»*Soul Kitchen*!? Geil, Digger, geil, geil, geil! Wie bist du darauf gekommen, Digger?«

»Es passt zu mir.«

Sie unterhielten sich, bis Zinos an Bord erwartet wurde. Sie umarmten sich wie Freunde, und Fatih sagte:

»Ich wünsch dir Glück, Mann, irgendwann triffst du auch die große Liebe, ich weiß nicht, ob dein Bruder recht hat mit den Frauen. Warte mal ab, den haut die Liebe auch noch mal um! Viel Glück, und wenn du Lust hast, meld dich mal, meine Nummer hast du ja, obwohl, die ändert sich ständig. Komm einfach mal ins *Sotiris*, dann trinken wir ein paar Ouzo und tanzen auf den Tischen.«

Sie schlugen ein, und Zinos machte sich auf den Weg.

Das *Belmondos* war benannt nach seinem Chefkoch, der Jean-Paul Belmondo ähnelte. Zinos stand mit den Kollegen in einer Reihe. Belmondo schüttelte jedem kurz die Hand; er sah Zinos nicht in die Augen, und es dauerte bis Teneriffa, bis sich daran etwas änderte. Belmondo hieß eigentlich Josef Mücke; seit Jahren verließ er die *Medusa* nur, um den verordneten Urlaub von acht Wochen hinter sich zu bringen. Er wohnte dann immer am Hafen und mied weltweit das Landesinnere.

Zinos wurde in die Bar des *Belmondos* abgestellt. Nicht etwa als Barkeeper, sondern als Sklave des Barchefs Christiano. Dazu musste er sich mit dem eine Kabine teilen. Nicht nur, weil Zinos zu Beginn der Reise die vier Tage bis Bordeaux übel gewesen war, wurden sie keine Freunde. Zinos bedauerte nicht, die Kabinenluft mit dem Geruch seiner Kotze verdorben zu haben, es waren die einzigen drei Tage, in denen Christiano sich fernhielt. Seit Bilbao war die Kabine Christianos Schrein. Zinos hatte das obere Bett, Christiano beanspruchte den Rest der Kabine. Großmütig sprach er Zinos die ganze obere Kantinenluft zu. Er könne darin so viel rumfuchteln, wie er wolle. Wenn Christiano trainierte, diente ihm aber das ganze Bett als Trainingsgerät, und er rückte dabei in Zinos' Gefilde vor. Er stemmte sich an der oberen Kopflehne hoch und runter. Wie eine Kasperlepuppe tauchte sein verschwitzter Kopf auf und ab, wobei das Ausatmen stets in Zinos Luftraum erfolgte.

Christiano trainierte immer, wenn er nicht schlief oder arbeitete. Bei allem, was er machte, hörte, sang oder summte er sein Lieblingslied *Thong Song* von Sisqo; es handelte, wenn Zinos es richtig verstanden hatte, von der Unterhose einer Frau. Wenn an der Bar nichts los war, machte er Liegestützen auf dem Boden hinterm Tresen und scheuchte Zinos umher; ständig schickte er ihn ins Lager, Getränkekisten zu holen, obwohl oben noch genug Flaschen vorrätig waren.

Alle auf dem Schiff arbeiteten sieben Tage die Woche, bis zu vierzehn Stunden täglich. In der kurzen Freizeit durfte man sich nicht unter die Gäste mischen, deshalb saß Zinos dann meist in der Personalkantine oder schaute Jennifer und ihrer Tanzgruppe beim Training zu.

In der Kabine schmirgelte sich Christiano derweil mit grobkörnigem Salz und Zitronensaft sein ohnehin schneeweißes Gebiss, balsamierte sich mit Selbstbräuner, zupfte seine Augenbrauen, die Nasenhaare, rasierte die Brust, die Schamhaare, besonders gründlich den Sack, er parfümierte sich bis zu den Füßen mit Azzaro.

Manchmal gab er Zinos Geld, damit der sich nach der Arbeit eine Weile fernhielt, während Christiano die eine oder andere Animateurin vögelte. Einmal schleppte Christiano sogar eine Chinesin aus der Wäscherei ab, die ihn ein paar Tage später mit rohen Eiern bewarf, als er aus der Kabine trat. Er wischte alles in Zinos Handtuch ab, entschuldigte sich, er müsse zur Arbeit, Zinos solle es in die Reinigung bringen und der Chinesin einen Kuss von ihm geben.

Von den Passagieren musste Christiano laut Vertrag die Finger lassen. Eine der Hübscheren hieß Sylvia und wurde von allen Jungs nur *der Pferdeschwanz* genannt. Sie spielte in Tenniskleidchen mit ihren Eltern Minigolf auf dem Sonnendeck, ließ sich fast jeden Tag die Nägel machen, nutzte das Spa, trank nie Alkohol, schaute aber täglich zusammen mit ihrer ebenso adretten Mutter bei Christiano an der Bar vorbei. Jeder konnte sehen, wie verliebt beide in ihn waren. Als Sylvia an einem Tag allein kam, schüttete Zinos ihr Wodka in alle alkoholfreien Cocktails, die sie bis zum Abend bestellte, während sie Christiano anhimmelte.

Zinos blieb der Kabine die halbe Nacht fern. Er setzte sich schließlich auf den Gang, schlief ein und erwachte, als Sylvia von Christiano durch die Tür geschoben wurde. Sie hatte lauten Schluckauf, torkelte und stolperte über Zinos Beine. Er half ihr auf, sie roch nach Alkohol, Christianos Schweiß, Kotze, Azzaro und Sperma. Während er ihr aufhalf, hielt er die Luft an. Nachdem sie ein paar Meter getaumelt war, kotzte sie auf den Gang.

Zinos hätte Christiano feuern lassen können, aber er wollte nur einen Job in der Küche. Christiano war derjenige, der Belmondo die Jungs für die Küche empfahl. Nach fast drei Wochen hatte Zinos endlich den Aufstieg geschafft. Jeden Morgen mussten sich alle Küchenjungs in einer Reihe aufstellen. Frauen duldete Belmondo in seiner Küche nicht. Er ging die Reihe langsam ab, zog dabei eine Büchse Ölsardinen aus der Hosentasche, öffnete sie schnell mit nur einer Hand, ohne dass die Technik zu erkennen war. Dann zog er aus der anderen Hosentasche eine Zitrone, zerdrückte sie, ließ den Saft auf die Fische laufen. Als er die ausgedrückte Zitrone in den Müll feuerte, stand er genau vor Zinos und sagte dann laut:

»So, Odysseus, Bürschchen, auch aus Hamburg, was? Fischkopf mit Tsatsiki drin, oder was? Ich mag die Griechen, ich mag es, wenn die böse werden und endlich aufhören zu tanzen.«

Er griff in die Sardinen und steckte sich ein paar in den Mund, Öl lief ihm übers Kinn.

»Hast du ein Problem mit Schweiß, Öl, Blut, Spucke, dem Rotz von deinem Nachbarn, Sperma in deiner Kabine, was nicht du weggefickt hast? Hast du schon Knochen und Gräten püriert? Hast du Skrupel zu frittieren, um die Sache wieder genießbar zu machen? Hier draußen auf dem Meer schmeißen wir nichts weg! Aber das geht niemanden was an. Ey!, Frühlingsrolle, hol mir meine Serviette!«

Ein Asiate kam gelaufen und gab Belmondo eine große blaue Stoffserviette. Er wischte sich damit übers ganze Gesicht und sagte:

»Bring sie zu deinen Leuten in die Reinigung, Frühlingsrolle, ich will sie noch vor dem Mittagessen zurück.«

Belmondo wandte sich wieder an Zinos:

»Ich erklär dir jetzt mal die Karte – meine Karte! Wir sind hier das *Belmondos*, deutsch-internationale Küche, die beste an Bord, wir kochen mit Herz! Ich soll hier was nach der Reiseroute anbieten, das mach ich auch, alles im Programm, leider laufen wir auch Bordeaux an. Deshalb gibt es hier noch lang nichts Französisches, ich hasse die Franzosen, wir haben französischen Senf, voilà. Wenn Franzosen hier essen wollen, ist alles reserviert. Ich habe mal eine von denen geliebt, Yvette! Also versteh mich, ich hatte ein Herz, bis Yvette es verschluckt hat, und deshalb ist französischer Senf genug. Aber es gibt Spanisches: Champignons in Sherry, muss reichen, die spanische Küche mit ihren Scheißhäppchen in Töpfchen, weil wir ja Casablanca und Agadir angeschippert haben, gibt es Steak mit Kichererbsen oder mit Linsen, kuller-kuller, verfurzter Haufen. So, und zum dramatischen Abschluss unserer Reise die Karibik; da gibt es ganz ordentliches Essen, macht glücklich und fett, was die alles auf einmal in sich reinstopfen: süß, scharf, salzig und sauer, fettig, teigig, Fleisch, alles aus dem Meer, dazu Obst und Gemüse, heiß und kalt, weich und weicher. Und vergiss nicht den

Rum, mit dem sie sich marinieren. Südamerikanerinnen sind nicht alle so schön, wie alle im Norden glauben, können aber alle genauso gut blasen, wie alle meinen – nur deshalb mach ich diesen Job, und deshalb haben wir panierte Garnelen mit scharfer, klebriger Chillisoße, dreistöckige Sandwiches mit noch schärferem Schweinefleisch, frittiertes Schweinefleisch und gepfefferten Fisch in halben Kokosnüssen. Da pocht die Eichel! Aber mein Herz schlägt im Magen deutsch, gerade weil ich mehr rumgekommen bin als Odysseus, der alte Rumtreiber. Unsere deutsche Karte wird rauf und runter bestellt, guck dir an, ob du das kochen kannst, so wie es meiner Oma geschmeckt hätte.«

Zinos las:

FRÜHSTÜCK: Hamburger Rundstück, Pfifferlinge mit Spiegelei, Räucheraal mit Rührei, Strammer Max. MITTAGSKARTE: Matjes mit grünen Bohnen, Forelle Müllerin, Bratwurst in Bier. ABENDKARTE: Steckrüben mit Schweinebauch, Himmel und Erde mit gebratener Blutwurst, Gefüllte Kalbsbrust, Panierte Scholle mit Salzkartoffeln und Kopfsalat, Käsespätzle. SÜSSES: Birnen in Rotwein, Apfelschmarrn, Quittenkuchen, Pumpernickelpudding.

In der Küche lief Zinos in den ersten Tagen mit und hinterher, hackte einen Wald Petersilie, schnitt Brötchen immer schneller und schneller auf, schwenkte Pilze in riesigen Sieben in Mehl, rührte Eier mit einem Kochlöffel, der so groß war wie eine Straßenlaterne. Er wälzte Schweinefleisch in einem Ozean roher Eier, zog es durch einen Strand von Mehl und drückte es in einen Bottich Semmelbrösel, die er selber aus den verbliebenen Sonntagsbrötchen mit einer Reibe von der Größe eines Waschbretts gebröselt hatte. Er stellte Teller hintereinander auf, schnell und in einer Reihe, irgendwann begann er damit zu jonglieren. Er jonglierte gemeinsam mit den anderen Jungs, wenn Belmondo nicht da war, was ab und zu vorkam. Niemand wusste, was der Chef dann trieb, und keiner hätte gewagt, danach zu fragen. Zinos knetete Teig, der mehr wog als er selbst, schälte Kartoffeln, bis er hinter dem Berg verschwand, und er freundete sich mit Frühlingsrolle an, der Bao hieß und ein Vietnamese aus Deutschland war.

Sylvia tauchte nun ständig mit offenem, zerzaustem Haar an Christianos Bar auf und forderte ihn zu einem Gespräch auf. Wenn er sie ignorierte, betrank sie sich. Es war leicht, von Christiano einen Kabinenwechsel zu erpressen. Zinos drohte ihm, sonst dem Personalchef von der Sache zu berichten, am besten in Begleitung von Sylvia. Sie hätte sofort jedem erzählt, dass Christiano sie gebumst und abserviert hatte.

Bao konnte seinen Kabinenkollegen, Jochen, den Kellner, auch nicht leiden. Jochen flüsterte manchmal im Schlaf Bedrohliches und gab jede Nacht einen schrillen Ton von sich, der in einem sekundenlangen Brüllen endete. Tagsüber sprach Jochen kein Wort mit den Kollegen, lächelte aber den ganzen Tag entrückt und blähte die Nasenflügel. Bao behauptete, er habe Jochen noch nie blinzeln sehen. Jochen wurde regelmäßig Kellner der Woche, die Gäste liebten ihn, Belmondo lobte ihn.

Christiano glaubte, er bekäme mit Jochen einen angenehm devoten Kabinennachbarn, und stimmte dem Tausch sofort zu.

Mit Bao spielte Zinos Karten, sie unterhielten sich, bis einer von ihnen einschlief, sogar von Bo und Vassiliki erzählte er Bao. Kathinka ließ er vorsichtshalber aus.

Das Leben an Bord hatte nichts mit Seefahrerromantik zu tun. Die meisten Passagiere liefen meist bis zum Abendessen in ihren Badesachen herum; es gab sonderbare Veranstaltungen wie ein Staffelschwimmen in dem kleinen Pool, Schaumpartys bei Nacht und Minigolfturniere, bei denen man nur als Familie antreten durfte. In seiner Mittagspause ging Zinos nun ab und zu aufs Sonnendeck und sah Jennifer bei der Arbeit zu, solange die Personalkontrolle nicht in der Nähe war. Wenn sie ihn sah, winkte sie ihm erfreut zu. Sie hüpfte zu alberner Musik zusammen mit Passagieren herum. Einmal kam sie rüber und fragte, ob er für einen Landausflug nach Adios, eine der schönsten Karibikinseln, frei bekäme. Belmondo gab ihm frei, da er mit Zinos Leistungen überaus zufrieden war. Jennifer kam noch mal in Zinos Kabine, um ihm einen Reiseführer vorbeizubringen. Dabei lief sie Christiano über den Weg, dessen Kabine auf dem gleichen Gang war. Der klopfte kurz darauf an Zinos Tür; er wollte nicht reinkommen, er wollte nur wissen, was es mit Jennifer und Zinos auf sich habe. Zinos sagte, dass sie sich von früher kannten, und erwähnte kurz den Ausflug nach Adios. Christiano nickte, Zinos hatte ihn nicht mehr so zufrieden gesehen, seit er mit Jochen die Kabine teilte. Seitdem hatte er Augenringe, die er mit Make-up abzudecken versuchte. Beinahe selig sah Christiano nun aus. Das ergab zwar keinen Sinn, aber Zinos zerbrach sich nicht mehr den Kopf. Er ahnte ja nicht, dass Christiano so gute Laune hatte, weil er nun wusste, wie er Zinos loswerden konnte.

Zinos glaubte, es läge noch ein Seetag zwischen ihm, Jennifer und Adios. Am nächsten Tag bat Belmondo Zinos noch vor dem Frühstück um ein Gespräch allein in der Küche. Belmondo stellte eine Pfanne auf den Herd und sagte, Zinos solle ihm ein Hamburger Rundstück machen. Zinos schmiss ein großes Stück Butter hinein, warf eine gewürfelte Zwiebel dazu, plattierte ein Kalbsteak, briet alles zusammen gut durch, legte das Fleisch auf eine Brötchenhälfte, goß Fett, Bratensaft und Zwiebeln darüber.

Belomondo aß es auf und sagte:

»Das hat mir geschmeckt, ich hab nichts daran auszusetzen, aber frei kriegst du morgen trotzdem nicht, Odysseus.«

»Warum nicht?«

»Mir schmeckt nicht alles, Bürschchen.«

»Was denn nicht? Ich hab doch gar nichts angestellt oder so.«

»Ich hoffe, du stellst nichts an, sonst mach ich Gyros aus deinem Arsch.«

»Verstehe ich noch immer nicht, mehr Information, bitte. Sonst weiß ich nicht, wovon Sie reden.«

»Lass deine griechischen Griffeln von meiner Frau.«

»Welche Frau soll das denn sein, wer ist Ihre Frau?«

»Die, mit der du so gern Ausflüge machst.«

»Jennifer?!?«

»Sie ist alles, was ich hab, ich kann wegen ihr wieder schlafen, sogar auf Landgang, weil ich weiß, dass es eine wie sie gibt. Ich dachte, es gibt nur Nutten, dann hab ich sie getroffen.«

Er bekam feuchte Augen und schlug mit der flachen Hand auf sein Herz. Zinos sagte:

»Aber, ich will gar nichts von ihr, sie ist nur 'ne Freundin von früher.«

»Warum hat sie dir dann nichts von uns erzählt, wenn sie eine Freundin ist? Freunde reden doch miteinander.«

»Dann ist sie eben 'ne Bekannte! Genau, wir sind bloß miteinander bekannt.«

»Warst du an ihrer Muschi?«

»Nein! Hab ich nie gesehen.«

Zum Glück stellte Belmondo keine weiteren Fragen. Er sagte nichts mehr und griff nach der Machete, die in der Küche zur Zierde angebracht war. Er hob sie mit beiden Armen von der Wand und rieb den Schleifstein darüber.

»Die Machete gehört mir, sie beschützt mich, Jennifer beschütze ich. Du wirst morgen mit Frühlingsrolle in der Küche groß reinemachen. Ich guck mir jede Scheißfuge an, ich ziehe meine Nase über jeden Millimeter Fläche, wenn sich ein einziges Flöckchen Dreck in meinen Nasenhaaren verfängt, wirst du unter Wasser Sirtaki tanzen. Hier ist schon so mancher über Bord gegangen, der sich nicht an die Regeln gehalten hat. Ich sage, du hattest ein Problem mit dem Alkohol, und schon sind die Karibikkommissare zufrieden und trinken mit mir einen Rum, der lange vor dir zur Welt kam.«

»Sie drohen mir?«

»Du wirst ein paar Schwierigkeiten bekommen, das ist sicher, ob es deine letzten sein werden, weiß der Klabautermann. Wenn du an deinem Leben hängst, hör mir jetzt gut zu: Du stehst mitten im Leben, solange du jederzeit abreisen kannst. Du solltest deine Sachen immer schon gepackt haben, solange du auf meinem Schiff bist. Ich frag Jennifer, wie bekannt ihr miteinander seid. Ich geb dir für heute frei, weil der Geruch deines Angstschweißes mich anwidert. Morgen wird geputzt. Adios ist sowieso kein Ort für kleine Jungs.«

Zinos rannte an Deck, um Jennifer zu finden. Er lief zu den drei Pools, ins Atrium, mischte sich unter die Passagiere, auch in ihrer Kabine fand er sie nicht. Eine Kollegin sagte, sie sei im Fitnessraum, aber da war nur Christiano in goldenen

Boxershorts; er strahlte Zinos an, als wüsste er von dem Gespräch in der Küche. Jennifer war auf dem ganzen Schiff nicht zu entdecken.

Zinos setzte sich erschöpft zu Bao in die Kabine. Bao aß in aller Ruhe drei Joghurts, während Zinos ihm berichtete, was vorgefallen war. Bao kratzte die Reste aus dem letzten Becher und räusperte sich:

»Ah, ja, entschuldige, das wollte ich dir die ganze Zeit schon sagen, dass du wegen dieser Nutte aufpassen musst.«

»Nutte? Wieso Nutte – woher weißt du …?«

»Sie verdient sich hier auf dem Schiff was dazu, und Belmondo ist ihr Manager, du verstehst? Der hat hier alles im Griff, wenn der mitkriegt, dass sie privat mit dir zu tun hat, gefährdet das sein Business. Dem darf man nicht in die Quere kommen.«

»Aber er hat mir gesagt, er liebt sie und will sie heiraten.«

»Unsinn, glaubst du, er erzählt dir, was für Geschäfte er hier macht. Lieben? Der? Die?«

Bao klopfte sich vor Lachen auf die Schenkel.

»Bao, ich geh zum Kapitän, das geht schief, ich hab's im Gefühl.«

»Lass das besser sein, der Kapitän ist Christianos Onkel. Und Christiano ist wie ein Sohn für Belmondo; vielleicht ist es sogar sein Sohn, sie haben die gleichen Zähne, achte mal drauf.«

Zinos wurde heiß und schwindelig, eine nie gekannte Panik folgte, alle Gedanken gerieten durcheinander. Bao holte ihm eine Flasche Wasser. Kaum war er aus der Tür, klopfte es, Zinos Hände begannen zu zittern. Jennifers Stimme sagte fröhlich seinen Namen. Er öffnete, sie schlüpfte hinein.

»Jennifer, gut, dass du hier bist, ich muss mit dir reden.

Belmondo flippt aus, du darfst ihm nicht erzählen, dass wir mal was miteinander hatten und …«

»Zu spät!«, sie strahlte ihn an.

»Zu spät? Wie meinst du das?«

»Er hat mich nach dir gefragt, und ich war erleichtert, denn in den letzten Tagen habe ich gemerkt, dass ich dich noch immer liebe, und du wärst nicht aufs Schiff gekommen, wenn du nichts für mich empfinden würdest. Du weißt doch, was du mir bedeutest!«

Zinos wurde auf einmal ganz ruhig.

»Was hast du ihm genau gesagt?«

»Dass ich mit dir zusammen sein will, und nur mit dir.«

»Wie hat er reagiert?«

»Er hat sich für uns gefreut.«

In dem Moment begann das Schiff zu wanken, Jennifer fiel hin. Sie sprang auf und sagte:

»Wenn so ein Sturm ist, regnet es auch. Ich muss an Deck, meine Sachen einsammeln und das Training ins Spa verlegen. Bis morgen früh, hoffentlich ist das Wetter dann besser!«

»Ja, ich freu mich«, sagte Zinos leise.

Bao stieß in der Tür mit ihr zusammen. Er gab Zinos eine Zweiliterflasche Wasser.

»Sie ist verrückt, sie bringt mich um, Belmondo ist nicht Linde Ping.«

»Was ist Linde Ping?«, fragte Bao.

»Eine alte Freundin.«

»Davon hast du einige, was?«

Zinos hörte nicht mehr, was Bao sagte, und er fragte:

»Bao, wann werden wir im Hafen von Ambar anlegen?«

REZEPT: HAMBURGER RUNDSTÜCK

MAN BRAUCHT
- ein frisches weißes Brötchen
- ein dünnes Schweine, Rind- oder Kalbssteak
- Zwiebeln
- Butter
- Salz und Pfeffer

ZUBEREITUNG

Man halbiert das Brötchen, brät die Zwiebeln in der Butter knusprig und das Fleisch durch. Ordentlich salzen und pfeffern. Man gießt erst die Butter mit dem Bratensaft auf beide Brötchenhälften, dann die Zwiebeln dazu, legt das Fleisch auf eine Hälfte und drückt die andere Hälfte obendrauf.

Man sollte ausreichend Servietten zur Hand haben. Ein Holsten oder Astra rundet die Sache ab. Aber auch Cola oder Apfelsaft – auf keinen Fall naturtrüb – schmecken dazu.

Der böse Zauber von Adios

*»Ich ertrage keine Menschen,
nur Touristen und Personal.«*

Wie an jedem Morgen der vergangenen Woche saß Zinos als Erster an einem der vielen Tische auf dem weitläufigen Platz vor der Kathedrale in Ambar. Ein grüner Papagei, der an einem Saftstand festgebunden war, beobachtete ihn, legte den Kopf schräg und tapste von einem Fuß auf den anderen. Er kreischte dann und wann etwas Spanisches, wenn das runde Mädchen einen Kunden bediente. Sie trug nur einen weißen Spitzen-BH unter ihrer Latzhose. Der Papagei hieß Dagoberto, das Mädchen nannte sich Fifi. Sie waren die Einzigen, die Zinos kannte. Vor ein paar Tagen hatte die *Medusa* bei Nacht wieder abgelegt. Seitdem wagte Zinos sich an den Hafen und verließ sein Hotel auch tagsüber. Das Hotel war ihm im Touristeninformationszentrum am Hafen empfohlen worden. Es lag zwei Kilometer entfernt von der Altstadt von Ambar.

Es hatte eine Weile gedauert, bis Zinos den Damen an der Rezeption das All-inclusive-Angebot abschlagen konnte. Sein Geld würde noch für eine weitere Woche reichen. Doch die deutschen, holländischen, dänischen, englischen und amerikanischen Touristen drohten ihn mit ihrem All-inclusive-Lärm vorzeitig zu vertreiben. Es war wie auf der *Medusa*, nur auf weniger Fläche.

In der Altstadt von Ambar traf man frühmorgens kaum Touristen, nur ein paar Adiossen saßen vor der Arbeit noch eine Weile allein im Café, wenn Fifi ihren Stand aufbaute. Sie hatte eine zweijährige Tochter, dabei war sie erst siebzehn. Zinos erklärte sie, dass man auf Adios mit fünfzehn zu den Erwachsenen zählt. Jeden Tag machte sie Zinos einen Saft aus violetten Früchten. Fifi sagte, es seien die gesündesten Früchte der Welt und dass die Sträuche, an denen sie wuchsen, nur auf Adios zu finden seien. Es gebe nur knapp hundert auf der Insel, die meisten davon im Westen, wo es sehr gefährlich sei. Sowohl Fifi als auch die Dame der Touristeninformation rieten Zinos davon ab, dorthin zu reisen, vor allem nicht nach Metido, der größten Stadt auf der Westseite. Dass es in Metido angeblich keine Touristen gab, reizte Zinos. Fifi erzählte, die Armut in der Umgebung sei so groß, dass viele sich aus Lehm und anderem Dreck Brote backten. Sie berichtete von Zauberei, Aufständen und Krankheiten, von denen man in Europa noch nie gehört hatte. Im Hinterland, verborgen im Dschungel, läge ihr Heimatdorf *Santa Santa*. Sie behauptete, alle in *Santa Santa* hätten irgendetwas an ihrem Körper doppelt, zwei Nasen, zwei Augenpaare, vier Zahnreihen oder einen doppelten Scheitel. Zum Beweis zeigte sie Zinos ihren Bauch. Tatsächlich hatte Fifi zwei Bauchnabel. Dagoberto krächzte beim Anblick von Fifis Bauch immer wieder: *look at this, look at this*. Die einzigen englischen Vokabeln, die Zinos ihn sprechen hörte.

Am Abend ertönte wieder das Horn eines Kreuzfahrtschiffes, es war dreimal so groß wie die *Medusa*, es kam aus Nordamerika. Zinos saß in einer Bar in der Nähe des Hafens, als das Horn alles übertönte, den Straßenlärm, die Musik, das Lachen und die Gedanken. Er zahlte seinen Rum, er hatte noch etwas über vierhundertausend Perdición, das waren etwa dreißig Euro, was für Adios nicht wenig war. Alle rannten runter zum Hafen, einsame Männer, Familien, Jugendliche, Liebespaare, Prostituierte, Händler – alle wollten sie das große Schiff sehen oder ein schnelles Geschäft machen.

Zinos fragte im Toutristeninformationszentrum, wie er in den Westen käme. Die Dame strich ihre Nägel mit durchsichtigem Lack an und sagte ihm, es fahre ab und zu ein Bus, der manchmal klimatisiert sei. Hin und wieder würden sogar ein paar Touristen mitfahren, aber die stiegen nirgends aus, die wollten immer nur gucken.

»Sie wollen doch nicht aussteigen?«, fragte sie und bepustete ihre Nägel.

»Nein, nein, ich will nur etwas mehr sehen – das Dorf mit den Menschen, die irgendwelche Körperteile doppelt haben vielleicht!«

»Da fährt der Bus aber nicht lang, zügeln Sie ihre Neugier, Fremder.«

Die Dame sah ihn streng an. Zinos buchte die Fahrt, sie kostete nur siebentausend Perdición, etwa fünfzig Cent. Das Ticket musste man schon einen Tag vor der Abfahrt abstempeln lassen, warum, verriet ihm die Dame nicht. Er musste dafür quer durch die Stadt zu einem kleinen Laden, den ein Mann namens Candido betrieb. Dieser Kerl war der Einzige, der überhaupt bereit war, die Strecke zu fahren. Zinos stand vor einem zur Hälfte gestrichenen Bretterverschlag. Es war ein kleines Geschäft, in dem man fast alles bekam: Zahnbürsten, Schweineschwartenchips, Faschingsmasken, Grabkerzen, Bücher, Gläser mit Goldfischen, Gemälde von Sonnenuntergängen, Melonen, Nagellack, Geburtstagstorten aus Plastik, Hängematten, Comics. In einer Ecke standen drei kleine Tische; es saßen ein paar Männer dran, tranken Rum, rauchten und spielten Domino. Es erinnerte Zinos an ein Kafenion. Eine mindestens ein Meter achtzig große Frau stand hinterm Tresen. Sie hatte einen riesigen Afro, trug einen Rock, der gerade ihre Pobacken bedeckte, und ein bauchfreies David-Bowie-T-Shirt.

»Du willst dein Ticket in den Westen abstempeln lassen?«, fragte sie auf Deutsch.

»Ja, ja, will ich. Warum sprichst du so gut Deutsch?«

»Weil ich nicht blöd bin!«

Sie bot Zinos eine Zigarette an und öffnete ihm ein Bier. Sie goß es in ein Glas; das Bier war blau.

»Was ist das?«, fragte Zinos.

»Bernsteinbier.«

»Blauer Bernstein?«

»Hier ist eben alles ein bisschen bunt. Traust dich nicht zu trinken, was, hier, ich trink's aus, in einem Zug, ich falle nicht um, ich laufe nicht blau an.«

Zinos ließ sich eins geben. Es schmeckte mineralisch.

»Schmeckt's? Es gibt auch scharfes Bier aus Chillis, aber das beeindruckt nicht mal mehr die Deutschen. Wie heißt du eigentlich?«

»Zinos.«

»Ich bin Esperanza, ich hab lange in der Nähe des Hotels gearbeitet, wo du wohnst, da hab ich Deutsch gelernt. Ich war 'ne Nutte, bis ich fünfundzwanzig war. Einer von den besonders Hässlichen wollte mich heiraten, mit dem hab ich ein Jahr in Deutschland gelebt, dann hab ich's nicht mehr ausgehalten und lieber einen Hässlichen von hier genommen.«

»Das tut mir leid«, sagte Zinos.

»Vielleicht können wir dich im Bus mitfahren lassen«, sagte sie.

»Ist das hier so 'ne Art Persönlichkeitstest?«

»So schnell hat das noch nie jemand kapiert, schlaues

Kerlchen. Sei morgen früh um sechs da vorn an der Straße an der scharfen Kurve.«

»Das ist aber ein ungewöhnlicher Busbahnhof.«

»Ist ja auch eine ungewöhnliche Busfahrt.«

»Wer fährt denn noch mit?«

»Das wird man sehen, der Fahrer ist mein Mann. Er ist ganz okay, aber aus dem Mund riecht er wie eine alte Languste mit verkohltem Knoblauch, zum Glück hat er wegen seiner Zahnschmerzen keine Lust mehr zu bumsen. Candido!«, brüllte sie.

Candido war jünger, als Zinos gedacht hätte, vielleicht Anfang dreißig, so wie Zinos. Candido hatte unten im Mund nur noch zwei gelbe Stummel, oben strahlte eine Reihe porzellanweißer Zähne, etwas zu kleine Zähne für seinen Mund. Esperanza zuckte mit den Schultern:

»Für mehr Zähne hatten wir kein Geld.«

Sie sagte etwas zu Candido, das sich so ähnlich anhörte wie Französisch. Er lachte glucksend und gab Zinos einen Klapps auf den Hintern.

»Ey!, don't do this!«, sagte Zinos.

«Er nimmt dich mit. Typen, die ihm aufs Maul hauen, wenn er sie begrapscht, können ihr Ticket in eines von den schönen Sachen hier eintauschen. Er hofft, dass ihm mal jemand seine stinkenden Zähne ausschlägt, den würde er auch mitnehmen. Du hast bestanden. Sei um sechs hier und pack was zu essen und vor allem zu trinken ein. Du wirst schwitzen, egal, was für Temperaturen wir morgen kriegen. Außerdem weiß man nicht, wie lange die Fahrt dauert und ob ihr ein paar Umwege macht. Wenn dir schlecht wird, sag was, dann kannst du mal frische Dschungelluft schnappen.«

»In der Touristeninformation haben sie gesagt, der Bus

wäre manchmal klimatisiert. Und dass ich nirgends aussteigen sollte. Und dass der Bus nicht in *Santa Santa* hält.«

»Ach was, da arbeiten nur Hühner ohne Federn, die quadratische Eier legen. Das Einzige, was die wissen, ist, wie man sich die Nägel ordentlich lackiert«, sagte Esperanza mit ernster Miene und fügte mit der Stimme eines kleinen Mädchens hinzu: »Vielleicht gibt es morgen eine Klimaanlage, vielleicht lockt ein schöner Waldgeist dich in seinen Wasserfall im Nebel. Und wenn du willst, kannst du für immer verschwinden.«

Aus Esperanzas Nase lief plötzlich Blut, und auch in ihrem Auge war ein Gefäß geplatzt. Sie sprach heiser etwas in fremder Sprache, sah Zinos nicht mehr an und verschwand unterm Tresen, wo es eine Luke gab. Man hörte kurz laute Musik, ein Trommeln, dann ein Saxofon. Candido grinste.

Es war mittlerweile dunkel geworden. Zinos lief zu dem Platz vor der Kathedrale, um Fifi zu fragen, ob sie es für zu gefährlich hielt, den Bus zu nehmen, aber sie war fort, früher als sonst hatte sie ihren Stand abgebaut, nur eine grüne Papageienfeder lag dort auf dem Boden. Zinos hob sie auf und legte sie zwischen sein Zeug, als er packte.

Am Morgen erwachte Zinos schon lange, bevor er hätte aufstehen müssen; es war so heiß, dass sein Schweiß sofort wieder trocknete. Als der Wecker klingelte, war die Luft feuchter als sonst und die Temperaturen so hoch, wie an keinem anderen Tag bisher. Als er die Hotelanlage verließ, tauchte ein Schwarm großer roter Moskitos vor ihm auf, sie stürzten sich auf ihn und stachen zu. Zinos taumelte zur Bushaltestelle. Candido versorgte seine Stiche mit einem Spray; er sagte immer wieder ein Wort, das sich so ähnlich anhörte wie Cortison. Esperanza verteilte an jeden Fahrgast kleine

Kartons mit Schweineschwartenchips. Zinos aß seine Ration auf, noch bevor die Türen des Busses von Candido mit einem Brecheisen geöffnet wurden.

Der Bus war zur Hälfte gefüllt, vor allem Frauen machten sich auf den Weg in den Westen der Insel; außer Zinos schienen nur Adiossen an Bord. Auch zwei Kinder waren dabei, ein Junge und ein Mädchen, sie hatten Körbe mit Früchten auf ihrem Schoß und waren allein unterwegs. Es war so heiß, dass niemand sprach, die Hitze flimmerte sogar im Inneren des Busses. Zinos rann der Schweiß über die Brauen. Er fand seine Wasserflasche nicht. Candido zündete einen Docht an, der aus einem Steingefäß ragte, er brannte ein wenig runter, Eukalyptusduft strömte durch den Bus, die Temperatur schien zu sinken. Zinos fand seine Flasche, sie rollte in einer Kurve unter den Sitzen hervor. Er trank das ganze Wasser aus. Das kleine Mädchen starrte ihn eine Weile an. Zinos lächelte ihr zu, das Mädchen reagierte nicht, dann schlief es ein. Bei ihrem Anblick schlief auch Zinos bald ein. Als er wieder aufwachte, war außer ihm und Candido niemand mehr in dem Bus. Laute Musik hatte Zinos geweckt, es lief Jimmy Cliffs *Many Rivers To Cross*. Zinos hatte Kopfschmerzen, beinahe Migräne.

Candido fuhr schneller als zu Beginn; es ging buchstäblich über Stock und Stein, immerhin lenkte das Geruckel Zinos von seinen Kopfschmerzen ab. Er suchte sein Handy, um zu sehen, wie lange sie schon unterwegs waren, es war von selber ausgegangen. Er bekam es nicht wieder an. *Many Rivers To Cross* begann erneut, beim dritten Mal tippte Zinos seinem Fahrer auf die Schulter:

»Sorry, but can we hear another song, I'm going crazy!«

Candido grinste, er gab Zinos ein paar von seinen Schweinesachwartenchips und einen kleinen Zettel, auf dem stand: *Er ist abergläubisch, er hört jedes Lied drei Mal, noch eine gute Reise. Esperanza.*

Nachdem Jimmy Cliffs *Synthetic World* drei Mal gelaufen war, lief von Fehlfarben *Ein Jahr (Es geht voran)*. Candido drehte sich um, ohne den Fuß vom Gas zu nehmen, er reckte den Daumen, nickte begeistert und rief:

»Alleman! Buono!«

Zinos nickte und wippte mit, Candido juchzte, haute im Takt mit beiden Händen auf das Lenkrad und ließ dann den Bus mitwippen.

Zinos aß seine Chips und sah aus dem Fenster; der Himmel hatte eine schwarzgrüne Farbe, vielleicht lag es an der Fensterscheibe. Plötzlich machte Candido die Kassette aus und hielt mitten in der Landschaft.

Zinos entdeckte einen kleinen Mann, der neben einer noch kleineren hölzernen Marienfigur stand, er nahm einen riesigen Lederkoffer und schleppte ihn in den Bus. Die Fahrt ging ohne Musik weiter. Candido bog plötzlich in wildes Gestrüpp ab. Es ruckelte, wackelte und schwankte nun so sehr, dass Zinos sicher war, der Bus würde umfallen. Äste schlugen an die Fenster, man konnte nichts mehr sehen. Der neue Fahrgast hatte lange blauschwarz glänzende Haare, die zur Hälfte sein Gesicht verdeckten. Er trug ein weißes Gewand, wie ein Scheich. Zur Begrüßung nickte er Zinos freundlich zu.

Dann begann der Mann, sich mit Candido zu unterhalten. Die Sprache hatte Zinos bisher noch gar nicht gehört, es klang ein bisschen wie Holländisch und Spanisch, und sie sprachen in einem seltsamen Rhythmus, es klang, als würden sie rappen. Als der Bus hielt, bat Candido Zinos auszusteigen. Zinos protestierte:

»No, no, I want to go to the main city on the westside of the island!«

Candido lachte: *»Si, si, okay!«*

Sie schlugen sich durch die Büsche und kamen in ein Dorf, sie wurden erwartet, der Mitfahrer strich seine Haare aus dem Gesicht, er hatte zwei Nasen. Dorfbewohner kamen ihnen entgegen, eine bildschöne Frau mit zwei Schmollmündern zog Zinos zu einem Platz am Feuer. Es gab etwas zu essen, das Besteck war aus Blech. Sie waren in *Santa Santa*. Es gab Reis, schwarze Bohnen und Fleisch, dass Zinos noch nie gegessen hatte; es war außen stark verkohlt, roch aber sehr gut, innen war es saftig und schmeckte mild. Candido schlug mit den Armen wie ein Vogel und deutete auf das Fleisch. Zinos wurde eine Schale mit einer gelblichen Soße gereicht, er wurde aufgefordert, sein Fleisch dort hineinzutunken. Es schmeckte im ersten Moment sauer, dann brannte ihm die Kehle, und er schwitzte wie zu Beginn der Busfahrt; man reichte ihm ein öliges Stück Frucht, es half sofort. Obwohl Zinos heute schon viel getrunken hatte, musste er nicht pinkeln, den ganzen Tag über nicht. Er hoffte, es läge am Schwitzen. Ein paar Plastikeimer machten die Runde, ein süß-scharfes Bier war darin, man trank es direkt aus dem Eimer. Dann musste Zinos pinkeln, er hielt es kaum noch aus.

Ein Junge mit zwanzig Fingern nahm Zinos an die Hand und zog ihn in den Dschungel. Er hatte zum Essen grandios auf einem Instrument gespielt, das einer Gitarre ähnelte. Er brachte Zinos zu einem Baum, der so hoch in den schwarzgrünen Himmel ragte, dass er in den aufziehenden Wolken verschwand. Der Baum knarrte, es hörte sich beinahe an wie ein Seufzen. Zinos beeilte sich, fertig zu werden, da stellte sich plötzlich der Mann neben ihn, an dem er bisher keine Doppelung entdeckt hatte. Beim Essen hatte Zinos ihn beobachtet. Er war größer als alle anderen Dorfbewohner, vielleicht war es das, die doppelte Körpergröße. Zinos hatte plötzlich eine verstörende Ahnung, er konnte nicht anders, er sah hin und tatsächlich, der stattliche Mann pinkelte aus zwei Schwänzen. Wieder am Feuer setzte sich der Mann neben die Frau mit den zwei Mündern und strich ihr verliebt übers Haar.

Man verabschiedete sich, und die Fahrt ging weiter. Candido warf eine neue Kassette ein, bald würde es dunkel sein. Der Rest der Fahrt dauerte drei Mal *Space Oddity* von David Bowie, drei *Mal Once In A Lifetime* von den Talking Heads, drei Mal *Everybody Wants to Rule the World* von Tears for Fears, drei Mal *Invisible Sun* von The Police, drei Mal *Insane in the Brain* von Cypress Hill, drei Mal *Heaven know's I'm miserable now* von The Smiths, drei Mal *Life On Mars?* von David Bowie, drei Mal *Wanted Dead or Alive* von Bon Jovi, drei Mal *Love is the drug* von Roxy Music, drei Mal *Psycho Killer* – und genau beim letzten Ton vom dritten Mal *Road To Nowhere* der Talking Heads passierten sie das blecherne Schild von Metido City, der Bus stieß dagegen, und dann schrappte es über das Dach.

Esperanza hatte Zinos gesagt, Candido würde ihn zum besten Hotel der Stadt bringen. Es konnte nicht mehr weit sein, und Candido schien in Eile, den Transfer zu beenden, was nicht gelang, da die Straßen voll mit uralten Autos aller Art und Menschen waren, außerdem sprangen langschwänzige Affen herum, die so groß waren wie fünfjährige Kinder. Nach einer Weile hielt Candido vor einem hohen, schmutzigen Haus, das mit Stuck verziert war, über jedem Fenster thronte ein anderes Tier.

Es wirkte verlassen, einige Fenster waren zerschlagen. Zinos und Candido umarmten sich, und Candido drückte ihm einen Kuss auf den Mund, den Geruch seiner Spucke bekam Zinos erst nach Stunden aus der Nase. Durch einen bewachsenen Torbogen gelangte man in einen kleinen Hof, dahinter war der Eingang, über dem eine riesige azurblaue Käferfigur aus Stein prangte. Zinos entdeckte nirgends ein Schild mit dem Namen des Hotels.

Er betrat das mit Plüschmöbeln ausgestattete Foyer, ein Gong ertönte so laut, dass eine Weile ein Piepen in Zinos Ohren klang, so lange, bis sich jemand schallenden Schrittes näherte. Der Mann trug eine schwarze Uniform und roch stark nach ledrigem Parfum. Er hatte einen gepflegten schmalen Oberlippenbart und pomadig glänzende Locken. Seine Augen waren blau. Er war ungefähr so groß wie Zinos, musterte ihn kurz und sprach kein Wort – auch nicht als Zinos ihn begrüßte. Er zog erst ein sperriges Buch unter dem Tresen hervor, hüstelte ein wenig mit vorgehaltener Hand und blätterte dann lange darin herum. Hinter ihm hingen fast alle Zimmerschlüssel, vielleicht waren alle Gäste außer Haus. Der Mann blickte Zinos an; das Auge schien fast nur aus der blauen Iris zu bestehen, Pupillen waren kaum zu erkennen. Er sagte mit heller Stimme:

»Do you have a reservation?«

»No.«

»What's your name?«

»Zinos Katsantsakis.«

»Than you have a reservation, room seventy three!«

Ohne sich umzudrehen, fischte er einen Schlüssel vom Bord und legte ihn auf den Tresen.

»Do you need my Passport?«

«No, but can I take a picture of you?«, fragte der Mann nun mit einem Ausdruck des Entzückens in der Stimme.

»Yes, okay, why not«, sagte Zinos.

Schon hatte der Mann eine Polaroidkamera gezückt und Zinos fotografiert; das Foto schnellte heraus, er fächelte nicht damit herum, hielt es nur eine Weile in der Hand und betrachtete es. Man konnte in seinem Gesicht lesen, dass er immer mehr darauf erkannte. Zinos hob seinen Rucksack und wollte auf sein Zimmer gehen, da rief der Mann:

»Stop, your Picture!«

Er übergab es Zinos und sagte:

»Have a look at yourself. My name is Dagoberto by the way.«

«Oh, I met a bird whose name was Dagoberto, too.«

»The Papagayo! Yes, that was me, too!«

Zinos wartete auf ein Zwinkern, aber Dagoberto schien es ernst gemeint zu haben. Er fügte hinzu:

»Maybe you have a little present for me?«

»I'm sorry, I have nothing but a little money.«

»You call my feather nothing? Shame on you, Zinosboy!«

Zinos wühlte in seinem Rucksack, er fand die Feder, sie war etwas zerfleddert. Begeistert riss Dagoberto sie ihm aus den Händen, da leuchtete sie plötzlich wieder grün, und jede Faser war geglättet. Dagoberto gab sie ihm nicht zurück, er ließ sie hinter Zinos verschwinden und zog dann ein paar Geldscheine aus seinem T-Shirt-Kragen, dass es kitzelte.

»Do you pay now or later?«

Zinos suchte sein Portmonaie, sein Geld war weg, es befand sich in der Hand von Dagoberto. Auch sein Ausweis war nicht mehr da; Dagoberto wedelte damit herum und lachte schallend. Er entschuldigte sich höflich bei Zinos und bestand darauf, ihm seine Sachen nach oben zu tragen. Auf dem Weg über die lange Wendeltreppe sagte Dagoberto, dass man hier frühstücken könnte, aber nur an den Glückstagen. Nachdem er das gesagt hatte, drehte er sich um und lächelte so falsch, dass Zinos sich nicht traute, nach den genauen Glückstagen zu fragen.

Das Hotel war auch innen satt verziert, das Treppengeländer golden, Engelsfiguren standen herum, aber es war wohl seit einer Weile nicht renoviert worden. Überall, wo Farbe abblätterte oder die mit Ranken gemusterten Tapeten eingerissen waren, standen Pflanzen in gold lackierten Blumenkübeln davor.

In Zinos Zimmer waren die schweren Gardinen zugezogen und die Nachttischlampe brannte. Er legte sich auf das Bett, die Bettwäsche roch nach Raumspray *Grüner Apfel*, er löschte das Licht und schlief ein.

Ein Meer von Kakerlaken trieb in seinem Traum wie auf dem Meer dahin, sie machten einen fiependen Lärm, der in tosendes Gesumm überging, es knackte und zischte, sie zerbrachen, und es schlüpften Tausende leuchtend blauer Schmetterlinge, die in den Himmel flatterten und das Meer schwarz zurückließen. In dieses Meer tauchte Zinos ein, so tief er konnte; er sah eine Schildkröte, sie war weit weg, schwamm an die Oberfläche. Zinos konnte sich nicht mehr bewegen, er würde ertrinken – und wachte auf. Es war hell, die Gardinen offen, ein blauer Käfer flüchtete unters Bett. Zinos schaute nach, er war nirgends zu entdecken, nur ein paar Löcher im Fußboden.

Zinos wusste nicht, wie spät es war, er fand sein Handy, es funktionierte wieder. Es war früher Nachmittag. Er versuchte Illias anzurufen, aber es tönte schon vorzeitig ein Besetztzeichen. Als er an der Rezeption seinen Schlüssel abgeben wollte, stand niemand dahinter. Er ging hinaus und wieder hinein, sodass der Gong ertönte. Eine bildschöne Frau in einem engen grauen Kostüm tauchte auf. Über ihrem Busen prangte ein zu großes Namensschild in Gold, das aussah wie ein Türschild: GLADYS stand darauf. Ihre Lippen waren violett und herzförmig. Sie nahm seinen Schlüssel entgegen, Zinos sah einen Ehering, sie machte ein Polaroid von ihm. Zinos fragte:

»Is there an Internet Café in town?«

»Si, in the Country Club!«, hauchte Gladys und machte einen Schmollmund.

»Country Club? Where is it?«

Sie erklärte ihm den Weg, dabei öffnete sie die oberen Knöpfe ihrer Bluse, bis man den ebenfalls violetten BH sah. Zinos merkte, wie hungrig er war; bei jedem Knopf, den sie öffnete, wuchs sein Hunger. Er fragte, ob es Frühstück gebe, sie verneinte lachend und sagte, dass man im Country Club günstig essen könne.

Kaum war er ein paar Schritte gegangen, fiel er in ein riesiges Loch mitten auf dem Bürgersteig, die Hose war aufgerissen und ein Knie blutete stark.

Ein alter Mann mit Dreadlocks eilte auf ihn zu, er trug ein Kreuz aus Plexiglas um den Hals. Er half Zinos wieder auf. Zinos sah, dass er goldene Flip-Flops mit Strasssteinchen trug; die gleichen hatte seine Mutter, das einzig Extravagante, das er je an seiner Mutter gesehen hatte. Der Mann mit den Flip-Flops seiner Mutter nahm ihn mit in eine Hütte am Straßenrand, die ganz von Blumen umwachsen war. Er stellte sich als Dionisio vor, reichte Zinos eine alt aussehende Flasche Rum und wies ihn an, daraus zu trinken. Als Zinos trank, drückte Dionisio ein nasses Tuch auf die Wunde. Zinos brüllte wegen des Brennens, da schmierte Dionisio eine braune Paste drauf. Der Schmerz wurde für einen Moment größer, veränderte sich zu einem Ziehen, es folgte unerträglicher Juckreiz, doch noch bevor Zinos sich kratzen konnte, spürte er nichts mehr, und es ging ihm gut. Das Zeug auf seinem Knie roch merkwürdig nach Huhn. Zinos leckte daran, und ja, es schmeckte auch nach Huhn.

Der Country Club war eine Westernbar mit Schwingtüren, einer Einrichtung wie aus einem Filmfundus. Der Barmann trug einen Cowboyhut. Es gab Hamburger und Pfannkuchen mit süßen und salzigen Soßen, auch gebratene grüne Bananen in Scheiben, dazu kleine Fische. Zinos bestellte Huhn und bekam ein ganzes gegrilltes Huhn. Er verzehrte es mit den Fingern, es schmeckte scharf, süß, sauer und stark nach Knoblauch. Dazu gab es geröstete Zwiebeln. Zu trinken gab es nur Rum und Bier. Als Zinos ein großes Bier bestellte, brachte man ihm einen Plastikeimer mit Strohhalm. Der Eimer war zur Hälfte mit Eiswürfeln gefüllt, das Bier schmeckte deutsch. Nach seinem Mahl erkundigte er sich nach dem Internet. Der Barmann, der tatsächlich ein Amerikaner war und Denver hieß, führte ihn in ein enges, schäbiges Büro, das gleichzeitig ein Schrank zu sein schien. Überall hingen Klamotten, man musste sich wie durch einen Urwald einen Weg bahnen. Denver bot ihm an, welche von den Klamotten zu kaufen; er sagte, es sei sein Geschäft und hielt Zinos einen karierten Anzug unter die Nase, der nach Mottenkugeln roch. Zinos sagte, er brauche keinen Anzug.

Denver stellte den Computerkasten an, es surrte und schepperte, auf dem Bildschirm erschienen Buchstaben und Zahlen. Denver musste wieder in den Laden, er wies Zinos an, sich vor das Gerät zu setzen und zu warten, bis die Internetverbindung stünde. Zinos setzte sich, der Computer surrte nun leiser, doch dann gab es ein lautes Geräusch, es hörte sich an wie ein Röcheln, ein Husten. Dann fiel der Strom aus. Zinos ging in den Laden. Denver sagte, es könne noch Stunden dauern, berechnete Zinos aber trotzdem Huhn und Büroarbeit. Zinos hatte kaum noch Geld. Er fragte Denver nach einem guten Job, der lachte und sagte, in Metido gebe es keine Arbeit für frische Ausländer, aber es gebe einen Ort an der Küste, Arrope. Der liege etwa hundert Kilometer von Metido entfernt, da freue man sich über Deutsch Sprechende, die arbeiten wollten, wenn er dazu noch Englisch und Griechisch könne, bekäme er sofort was. Und sogar, wenn man stumm sei, könne man in Arrope den ganzen Tag Fische entschuppen und ausnehmen, das würde auch nicht schlecht bezahlt, die Touristen seien verrückt nach Fisch. Es wären immer Touristen dort, viele wollten gar nicht mehr weg. In Arrope gebe es kein Gebäude, das mehr als zwei Stockwerke habe, und weil man für zwei Stockwerke eine teure Sondergenehmigung bräuchte, gebe es fast nur Hütten und Bungalows. Am Strand reihe sich eine Bar an die andere, Touristen, viele Surfer, aber auch Aussteiger, noch aus den Achtzigern, tummelten sich dort, und Alleinreisende jeden Alters von überall her. Man könne tauchen lernen, mit den Fischern rausfahren, eben alles, was Menschen aus der Stadt für das Paradies hielten.

In Arrope gebe es einen langen Strand, aber auch viele kleine Buchten. Zinos wolle vielleicht lieber in Metido bleiben? Denver klopfte sich auf die Schenkel vor Lachen. Zinos fragte Denver, warum er nicht in Arrope lebe, wenn es das Paradies sei. Denver machte ein ernstes Gesicht und sagte, er ertrüge keine Amerikaner, und von denen traue sich keiner nach Metido, nur ab und zu ein paar junge Leute, die sich Reporter nennen würden. Sie kämen mit Kameras und wollten nur wissen, wo die armen Leute seien, die sich Lehmhütten bauten, und die Zombies und Voodoopriester. Oder sie suchten nach dicken schwarzen Frauen oder dünnen alten Männern, denen ein paar Zähne fehlten, oder nach denen mit Gold im Mund, die Zigarre rauchten oder kifften, Rum schlürften und gute Laune hätten, während sie am Straßenrand dahinsiechten und sich zum Mittag ihren einzigen Fisch grillten, den sie mit den Reportern teilten. Sie suchten nach Balztänzen der schönen Schwarzen und Mulatten, nach dem innovativen Drogenrausch, bei dem der Mensch wieder zum Tier werden würde. Besessen seien die von der guten Laune, dem einfachen Essen, den Abgründen, dem Dreck, den Krankheiten, dabei gebe es das in Amerika doch alles auch.

Denver sagte, Zinos müsse den Türken Özmen aus Deutschland finden, der fahre ab und zu nach Arrope und mache Geschäfte. Wo er ihn finde?, fragte Zinos. Denver sagte, im Kebabladen, in der Karibik liebe man weißes Brot mit Fleisch, und die Variationen von Özmen habe es hier vorher nicht gegeben. Özmen würde bald der reichste Mann von Metido sein. Denver ritzte ihm den Weg mit einem Steakmesser in eine Tischplatte.

Zinos betrat das *Casa Kebab*, er war etwas aus der Puste, aber von dem köstlichen Geruch bekam er sofort gute Laune, der Laden erinnerte ihn an zu Hause. Zinos stellte sich in die Schlange. Als er dran war, sagte er:

»Hi!, Özmen, ich bin Zinos, kannst du mir sagen, wie ich nach Arrope komme?«

»Ey!, Digger, Digger! Geil, Mann, nicht zu glauben, einer

aus Deutschland! Die wagen sich hier sonst gar nicht her! Hast du Hunger, willst du Döner-macht-schöner, Kollege?«

»Nee, ich hatte schon Huhn! Ich brauche unbedingt Arbeit, und Denver aus dem Country Club hat mir gesagt, in Arrope gebe es gute Arbeit für einen wie mich.«

»Das stimmt, nur hinkommen musst du.«

»Und wie?«

»Manche von den Rucksacktouris kaufen sich in Metido ein altes Motorrad, um nach Arrope zu fahren. Aber von denen kommt selten jemand an. Einige tauchen nach Jahren wieder auf – als Vampire oder Zombies. Die Zombies und die meisten Vampire von hier sind eigentlich ganz friedlich. Ein paar richtig schöne Frauen sind dabei, Knüller-Bitches. Die Zombietanten schlafen leider immer ein.«

»Du verarschst mich doch!«

»Mach ich nicht! Ich sag dir was: Es kann sein, dass du von dieser Seite der Insel auf die Fresse kriegst, das ist dann der Preis, den du fürs Paradies zahlen musst. Immerhin hast du es bis hier schon heil geschafft. Ich fahr dich nach Arrope. Hast du Geld?«

» Nur noch siebzigtausend Perdición.«

»Alles klar, scheiß drauf, ich muss da sowieso einmal im Monat hin, Geschäfte, dann fahr ich diesmal eben zweimal im Monat. Das Leben in Arrope ist nicht teuer, man kommt gar nicht dazu, das, was man verdient, auszugeben.«

»Das kommt mir bekannt vor. Ich hab bis vor Kurzem auf 'nem Schiff gearbeitet. Hat nicht so ganz hingehauen, der Plan.«

»Weil du mittendrin von Bord gegangen bist?«

»Bingo.«

»Warum?«

»Ach, wegen 'ner Nutte und 'nem Chefkoch, der mich killen wollte!«

»Hey, hey, hey!, scheinst doch ganz wacker zu sein. Kannst du heute Nacht wiederkommen. Ich mache um zehn den Laden zu, dann muss ich noch ein paar Dinge regeln, dann können wir um Mitternacht los. Bist du Grieche, Alter?«

»Ja, was dagegen?«

»Quatsch, auf Adios hab ich gelernt, was Rassismus ist, die hassen sich, weil einer ein bisschen heller oder dunkler ist als der andere und die einen noch ärmer als die anderen. Ich bleibe in der Stadt, wenn man die Regeln kennt, überlebt man, und das ganz gut. Schon wegen des scharfen Hühnchens geh ich hier nie weg. Wie heißt du eigentlich?«

»Zinos. Warum lebst du nicht in Arrope?«

»Jedes Paradies hat ein paar Palmen, die zu groß sind und zu viel Schatten werfen – und zu große Kokosnüsse. Erst denkst du, Wow, und dann stehst du im falschen Moment drunter! Du verstehst? Ich bleib lieber in der Stadt, und wenn ich Pause machen will, fahr ich in den Pinienwald, da riecht es gut, sag ich dir.«

Özmen lachte plötzlich, als wäre alles nur ein Witz. Zinos sagte:

»Ich steh auf Palmen, und wenn mir 'ne Nuss auf den Kopf fällt, ist das doch ein schöner Tod.«

»Was auch immer, ich muss jetzt weiterarbeiten. Wir können uns ja später unterhalten. Ich fahr dich nach Arrope. Ich hab dir jetzt vielleicht zu viel erzählt, Kollege, erzähl es nicht weiter, vielleicht bin ich einfach nur ein Spinner. Ein Dönerladen in der Karibik! Ich bin total verrückt! Und reich!«

Wieder lachte Özmen; diesmal sah Zinos seine goldenen Backenzähne.

Zinos lief lange durch die Stadt, er fand sein Hotel erst, kurz bevor es dunkel wurde. Er hatte nicht mal ausgepackt. Da er bei Dagoberto für die Zeit seines Aufenthaltes bereits bezahlt hatte, verzichtete er darauf, sich zu verabschieden. Doch als er die Rezeption kurz vor Mitternacht passierte, blitzte es, und Dagoberto drückte Zinos das letzte Polaroid in die Hand. Zinos sah auf dem Foto müde aus, die Haut war kaum noch von der Sonne gebräunt, die Augen halb geschlossen. Er ließ das Foto fallen, als er das Hotel verlassen hatte.

Wie vor seiner letzten Abfahrt, nachdem er das Hotel in Ambar verlassen hatte, tauchte vor ihm ein Schwarm roter Moskitos auf. Sie wichen ihm nicht aus, auch nicht, als er mit den Armen fuchtelte. Der Schwarm folgte ihm, aber diesmal wurde er nicht gestochen.

Es war, auch wie bei seiner letzten Abfahrt, plötzlich heißer geworden. Obwohl es diesmal Nacht war, schien die Hitze noch zuzunehmen, ein seltsames Schwirren lag in der Luft. Auf der Wunde an seinem Knie klebte noch immer die Hühnersalbe, und da Zinos eine Ahnung hatte, nahm er etwas davon auf seinen Zeigefinger und hielt ihn mitten in den Mückenschwarm, der sofort auseinanderstob.

Er näherte sich dem Stadtzentrum, und das Schwirren, das er vor dem Hotel vernommen hatte, wurde erst zu einem Dröhnen, dann zu Lärm. Die Stadt war hell und voller Menschen; überall sprangen Affen herum, ihre langen Schwänze wirbelten durch die Luft, sie kreischten, und viele trugen etwas mit sich herum, das man wegen ihrer flinken Bewegungen nicht erkannte. Ein Markt war aufgebaut, es wurde überall gekocht, und es roch nach Gewürzen, gegrilltem Fisch und Fleisch.

Tagsüber war es hier nicht einmal halb so voll gewesen.

Zinos hörte Musik, Trommeln, fröhlichen und theatralischen Gesang, irgendwo wurden Schüsse abgefeuert, und über ein Megafon sprach jemand in einer Sprache, die Zinos bisher noch nicht gehört hatte.

Zinos folgte einem süßen Geruch bis in eine Bar, man stellte ihm ein bis oben mit Eis gefülltes Glas hin, goß es mit Bier aus einer Zweiliterflasche auf. Dazu gab es einen Teller mit Schweineschwarten- und Bananenchips. Das Bier schmeckte sauer, süß und irgendwie auch nach Rum. Er aß noch ein paar Chips und bezahlte mit seinem letzten Geld. Draußen wusste Zinos nicht mehr, in welche Richtung er gehen musste, es waren zu viele Menschen auf den Straßen. Er geriet in eine Menge von Männern, in deren Mitte ein Hahnenkampf stattfand. Häusertüren waren geöffnet, Fernseher standen in den Fenstern neben großen Plastikblumen, es liefen trotz der späten Uhrzeit Zeichentrickfilme. Zinos blieb vor einem der Fernseher stehen und sah sich *Barbapapa* an.

Plötzlich flatterte vor ihm ein blauer Papagei und landete auf dem Fernseher. Er ging mit wippendem Kopf auf und ab und flog dann mit großem Gekreisch los. Zinos folgte ihm. Nach wenigen Schritten stand er vor Özmens Laden, und der Papagei flog davon.

Özmen belud einen kleinen Lieferwagen mit Fladenbrot.

»Kann's losgehen?«, rief er, ohne Zinos anzusehen.

Zinos half ihm, dann fuhren sie los. Es dauerte nicht lang, da verließen sie das letzte Stück asphaltierte Straße und fuhren an riesigen Schuttbergen, Müllkippen und sonstigem Schotter vorbei, Oldtimerwracks, Ziegelsteinen, umzäunten Bergen von Schuhen und Klamotten. Özmen sagte:

»Secondhandshop.«

Sie fuhren an Dörfern vorbei, es wurde kühler, Zinos

hörte auf zu schwitzen. Sie rumpelten durch Hügelland und karge Wälder. Özmen wirkte angespannt, er sagte, er habe ein paar Tage zu wenig geschlafen, ansonsten sprachen sie nicht viel.

»Hunger?«, fragte Özmen nach etwa einer Stunde.

»Ich weiß nicht, eher Durst, mir ist ein bisschen schlecht, ich hab vorhin in Metido in so 'ner Bar ...«

»Ah, da weiß ich, wo wir was finden, damit du keinen Brand kriegst.«

»Okay, aber ich hätte gern mal was zu trinken, von dem ich nicht irgendwie high oder besoffen werde.«

Özmen hielt den Wagen an. Es war stockdunkel, er wühlte im Handschuhfach, setzte erst Zinos eine Stirnlampe auf und dann sich selber. Sie stiegen aus dem Auto und gingen über Moos und viele kleine Äste.

»Komm mal rüber!«, rief Özmen, Zinos folgte ihm zu einem Felsen, auf den ein riesiges Graffito gesprüht war.

»Das war ein Typ aus Hamburg, ich hab mal in 'nem Rumshop mit ihm abgehangen. Hab leider seinen Namen vergessen.«

Der Style kam Zinos bekannt vor; Özmen deutete mit seiner Lampe auf eine Statue neben dem gewaltigen Felsen.

»Das ist die heilige Sandra.«

»Wieso Sandra?«

»Sie sieht aus wie meine große Liebe, eine Kroatin, hat Schluss gemacht, obwohl ich sie geliebt habe, als wär ich irre, es hat nichts genützt. Ich war einfach nicht genug da für sie. Die wollen nicht nur geliebt werden, die wollen, dass du immer ein guter Mensch bist.«

»Bei mir hat's auch nie geklappt. Vielleicht bin ich nicht gemacht für das ganz große Ding. Ich hab das Gefühl, ich lande immer bei der gleichen Frau in anderer Verpackung. Die sind nie normal oder einfach nur nett.«

Özmen nickte verständnisvoll und hielt ihm die Hand zum Einklatschen hin.

Sie fuhren einen Abhang hinunter, Zinos krallte sich am Griff der Tür fest. Dann fuhr Özmen durch ein Waldstück, dahinter wurde es hell, eine Straßenlaterne stand an einer kleinen Sandstraße, hinter wilden Gewächsen am Straßenrand sah man ein paar Häuserruinen, direkt unter der Laterne war ein Stand aufgebaut, über einem Feuer hing ein großer schwarzer Topf, schwang hin und her auf seinem Rost, der an dicken rostigen Ketten an einem Pfahl aus Holz angebracht war. Ein alter Mann mit einem Borsalino auf dem Kopf stand dahinter und rührte in dem Topf mit einem bunt bemalten Kochlöffel, der größer war als er selber. Er war braun gebrannt, trug einen gezwirbelten Schnurrbart und wiederholte beim Rühren ständig: *»Goulasch verde buono!«*

Özmen schlug mit ihm ein, und stellte ihn Zinos als Donald vor. Donald drückte Zinos den Kochlöffel in die Hand und verschwand hinter dem Stand. Es schepperte, dann stellte er zwei große Blechschüsseln auf einen Campingtisch, auch das Besteck war aus Blech. Er wuchtete einen großen Klacks leuchtend grüner, schleimig-zäher Masse auf die Teller und nickte Zinos aufmunternd zu, und Özmen begann sofort, sich das Zeug gierig reinzuschafeln.

»Was ist das?«, fragte Zinos.

»Das macht dich so fit wie noch nie, davon kannst du dich tagelang ernähren.«

»Echt? Und was ist das?«

Özmen grinste:

»Rate mal.«

»Eidechsenpudding?«

»Nee.«

»Krötengeschnetzeltes?«

»Gute Idee, aber falsch!«

»Alienpüree?«

»Nee, aber du bist witzig, Alter. Es ist pflanzlich.«

Zinos sah sich um, Donald lachte.

»Du musst probieren, dann verrat ich dir, was es ist«, sagte Özmen.

Zinos nahm den Blechlöffel, dippte ihn kurz hinein und kostete nur mit den Lippen. Es schmeckte kaum salzig, aber so gut wie eine Brühe aus Knochen, die seine Mutter ihm immer gemacht hatte, wenn er krank war. Zinos tunkte den Löffel nun tief hinein. Während er sich an der grünen Masse satt aß, verschwand sogar sein Durst. Özmen rief:

»Es ist Kaktus, einfach nur Kaktus! Ich hab keine Ahnung, vielleicht sind doch ein paar Insekten drin. Ich hab mal versucht, es nachzukochen; das Rezept hat Donald mir nicht verraten, er sagt, es käme auf die richtige Zubereitung an, und er gibt zu, ein paar Gewürze zu verwenden, aber die seien so gut, dass man kaum Salz bräuchte.«

Donald zerteilte eine Zitrone, die so groß war wie eine Melone. Er gab ihnen jeweils eine Hälfte. Özmen drückte seine mit beiden Händen über sein Kaktusgulasch, Zinos versuchte es, rutschte ab, Donald fing die halbe Frucht auf und drückte den Saft mit einer Hand in Zinos Teller.

»Lebt er alleine hier?«, fragte Zinos.

»Nein, mit seiner Tochter.«

Özmen deutete hinter sich.

Zinos entdeckte hinter einem hohen blühenden Strauch eine weiße Gestalt. Er ging auf das Mädchen zu.

Es roch plötzlich überall nach Nelken und Mandarinen, genau so hatte es zu Hause an Weihnachten gerochen. Illias hatte ihm immer seine Mandarinen gegeben, dafür musste Zinos ihm seine ganzen Süßigkeiten abtreten.

Zinos wurde schwindelig, der Strauch war auf einmal voll mit Mandarinen, und dahinter hörte er Bo und Vassiliki lachen, er wandte sich ab.

Donald gab dem Kochtopf einen Schubs, sodass er über dem Feuer hin und her schwang. Zinos schloß die Augen. Als er sie wieder öffnete, sah er direkt in die Knopfaugen von Donald, der ihn anstrahlte, als wisse er, was passiert war. Die blasse Gestalt hinter dem Strauch war wieder zu sehen, die Mandarinen waren weg, die Blüten rochen nach nichts. Zinos ging auf das Mädchen zu, sie war schneeweiß, aus halb geschlossenen Augen sah sie ihn an, drehte eine strohige Haarsträhne mit dem Finger. Sie trug zerrissene Jeans und ein Bikinioberteil und hatte einen riesigen Walkman in der Hand. Sie sagte mit seltsam tiefer Stimme:

»My name is Beatrice, if you want to marry me, call me baby!«

Ihre Augen fielen zu, sie setzte die Kopfhörer auf, schaltete den Walkman ein und begann langsam zu tanzen.

»Ist sie auf Drogen?«, fragte Zinos.

»Sie wurde in den Achtzigern während einer Beachparty von einem Vampir gebissen. Donald konnte wegen seiner Zauberkräfte das Schlimmste abwenden. Er hat ihr das Zombiegift verabreicht und ein bisschen rumgezaubert. Zombies sind harmloser und ein bisschen doof. Die Zähne schleift Donald ihr ab. Sein größter Wunsch wäre es, sie heiratet, bevor er stirbt, er ist schon hundertzehn.«

»Aber sie sieht ihm überhaupt nicht ähnlich – sie ist weiß!«

»Ihre Mutter war Engländerin, und wenn man erst mal Vampir und Zombie ist, geht das schon auf den Teint.«

»Du verarschst mich doch!«

Özmen schüttelte den Kopf.

»Wenn du erst mal eine Weile auf Adios gelebt hast, wundert dich nichts mehr. Aber es ist nicht so wie die Leute denken, Vampire können gar nicht fliegen, sind aber richtig gute Surfer – Windsurfen, Wellenreiten – und besonders gute Kitesurfer. Die Kitenummer haben sich Vampire von Adios ausgedacht, weil sie es nicht verknusen konnten, dass das mit dem Fliegen verkümmert ist in den letzten Jahrhunderten. Das liegt an ihrer Bequemlichkeit. Vampire sind immer schon gern geritten, dann kamen die Kutschen, Hubschrauber, Flugzeuge, und sie nutzen gern öffentliche Verkehrsmittel, achte in Hamburg mal im Nachtbus drauf! Ihrem Ruf nach verpennen sie wirklich den ganzen Tag, aber sie müssen kein Menschenblut saugen, die sind faul, bestellen beim Schlachter Tierblut, Innereien, machen tolle Blutwurst, einige verkaufen sie auf dem Markt. Menschen beißen sie nur, wenn sie neurotisch oder auf Drogen sind, ist nichts anderes, wenn ein Mensch durchdreht und jemanden killt, ganz normale Leute flippen auch mal aus. Vampire sind nichts Besonderes – und das ist ihr Problem. Die haben Komplexe. Ich war auf einer anderen Insel mal mit einer Vampirtussi zusammen: Manon aus Frankreich. Wir haben uns ja immer nur nachts gesehen, das war anstrengend, und sie war furchtbar eifersüchtig, weil sie nicht kontrollieren konnte, was ich tagsüber so trieb. Ich hab Schluss gemacht und bin nach Adios rüber. Die Vampire werden hier nicht befördert, wenn sie sich zu erkennen geben, und Manon war bekannt, sie hat als DJ bei Raves aufgelegt, jeder kannte sie, schöne Frau, aber eigentlich war sie mir zu dünn. Und ihre Muschi war immer kalt, auch wenn sie feucht war, du verstehst. Und essen gehen wollte sie immer nur ins *Steak*, da waren die ganzen Touristen. Sie war schon sechzig, wurde in den Siebzigern auf einem Festival gebissen. Wollen wir weiter – oder hast du dich in Beatrice verknallt?«

Özmen kratzte seine Schale aus, was ein furchtbares Geräusch erzeugte.

»Ey!, Özmen, das stimmt doch nicht, was du mir da erzählst.«

»Glaub, was du willst, gib Beatrice doch mal die Hand, kannst sie aber auch gleich ins Eisfach legen.«

»Ich hatte mal 'ne Freundin, die hatte Drogenprobleme, immer kalte Hände, und sie hat zu wenig gegessen.«

»Ja, vielleicht ist Beatrice auch nur ein Babe auf Drogen, aber warum hört sie Kassetten in einem Walkman, der so groß ist wie ein Ziegelstein, denk doch mal nach!«

Beatrice starrte Zinos an und machte eine große rosa Kaugummiblase, tanzte wie in Trance und reckte dabei die Arme zum Himmel. Ihre Achseln waren unrasiert, zwei große Büschel wiegten sich mit ihr zur Musik. Özmen grinste triumphierend.

»Glaubst du mir jetzt? Das war auch so ein Problem bei Manon, Siebzigerjahre! Und du kannst dir nicht vorstellen, was da unten rum los war, dagegen ist der Dschungel eine Weide.«

Als Donald ein Schächtelchen mit Verlobungsringen unter Zinos Nase hielt, drängte Zinos auf schnelle Weiterfahrt. Im Auto sprachen sie kaum noch, Özmen machte Desmond Dekker an und raste zu *Fu Man Chu* durch die Landschaft. Irgendwann ging es nur noch bergab, aus dem Wald heraus.

Zinos trank aus einer Alutüte mit Strohhalm Ananaslimonade. Es war wieder heißer, sie fuhren durch eine kleine Stadt. Özmen erzählte, dass alle, die dort lebten, unten am Strand von Arrope arbeiteten.

»Wo werde ich denn arbeiten?«, fragte Zinos.

»Ich habe schon mit Goliath telefoniert, der braucht jemanden an der Bar.«

»Aber ich würd lieber in einer Küche arbeiten.«

»Es ist ein Restaurant mit Strandbar; die Bar macht eigentlich sein Sohn Rocky, aber der baut nur Scheiß und ist hinter den Touristinnen her. Deshalb sucht Goliath jemanden, der ein bisschen aufpasst, Verantwortung übernimmt. Hast du schon mal am Tresen gearbeitet? Ich hoffe, denn ich hab ihm gesagt, du kriegst das hin.«

»Krieg ich.«

Es ging plötzlich noch steiler bergab, dann fuhren sie auf eine ebene asphaltierte schmale Straße, rechts und links davon Palmen, Blumen, Bäume voll mit Limonen, Feigen, Granatäpfel, und am Wegesrand standen unzählige kleine Lämpchen. Özmen bog scharf ab, und Zinos sah das Meer; der Mond strahlte es an, er bat Özmen anzuhalten. Zinos stieg aus, kletterte über die kleine Mauer, zog seine Schuhe aus und lief über den kühlen Sand barfuß bis ins Wasser. Er atmete tief durch. Stimmen und Musik, weit entfernt, vermischten sich mit dem Klang des Meeres zu der Hoffnung, nie wieder woanders hin zu müssen. Er sah Lichter, der Strand schien nirgends zu enden. Zinos würde in einer Fototapete alt werden. Er lief zurück.

»Fahren wir.«

Das *Goliaths* war eine stabiles, weiß gestrichenes Bretterhaus, das etwas erhöht an der Promenade lag; davor am Strand befand sich die Bar, an der noch immer ein paar Leute saßen, eine weiße Frau in einem afrikanischen Gewand tanzte alleine im Sand. Etwa fünfzig Meter weiter lag ein kleines Hotel, das aus Hütten bestand, nur die Rezeption befand sich in einem steinernen Häuschen.

Zinos bezog eine der Hütten, ein kleiner Teil seines Lohns ging dafür drauf. Goliath stand in geschäftlicher Verbindung mit den Hotelbetreibern des *Riz*, einem schwulen indischen Pärchen, Lalit und Rishni.

Ihre Gäste aßen meist bei ihm, und es gab sogar hier ein All-inclusive-Angebot. Mit dem Unterschied, dass Goliaths Küche Leute aus ganz Arrope anlockte, sogar die Einheimischen aßen dort gern. Sie zahlten weniger als die Touristen, wenn sie aber für Goliath arbeiteten, bekamen sie weniger Lohn als jemand wie Zinos. Goliath entlohnte nach Sprachkenntnissen; pro Sprache, die man fließend sprach, verdoppelte sich der Lohn. Er hielt nichts für ökonomischer als das Blabla mit den Touristen.

Goliath war ein um die zwei Meter großer Schwarzer, der jeden Tag in der Woche ein Netzhemd in einer anderen Farbe trug, dazu eine lange weiße Schürze und Flip-Flops. Nur wenn Goliath in die Stadt oder zum Markt fuhr, zog er seine weißen Turnschuhe an. Alle in Arrope trugen von morgens bis abends Flip-Flops, da sich das Leben nur am Strand abspielte. Zinos wurde Goliath in der Küche vorgestellt, einem schmalen Raum von höchstens fünf Quadratmetern; er war türkisblau gestrichen, ein paar kleine Fische, ein Hai, ein Rochen und viele Schildkröten waren an die Wand gemalt. Goliath sagte, er wäre beim Kochen eben am liebsten unter Wasser, weil er wegen der Arbeit nicht mehr zum Schwimmen komme. Dabei sei er der beste Taucher von Arrope. Goliath schüttelte Zinos grinsend die Hand:

»Greek boy from Germany, ha, ha, ha!«

»Zinos!«

«Ich kann sprechen Deutsch klein biss, ich habe gewohnt in Frankfurt eine Jahr, ich habe gekocht in ein Scheißrestaurant. Hier genug Deutsch!«

Er lachte und drückte Zinos noch mal kräftig die Hand, bevor er sie losließ.

»Ich kann auch kochen!«, rief Zinos.

»Ich brauche nicht dich zu kochen, du geh an Bar, meine son ist eine crazy son of a bitch, his mother is german, Svenja! Ja, ja, ja! She is eine Tauklehrer, other beach, thank god! Blod Kuh!«

»Was ist das?«, fragte Zinos und deutete auf ein Blech mit dampfenden gerösteten Teigbällchen, die einen appetitlichen Geruch verbreiteten.

»Knusprig Hulle, lecker Fulle! Die Deutsche freu sich, wenn ich sag das.«

Goliath steckte Zinos einen in den Mund. Der Teig war saftig, innen mit Fleisch, und dann zerlief eine scharf-süße Soße in Zinos' Mund. Zinos fragte, ob er noch mehr davon haben könne, aber der Rest war bestellt. Küche gab es hier, solange Goliath wach war. Goliath versprach Zinos, bei guter Arbeit, jeden Tag *Hot Balls* für ihn zu machen. Wie sich herausstellte, war es geschmortes Kalbfleisch, gewürzt mit Chilies, Rum und braunem Zucker; der Teig bestand aus Maismehl, Kartoffeln und Eiern.

Özmen brachte Zinos zu seiner Hütte, dann verabschiedeten sie sich. Özmen sagte, er würde mindestens einmal im Monat vorbeischauen. Zinos sollte sich gleich noch bei Rocky an der Bar melden. Aber Rocky war dort gar nicht. Grietche, eine kleine blonde Holländerin mit einem kugelrunden sonnenverbrannten Gesicht und zerlaufenem Kajal putzte die Bar, während die letzten Gäste ihre Drinks schlürften. Grietche versuchte freundlich zu sein, aber Zinos merkte sofort, dass sie schlechte Laune hatte. Sie sagte, Zinos solle einfach in der Früh um zehn zur ersten Schicht kommen, aber da wäre Rocky bestimmt sowieso wieder nicht da. Da würde sie Zinos dann einfach ins kalte Wasser schubsen. Sie entschuldigte sich, wild mit dem Putzzeug um sich sprühend, mehrfach für ihr fertiges Aussehen und erzählte, ohne Luft zu holen, was heute alles los gewesen sei. Dass sie vor Wut geheult habe, und in zwei Wochen endlich die Nachsaison beginne, und die meisten jungen Leute sich endlich verpissten. Die, die nur dort waren, um zu feiern. Dann gebe es nur noch Leute, die nicht von Ferien abhängig seien und nicht alles von Mami und Papi gezahlt bekämen. Die Erwachsenen und die Surfer. Zinos hätte sie in den Arm genommen, wenn er nicht so müde gewesen wäre, denn er war sicher, sie hätte ihm noch in dieser Nacht ihr ganzes Leben erzählt.

In seiner Hütte entdeckte Zinos keine Klimaanlage, trotzdem war es nicht zu warm. Das Bett stand an der Wandmitte. Als Zinos sich gerade bis auf die Unterhose ausgezogen hatte, klopfte es, und Lalit stand vor der Tür. Er gab Zinos zwei Handtücher, eines war ein Handtuch mit der deutschen Fußballnationalmannschft von 1990, auf dem anderen war *Elliot, das Schmunzelmonster*. Lalit sagte, Duschgel, Zahnpasta und alles, was man noch so bräuchte, stünde bei den Duschen bereit. Er zeigte Zinos den Duschraum, der hinter einer Bastwand unter freiem Himmel lag. Aber man konnte durch das Umdrehen eines Schildes am Zugang signalisieren, ob man alleine duschen wollte oder sich ein anderer dazugesellen durfte. Auch das Geschlecht konnte man dahingehend bestimmen, und sein eigenes musste man auch angeben, damit die duschwillige Person ebenso entscheiden konnte, ob ihr das gemeinsame Duschen genehm war. Über dem einen zu wendenden Schild stand ME, unter dem anderen YOU. Bei DO DISTURB musste man also noch zwei weitere Schilder bedienen. Ob überhaupt jemand anders duschte oder nicht, konnte man hören. Da die Dusche gerade leer war, entschied Zinos zu duschen. Er wendete unter Lalits amüsiertem Blick das DO-NOT-DISTURB-Schild.

Zinos Handywecker klingelte am nächsten Morgen so lange, bis jemand gegen seine Hütte haute und brüllte. Erst davon wurde er wach. Nachdem Zinos eingefallen war, wer er war und wo er sich befand, nahm er das Fußballhandtuch und ging zu den Duschen. Die Schilder zeigten an, dass eine Frau duschte und beide Geschlechter willkommen waren. Zinos legte sich in eine Wartehängematte. Es war noch nicht einmal acht, der Schweiß lief ihm schon übers Gesicht, und er hatte vergessen, sich etwas zu trinken mit in seine Hütte zu nehmen. Sein Kreislauf bescherte ihm einen kaum zu kontrollierenden Schwindel. Dann ertönte laut Reggae aus der Richtung des *Goliaths*, irgendwer sang was vom *Fisherman*. Zinos verließ die Hängematte und betrat mit gesenktem Blick den Duschbereich, er sagte:

»Moinsen«, drehte die erste Dusche auf und stellte sich in seinen Boxershorts drunter. Er sah die Füße der Frau, die erwiderte: »Moinsen!«

Zinos sah eine schöne nackte Frau, die dem Alter nach seine Mutter hätte sein können. Sie lächelte und ließ sich das Wasser über den durchtrainierten Körper laufen; ihre Brüste sahen operiert aus, ihr Gesicht war zu glatt für ihr Alter. Sie sagte:

»Ich bin gleich fertig, aber es ist so schön kühl, das Meer ist jetzt schon so warm wie das Blut in unseren Adern. Kommst du aus Hamburg?«

»Ja, ja, Sie auch?«

Zinos begann sich von oben bis unten einzuschäumen, das Duschgel roch extrem nach Kokos.

»Ich komme aus Schleswig-Holstein, in Hamburg habe ich mal gearbeitet, Dobelmann, Gudrun Dobelmann! Aber da du mich nackt gesehen hast, nenn mich doch Gudrun, alles andere wäre furchtbar albern, findest du nicht?!«

»Ja, ähm, ich bin Zinos, und du kannst mich trotzdem so nennen, ich mein, obwohl ich nicht nackt bin.«

Sie lachte, und man sah ihre schneeweißen geraden Zähne.

»Wer ist heute schon noch gehemmt, das ist charmant. Als ich jung war, musste man sich alles versagen.«

»Aber Sie sind doch immer noch jung.«

Sie erwiderte nichts, drehte die Dusche aus, strich sich mit beiden Händen mehrmals die Haare zurück und band sich einen Knoten. Dann wickelte sie ein Handtuch um ihren Körper. Dabei fixierte sie Zinos die ganze Zeit.

»Machst du hier Urlaub, Zinos aus Hamburg?«

»Nee, ich arbeite ab heute an der Bar vom *Goliaths.*«

»Na, dann sehn wir uns ja noch.«

»Ja, das würde mich freuen.«

Sie verließ die Duschen, kam dann noch einmal zurück und fragte:

»Woher kommen deine Eltern?«

»Aus Griechenland.«

Sie nickte und verschwand. Zinos beeilte sich, um kurz vor neun stand er vorm *Goliaths*; die Reggaemusik war so laut, dass er Goliath kaum verstand, der mit einer Machete eine Kokosnuss öffnete und einen Strohalm reinsteckte:

»Oder will you eine Bier, greeky German?«

»No, that's great, coconut for breakfast, I think I'm in paradise.«

»Paradise has many Gesicht! But that's not your problem!«

Zinos bekam noch ein Sandwich mit gegrilltem Schweinesteak und Chilisoße. Goliath hatte den Grill gerade angeschmissen, und es saß schon eine Gruppe Surfer an einem der Tische und frühstückte. Einige kamen aus Deutschland, die anderen waren Engländer. Zinos ging rüber zur Bar, wo Grietche schon eifrig Früchte schnitt; nebenbei trank sie einen Eiskaffee. Zwei leise surrende Ventilatoren relativierten die Hitze, einen dritten hatte sie unten im Sand aufgebaut.

»Willst du auch einen Eiskaffee? Ich kann dir einen mit jedem Sirup machen, den du willst.«

»Ja, danke, kann ich mir aber auch selber machen.«

»Weißt du denn wie?«

»Wenn du mir sagst, wo ich alles finde?«

Grietche lächelte zum ersten Mal entspannt. Zinos packte mit an, und als die ersten Gäste kamen, bereitete er alles vor, damit sie Cocktails machen konnte; er räumte ab, sammelte die Gläser vom Strand auf und spülte, wischte den Tresen und machte Kaffee; wenn etwas Zeit war, zeigte sie ihm die Cocktails, die am häufigsten bestellt wurden. Die meisten Leute bestellten Eiskaffee, viele alkoholfreie Cocktails mit Limettensaft, Kokosmilch und Eis bis zum Rand. Sehr beliebt war auch Cola mit viel Eis und viel Limettensaft. Mittags war an der Bar kaum was los, die Leute waren schwimmen, schlafen, surfen oder saßen in einem der vielen kleinen Restaurants. Auch im *Goliaths* war es voll. Es gab keine Karte, man bekam, was Goliath auf den Tisch stellte, man bestimmte nur, ob man eine kleine, mittlere oder große Portion wollte. Goliath brachte Zinos und Grietche einen Teller mit klein geschnittenem Tintenfisch in einer scharfen Soße und Teigtaschen, die mit gehackten Schrimps und gegrilltem Knoblauch gefüllt waren.

»Du kannst dich ruhig drüben an einen Tisch setzen, hier ist ja kaum noch was los«, sagte Grietche.

»Setz du dich rüber, ich pack das hier schon allein, und wenn nicht, bist du ja nicht weit.«

»Danke, das bin ich gar nicht mehr gewohnt, eigentlich geht hier die Welt unter, wenn ich mal aufs Klo muss.«

»Wo ist denn Rocky?«, fragte Zinos.

»Ach, der hängt wahrscheinlich in der *Bar Libre* rum, da sind die meisten Touristinnen, da wird schon tagsüber gesoffen. Nicht meine Welt. Zum Glück ist es die einzige Bar dieser Art hier, ein Franzose macht die; Serge ist Rockys bester Freund.«

»Aber warum heißt das hier überhaupt noch *Rocky's Bar*, wenn er nie hier ist, warum heißt es nicht *Grietches Bar*?«

»Ja, viele Leute, die herkommen, sagen, sie gehen zu Grietche. Es ist okay tagsüber, aber wenn er mich abends allein lässt, ist es die Hölle, und dann will er trotzdem die Hälfte des Trinkgeldes.«

»Was für ein Arschloch!«

»Goliath will, dass er in Zukunft bei Svenja in der Tauchschule arbeitet, aber die hat da auch keine Lust drauf.«

Grietche trottete endlich mit ihrem Teller an den letzten freien Tisch. Kein Gast war mehr an der Bar. Zinos begann Früchte zu schneiden, als er plötzlich eine Stimme sagen hörte:

»Du machst dich gut hinter der Bar.«

Gudrun Dobelmann setzte sich.

»Ich tu, was ich kann.«

»Die kleine Blonde ist auch immer ziemlich verschwitzt, Rocky ist wirklich faul, einigen Männern tut es nicht gut, schön zu sein, du scheinst trotzdem Manieren zu haben.«

»Keine Ahnung. Ich bin doch nicht schön«, sagte Zinos.

»Entschuldige, du glaubst doch nicht, dass ich dich anmachen will, du könntest mein Sohn sein. Ich habe mal einen Griechen geliebt, als ich so alt war wie du, Spiridon, ich hab ihn geliebt, bis ich fast vierzig war, geheiratet habe ich einen anderen. Ich habe mir immer einen Sohn wie dich gewünscht.«

»Haben Sie Kinder?«

»Eine Tochter.«

»Verstehen Sie sich gut mit ihr?«

»Na ja. Ich weiß nicht, wo sie wohnt. Vielleicht in Deutschland, ich lebe in den USA, der Arbeit wegen.«

»Was machen Sie denn?«

»Im Urlaub nicht über die Arbeit sprechen.«

»Entschuldigung, sind Sie schon oft hier gewesen?«

»Ich komme einmal im Jahr für ein paar Wochen.«

»Allein?«

»Ja, allein. Ich bin gern allein. Ich kann immer gehen, wenn es mir zu viel Gesellschaft wird, deshalb geh ich jetzt.«

Sie stand auf.

»Hab ich was Falsches gesagt?«

»Nein, ich bin müde, leg mich etwas hin. Wenn du heute Abend nicht arbeitest, können wir vielleicht zusammen essen. Gehen wir doch ins *Palco*; es ist ein ganz hervorragendes Restaurant, es gibt dort einen Schmortopf, für den allein käme ich immer wieder nach Arrope. Das Restaurant liegt in der Nähe des Strandes, wo zu Beginn der Dämmerung bis zum Morgen gefeiert wird, an jedem Tag im Jahr. Ist das nicht ganz wunderbar? Und wenn die Sonne aufgeht, treiben bald schon die Surfer auf dem Meer und warten auf Wellen, wie Fliegen, die trunken im Bier treiben«, rief sie ganz verzückt.

»Ich weiß nicht, falls Rocky heute mal kommt, geht das vielleicht. Aber ich muss hier essen, ich hab kein Geld zum Ausgeben.«

»Selbstverständlich werde ich dich einladen, ich dachte, das vesteht sich. Ich werde da sein, komm einfach, wenn dir nach meiner Gesellschaft ist.«

Sie ging.

»Hey!, hey!, Frau Dobelmann, Gudrun, wo ist denn das *Palco* genau?«

»Geh einfach zwanzig Minuten immer geradeaus am Strand entlang, dann siehst du schon die roten Laternen; es hat eine weiß gestrichene Terrasse, als einziges Restaurant Tischdecken, und nirgends riecht es so gut wie dort, auch nicht bei unserem geschätzten Goliath.«

Gudrun rief all das, ohne sich noch mal umzudrehen, sie hob den Arm, drehte die Hand und winkte. Grietche stapfte durch den Sand und rief schon von Weitem:

»Was hast du denn mit der zu tun?«

»Warum, was ist denn mit ihr?«

»Ach nichts, sie ist super. Sie gibt das meiste Trinkgeld.«

»Sie will nur was mit mir essen, wir haben uns nett unterhalten, sie kennt Hamburg und mag Griechenland.«

»Griechenland.«

Griechte verzog das Gesicht.

»Hast du was gegen Griechenland?«

»Nein, nein, ich hab lange auf Kreta in einer Disco gearbeitet, in Chersonissos. Ich habe geglaubt, das würde mich erwachsen machen, in einer Disco in einem fremden Land zu arbeiten. Der Barchef hat mich entjungfert. Ich trug ein kurzes weißes Kleid, weiß wie sein Laken, und er flippte total aus, als er sah, dass ich blutete. Nicht weil er mich entjungfert hatte, sondern weil er eine Freundin hatte, die ihm das Bett machte.«

»Das tut mir leid, aber er hätte genauso gut Italiener sein können, oder Spanier!«

»Du bist aber auch nicht frei von Rassismus.«

»Oder Engländer?!«

»Nein, von einem Engländer hätte ich mich niemals entjungfern lassen.«

»Warum nicht?«

»Die sehen ja noch beschissener aus als die Deutschen.«

»Es gibt verdammt viele schöne deutsche Mädels.«

»Hat dich 'ne Deutsche entjungfert?«

»Nee, 'ne Jugoslawin.«

»Siehst du.«

»Ach, Mädchen, du arbeitest schon zu lange unter Touristen.«

»Stimmt, und Gudrun ist ein ganz besonderes Exemplar!«

»Gudrun ist nett, ich mag Gudrun. Weißt du wie alt sie ist?«

»Keine Ahnung, schwer zu schätzen, die hat ja schon restaurieren lassen, aber sicher zu alt für dich.«

»Ihre Art ist schön.«

»Was soll das Gesülze? Zinos, die ist nichts für dich, der bist du nicht gewachsen. Ich will hier nicht tratschen, aber ich sags dir noch mal, die ist nichts für dich.«

»Ey!, ich will nichts von der, wir unterhalten uns nur, die ist nett.«

»Ich bin auch nett.« Grietche verschränkte die Arme, legte dann den Arm um Zinos und sagte:

»Wir sollten heute Nacht zusammen feiern, wir treffen uns an dem Spot bei der *Bar Libre*, wenn ich Feierabend hab. Die Party fängt bei Dämmerung an, und sobald die Sonne aufgeht, paddeln alle, die ein Brett haben, aufs Meer, spätestens dann bin ich da.«

»Gudrun will mich heute zum Essen einladen, ins *Palco.*«

»Aha, da gehen viele von *diesen* Frauen hin.«

»Was meinst du mit *diesen* Frauen?«

»Nichts, ich meine nichts, ich meine, wir brauchen neues Eis, kannst du welches machen gehen, die Eismaschine ist hinten, durch die Küche, und dann ist da links so ein Raum, es gibt kein Licht, neben der Eismaschine steht eine Kerze … Nein, was sehn meine Augen, da kommt ja Rocky! Ich glaub es nicht! Zinos, du legst dich in die Sonne, aber erst wenn Rocky geduscht hat, den Partydreck, der an seinem Schweiß klebt, riech ich ja jetzt schon …«

Rocky näherte sich schlurfend, kam langsam näher, jeder Schritt im Sand schien ihm große Mühe zu bereiten, er hatte einen Afro und trug nur eine Badehose.

»Hey!, Grietche, wer ist denn der Typ mit der Nase an meiner Bar?«, sagte er und wischte sich mit dem Handrücken im Gesicht herum.

»Das ist Zinos, der spricht Deutsch, und er arbeitet richtig gut an deiner Bar.«

»Cool, dann kann ich ja gehen«, er rotzte in den Sand.

»You stay!«

Goliath kam aus dem Restaurant, packte Rocky an den Haaren und zog ihn in Richtung Duschen. Er drehte sich noch mal um und rief:

»Zinos, you are free for today!«

Zinos hatte Grietche bis dahin noch nicht so selig gesehen. Er duschte an diesem Nachmittag zum ersten Mal in seinem Leben nackt in Gesellschaft. Dabei unterhielt er sich angeregt mit der nackten Vanessa aus Kanada und der nackten Nanni aus Guatemala, und er bemühte sich, dass Gespräch aufrechtzuerhalten. Noch nie zuvor hatte er schönen Frauen dabei so konzentriert und unentwegt in die Augen gestarrt, dass er Kopfschmerzen bekam. Sie verabredeten sich für später auf der Party.

Zinos wühlte in seinen Sachen und fand eine saubere Jeans; sie hatte ein kleines Loch am Hintern, aber es war die einzige saubere Hose. Er fand ein T-Shirt, das ganz okay roch, er besprühte es mit dem Azzaro-Deo, das er Christiano geklaut hatte. Irgendwo auf dem Gelände sollte eine alte Waschmaschine stehen. Es war noch immer warm, er ging den Strand entlang. Mädchen in Bikinis saßen um Lagerfeuer, Typen in geblümten Badehosen. Er kam an der *Bar Libre* vorbei, es war eine Holzhütte, darum standen ein paar Leute, man hörte ruhige Musik, nichts, was Zinos kannte. Das *Palco* war fast leer, im Hintergrund lief von Whitney Houston *I Have Nothing*, es saßen zwei Frauen alleine an den Tischen, eine davon war Gudrun. Sie trug ein schlichtes Kleid, ihre Haare waren offen. Sie stand auf und rückte einen der Korbstühle für Zinos vom Tisch ab.

»Danke, aber setzen kann ich mich schon selber.«

Sie stellte den Stuhl wieder ran.

»Gut, kleiner Macho.«

»Ich bin kein Macho und auch kein Kleiner.«

Sie sagte nichts mehr und trank einen Schluck aus ihrem Cocktailglas.

»Gibt es eine Karte?«

»Ich hab schon für uns bestellt.«

»Sie ... du wusstest doch überhaupt nicht, ob ich komme.«

»Es hätte sich schon jemand gefunden.«

Eine schwarze Frau kam und stellte Zinos den gleichen Cocktail hin.

»Thank you, Florinda«, sagte Gudrun und fuhr ihr mit den spitzen Nägeln über die Hand. Florinda nickte und sah auch Zinos höflich an.

Das Getränk war Kokossaft mit Alkohol; schon nach wenigen Schlucken merkte Zinos, dass er betrunken wurde.

»Dieser Drink ist gut zu scharfem Essen«, sagte Gudrun.

»Wir Griechen essen nicht scharf.«

Sie sah sich um, als ein paar Surfer mit ihren Brettern vorbeikamen, einer, der voller Sommersprossen war, grüßte Gudrun mit einem Lächeln.

»Das ist Bastien aus Kanada. Dein Alter.«

»Surfst du auch?«

Sie lachte auf:

»Nein, ich mache mich doch nicht lächerlich.«

Ein anderer Surfer kam zu ihnen hoch und flüsterte Gudrun was ins Ohr. Sie nickte, und er verschwand wieder, ohne Zinos zu begrüßen.

»Das war Onni aus Finnland. Sie verbringen Monate hier, die Bedingungen sind ideal, es gibt viele Buchten, viele verschiedene Spots.«

»Wie finanzieren sich die Typen denn den Aufenthalt?«

»Interessiert mich das?«, sagte sie unfreundlich. Das Essen wurde gebracht. Florinda und ein Mann, der ihr sehr ähnelte, brachten zwei Schalen, und ein Junge stellte zwei größere Gläser mit dem Kokosgetränk dazu. Zinos leerte sein erstes, er fühlte den Alkohol in seinem Kopf. Eine Weile schwiegen sie, sie hatte noch nie so lange nichts gesagt.

»Was machst du denn beruflich?«, fragte Zinos.

»Och, hab doch gesagt, ich rede im Urlaub nicht über meine Arbeit.«

»Entschuldigung, aber mir fiel nichts anderes ein, ich wollte aber nicht nichts sagen und ...«

Sie unterbrach ihn:

»Ich habe Medizin studiert, arbeite aber nicht mehr als Ärztin, ich wollte an Orten wie Adios arbeiten, helfen. Als ich jung war, hatte ich diese albernen Ideale. Helfen. Ich dachte, das könnte mich glücklich machen. Aber ich wusste nicht, wie man glücklich ist, da half auch das ganze Unglück der anderen nicht. Das ist es doch, was dahintersteckt. Alle, die helfen wollen, die vermeintlich für andere leben, sich aufopfern, das sind alles Heuchler. Altruismus ist eine Illusion, es ist bloß getarnter Egoismus. Warum opfert man sich auf? Um sich gut zu fühlen, erhaben. Gegenüber denjenigen, die sich nicht selber helfen können. Es gibt nichts, was man für andere tut, man tut alles nur für sich. Nur dass die einen es zugeben und die anderen nicht.« Sie hob ihr Glas und prostete dem Himmel zu.

»Du glaubst, dass man anderen nur helfen darf, wenn man sich dadurch schlecht fühlt?«, fragte Zinos.

Sie lachte:

»Eigentlich schon, aber das ist nichts für mich. Und irgendeiner leidet doch immer, egal, wie vielen man hilft. Ich bin Perfektionistin, schon deshalb ist die Wohltäterei nichts für mich.«

»Ich finde, du machst es dir zu leicht«, sagte Zinos.

»Pah! Ich? Ich hatte es niemals leicht, ich gewiss niemals«, sagte sie beinahe empört.

»Magst du, was du jetzt arbeitest?«, fragte er.

»Guten Appetit, Zinos!«

Das Schmorgericht war köstlich. Gudrun sagte, es sei eine Spezialität von Adios. Es war alles drin, Schweinefilet, Rindfleisch, Huhn, Garnelen, die Schärfe tat gut, als räume sie den Körper auf. Es schmeckte sogar fruchtig und ein bisschen nach Alkohol. Es gab nichts dazu, nicht einmal Reis, nur eine Schüssel mit scharfer Soße und einen großen Teller Ananascarpaccio. Nach dem Essen gab es einen vierzigprozentigen Thymianlikör. Zinos wankte auf die Toilette. Als er zurückkam, hatte Gudrun sich eine Zigarre bringen lassen, auch für Zinos lag eine auf dem Tisch.

»Nein, ich will nicht, danke, aber ich hätte gerne eine richtige Zigarette.« Sofort ließ Gudrun ihm eine Schachtel bringen; er rauchte viele Zigaretten, während er immer mehr von dem Kokoszeug trank, dazu noch mehr Thymianlikör.

Dann wurde die Musik in der *Bar Libre* lauter; es war ein Lied, das Zinos kannte, aber ihm fiel der Titel nicht ein, er hatte schon oft zu dem Lied getanzt, vielleicht hatte er den Titel noch nie gewusst. Gudrun forderte ihn zum Tanz auf, er stand auf, ein paar der andere Gäste tanzten auch, es war so laut geworden, dass man sich gar nicht mehr unterhalten konnte, ohne zu schreien. Dann lief *Moon Hop* von Derrick Morgan. Reggae passte nicht zu Gudrun, sie zog Zinos auf den Strand, bunte Lichterketten gingen an, es war dunkel geworden, es kamen andere Leute, alles mischte sich und tanzte. Onni aus Finnland tauchte wieder auf, er hatte seine Badehose gegen eine Jeans getauscht, er trug ein goldenes Einhorn um den Hals, im Dunkeln sahen alle braun aus. Onni tanzte neben Gudrun, dann waren sie verschwunden. Die Musik wurde wieder ruhiger, einige Leute legten sich in den Sand, gingen schwimmen. Zinos stellte sich an die Bar, es lief Duran Durans *Save a Prayer*, er kam schnell ins Gespräch, konnte sich im nächsten Moment aber nicht mehr erinnern, worüber er gesprochen hatte. Meist ging es darum, woher man kam, was man auf der Insel machte, wo man schon gewesen war und noch hin wollte. Die meisten kamen nur nach Adios, um in Arrope zu surfen oder zu arbeiten. Er traf Leute aus Skandinavien, Israel, Amerika, Deutschland, Kanada, Japan – und dann sah er ein Mädchen allein am Strand sitzen. Sie sah aus wie ein Mädchen aus Adios, hatte braune Haut und lange schwarze, lockige Haare, sie trug eine Jeanslatzhose und hatte die Füße im Sand vergraben. Sie war ungeschminkt und wirkte nicht betrunken. Zinos setzte sich mit etwas Abstand neben sie. Auf der anderen Seite saß eine Gruppe Jungs, die vergeblich versuchten, sie anzusprechen. Sie antwortete einfach nicht. Zinos hielt ihr seine Zigaretten hin. Sie schüttelte den Kopf.

»Do you speak english?«, fragte Zinos.

Sie flüsterte:

»Yes, but don't tell the other boys.«

Zinos flüsterte:

»All right.«

Sie rückte näher, legte den Arm um seine Hüfte. Er zog den Bauch ein. Sie lachte.

Die anderen Typen standen auf und verschwanden ins Getümmel. Sie rückte wieder von ihm ab. Er sah sie von der Seite an; sie hatte lange geschwungene Wimpern, sie war das schönste Mädchen, das er je gesehen hatte. Sie sah ihn an.

»What's your name?«

»Zinos.«

Sie nickte.

»My name is Margarita.«

»Margarita? Like the drink?«

»No, the drink is called Margaritha because of me.«

»Ah, ah, yes, because when I drink you, I will be drunk.«

Sie sah ihn irritiert an, stand auf, klopfte sich den Sand von der Hose und sagte:

»Good night, you should better stop drinking now.«

Zinos sah ihr nach, bis sie verschwunden war. Leider war es nicht seine Richtung. Als er zurück an der Bar war, traf er Vanessa und Nanni mit ihren Typen. Sie stießen an und gaben einander ein paar Kurze aus. Zinos tanzte wie alle anderen, bis es hell wurde. Plötzlich kniff ihn jemand in den Hintern, es war Grietche.

»Gute Party gehabt? Wo ist dein Date?«

Zinos hatte Gudrun schon fast vergessen.

»Weiß nicht, sie hat mit einem Typen getanzt und ist dann verschwunden.«

»Onni?«, fragte Grietche.

»Ja, genau.«

»Der lebt nur fürs Surfen, ist aber trotzdem zu schlecht für die Wettbewerbe, die was einbringen. Der Idiot. Tanzen wir 'ne Runde?«

»Ich bin müde, ich geh gleich schlafen.«

»Unsinn, ich hab was für dich zum Wachwerden, nimmst du Ecstasy? Ist von Rocky, der verkauft wenigstens guten Stoff – das kann er.«

»Da hab ich keinen Bock drauf. Ich würd jetzt gern einen Joint rauchen.«

»Frag Margarita, die verkauft gutes Zeug, kifft aber selber nie, kennst du sie schon?«

»Ich … ich kenn sie schon. Ich glaub, die mag mich nicht.«

»Hast du sie angebaggert? Alle, die sie zum ersten Mal sehen, versuchen es. Sie ist die beste Surferin hier, war lange mit so 'nem Champion aus den USA zusammen, so 'ne On-off-Geschichte, keine Ahnung, ob da noch was läuft. Hab den lange nicht mehr hier gesehen. Da drüben ist sie ja.«

Grietche deutete auf den Strand, es war schon fast hell.

Zinos sah Margarita, sie lag auf ihrem Brett und paddelte raus aufs Meer. Das Wasser war nun voll mit Surfern, einige waren schon weit draußen, der Wind blies aufs Meer, die Wellen wurden immer höher und brachen schon weit draußen.

Zinos verabschiedete sich von Grietche, versprach ihr, die Bar am Morgen zu öffnen, und schlenderte mit ein bisschen Liebeskummer zu seiner Hütte. Auf halbem Weg rannte Onni mit einem Surfbrett an ihm vorbei.

Die nächsten Tage verbrachte Zinos mit Arbeit. Endlich wusch er seine ganze Wäsche, arbeitete Doppelschichten, half abends auch mal im Service aus und versuchte Goliath davon zu überzeugen, ihn in seine Kochkunst einzuweisen. Goliath lachte darüber, da sonst alle jungen Typen lieber an der Bar arbeiten wollten.

Irgendwann tauchte Gudrun wieder an der Bar auf; sie hatte einen jungen Typen dabei, der ihr am Strand den Nacken massierte. Dann verschwanden sie. Sie hatte Zinos nur von Weitem mit einem Nicken begrüßt. Später aß sie im *Goliaths.*

Nachdem Gudrun ihn den ganzen Abend beobachtet hatte, sagte sie:

»Das Leben hat mehr zu bieten als Arbeit, du solltest nicht jeden Tag eine Doppelschicht machen. Warum arbeitest du hier im Paradies wie ein Besessener?«

»Ich will mal mein eigenes Restaurant aufmachen, vielleicht sogar hier. Dafür braucht man Kapital, ein finanzielles Polster.«

»Ich kann dir helfen, wenn du willst«, sagte sie begeistert.

»Wie denn das?«

»Komm heute um zehn in meinen Bungalow, dann können wir in Ruhe reden.«

Zinos klopfte um halb elf an Gudruns Tür. Sie öffnete in einem kurzen Nachthemd.

»Charmant, zu spät«, sagte sie.

Sie bewohnte einen der großen Bungalows. Es stand sogar ein Esstisch drin, auf dem stand eine Flasche Champagner in einem Eiskübel. Sie hatte die Flasche bereits geöffnet und schenkte zwei Gläser randvoll.

»Auf unser Wohl!«

Sie stieß ihr Glas mit Wucht gegen seines und trank alles aus. Zinos nippte.

»Was wird das hier?«

»Ich kann dir helfen, noch in diesem Jahr so viel Geld zu verdienen, dass du dein Restaurant eröffnen kannst.«

»Und wie soll das gehen? Es ist doch schon fast Oktober.«

»Sei einfach mein Freund.«

Sie füllte ihr Glas erneut und stieß es an seines.

»Freund?«

»Nenn es, wie du willst.«

»Wie? Ich verstehe nicht.«

»Schlaf mit mir, wann immer ich es will, leck meine Muschi, wann immer ich es will, geh mit mir aus, tanz mit mir, küss mich auf den Mund. Ich will mit dir zusammen sein, ich hasse Männer in meinem Alter, ich hasse, wie sie riechen, ihre schlaffen Ärsche, ihre Selbstherrlichkeit. Du duftest, und du hast festes, saftiges Fleisch.«

»Ich bin doch kein Steak, Gudrun. Ich bin ein Mensch.«

»Ich ertrage keine Menschen, nur Touristen und Personal. Was glaubst du, wie viele Surfer sich ihr Gesurfe schon mit meiner Möse finanziert haben. Und so mancher Einheimische konnte einen kranken Angehörigen retten, weil er mir seinen saftigen Schwanz hingehalten hat.«

»Wo sind deine Manieren hin? Das ist echt kaputt, was du da redest! Das hast du doch gar nicht nötig! Mach's gut, Gudrun!«

Zinos stand auf und ging zur Tür.

»Ach was, irgendwann kommst du angekrochen, ich bin nur ehrlich, du wirst nie um deiner selbst willen geliebt werden. Kein Egoismus ist größer als die Liebe.«

»Aber gekaufter Sex ist die Erfüllung, oder was?«, fragte Zinos, als er die Tür schon geöffnet hatte.

»Es hätte die Erfüllung deiner Träume sein können, kleiner Grieche. Träum weiter.«

Sie trank den Champagner aus der Flasche. Als Zinos die Tür zugeknallt hatte, sah er den Schatten einer Gestalt davonhuschen. Er lief ihr nach, hörte Geraschel, als hätte sich jemand in einem der Büsche verfangen. Dann hörte er ein Husten, das sich nach einer Frau anhörte; sie rannte hustend davon.

In den nächsten Tagen tauchte Gudrun jeden Tag an der Bar auf, obwohl Zinos sie ignorierte. Grietche fragte nicht, warum Zinos darum bat, sie nicht bedienen zu müssen. Selbst wenn Gudrun im *Palco* gegessen hatte, schaute sie noch auf ein Getränk im *Rocky's* vorbei und wünschte Zinos eine gute Nacht.

Etwa eine Woche später bemerkte Zinos eine junge Frau, etwa in seinem Alter. Sie kam immer erst abends an den Tresen, trank Unmengen Weißweinschorle und rauchte Kette. Sie erinnerte Zinos an die Frauen in Hamburg. Sie hieß Daisy und kam aus den USA, hatte aber eine deutsche Mutter. Sie war nicht gekleidet wie jemand, der Urlaub machte, und sie ging nie an den Strand. Ein paar Tage später wartete sie, bis Zinos Feierabend machte. Sie bat ihn um ein Gespräch.

»Das letzte Mal, als eine Frau um ein Gespräch gebeten hat, ging es nicht so gut aus«, sagte er.

»Ich weiß.«

»Du weißt?«

Er war verunsichert.

»Bist du vor mir weggelaufen?«

Sie nickte.

»Aber wieso?«

»Ich erkläre es dir, können wir in Ruhe reden, wo es keiner mitbekommt, vielleicht ist es besser, wir treffen uns in Metido. Man sollte uns nicht zusammen sehen.«

Daisy kaute an den Fingernägeln, rauchte wie eine Besessene, und ständig betupfte sie ihr verschwitztes rotes Gesicht mit Erfrischungstüchern. Die kleinen Aluhüllen, aus denen sie die Tücher ebenso hektisch riss wie ihre Zigaretten aus der Schachtel, waren jedes Mal um ihren Barhocker im Sand verteilt, wenn sie wieder ging.

»Wer soll uns denn nicht sehen?«

»Das ist jetzt egal! Kannst du am Montag um fünfzehn Uhr im Casino von Metido sein? Wir treffen uns an den Slotmaschines; tu einfach so als würdest du spielen, der als zweites kommt, setzt sich dazu, dann erkläre ich dir alles. Es ist sehr, sehr wichtig. Ich muss jetzt weg.«

Daisy wäre jetzt kalkweiß geworden, hätte sie nicht einen so hohen Blutdruck.

»Okay, ich komme nach Metido, ich habe keine Ahnung, was du von mir willst, aber du bist mir symphatisch.«

»Ey!, das ist nicht so ein Mann-Frau-Ding, keine Anmache.«

»Natürlich nicht. Wir treffen uns an der Slotmaschine. Aber wo ist das Casino?«

»Im vierzehnten Kreis, es ist das größte, weißeste Haus von Metido, der einzige Ort mit einer funktionierenden Klimaanlage und einem Notstromaggregat, nicht mal das Krankenhaus hat eines.«

Goliath stand in einem neongrünen Netzhemd und einer langen Unterhose in der Küche und sang laut *The Israelites* mit; er hörte den ganzen Tag Desmond Dekker.

»Hey!, Goliath, ich muss am Montag nach Metido.«

»Ist meine Problem nicht, du musst machen Plan mit Grietche.«

»Das hab ich schon mit ihr geklärt, aber ich weiß nicht, wie ich nach Metido kommen soll, das ist mein Problem.«

»Warum musst du hin da unbedingt am Montag?«

»Das kann ich dir nicht erklären.«

»Frag Ozman.«

»Aber wie erreiche ich Özmen?«

»Schwarze Mann hat Telefon, Turkenmann hat Telefon. Schwarze Mann hat Telefonnummer von Turkenmann.«

Özmen holte Zinos am Montag frühmorgens ab, sie fuhren zügig durch bis Metido. Özmen hatte eine unerträglich beschissene Laune, er murmelte die ganze Zeit etwas auf Türkisch oder sprach kein Wort. In Metido hielt er Zinos die Hand zum Einschlagen hin und sagte:

»Tut mir leid, Alter, ich bin nicht so gut drauf, hast du ja vielleicht gemerkt.«

»Hab ich, willst du drüber reden? Ich hab noch ein paar Stunden Zeit vor meiner Verabredung.«

»Nee, reden will ich nicht, aber wenn du so viel Zeit hast, kannst du mir helfen, mein Fladenbrot zu fönen. Es gab einen Wasserrohrbruch, mein Lager ist geflutet, alles, was nicht nass ist, ist feucht, ich hab's in Kartons gelagert.«

»Deswegen bist du so scheiße drauf!«

»Ja, sicher, das ist mein Brot für die nächsten drei Tage, glaubst du, ich bin Bäcker, oder was – ich bin Aufbäcker!«

Zinos fönte mit einem kokelig riechenden, krank surrenden Riesenfön Fladenbrote bis kurz vor drei. Fast eine halbe Stunde zu spät stand er vor dem Casino. Ein Herr am Eingang fragte ihn, ob er Geld habe. Zinos hatte genug dabei, um eingelassen zu werden. Aber vorher zwang der Herr ihn, ein pinkfarbenes Jacket mit Schulterpolstern überzuziehen, das ihm viel zu eng war. Daisy warf ihm aus den Augenwinkeln einen verärgerten Blick zu. Sie saß an einem der vielen Automaten, trug ein schwarzes Kleid; beinahe wirkte sie elegant, aber ihr Haar war unordentlich geflochten, und die abgekauten Nägel waren nicht mal lackiert. Ihre Pumps lagen auf dem dunkelblauen Veloursteppich neben ihren nackten Füßen. Zinos setzte sich an den Einarmigen Banditen neben Daisy. Sie waren die einzigen Gäste.

»Meinst du nicht, es fällt auf, das wir zusammen hier sind?«, fragte Zinos ihr zugewandt.

»Guck auf deinen Automaten!«, zischte sie und warf nach.

»Hast du schon was gewonnen?«

»Ich spiele nicht, ich arbeite«, sagte Daisy.

»Du wirkst gestresst. Alles okay?«

Zinos legte ihr die Hand auf die Schulter.

»Lass das, mir geht's großartig!«, fuhr sie ihn an.

»Warum darf niemand wissen, dass wir miteinander reden?«

»Es geht um zu viel.«

»Ich verstehe nichts, nichts!«

»Ich bin Journalistin, ich mache den Job, weil ich immer neugierig war, vielleicht, weil ich meine Mutter nie verstanden habe. Wie auch immer, ich arbeite schon lange an einem Buch über die internationalen Pharmakonzerne und deren menschenverachtende Machenschaften in Dritte-Welt-Staaten und Schwellenländern.

Nach einem Auftritt im Internet hat mir jemand eine E-Mail geschrieben. Die Adresse war ein Fantasiename, ich bin sicher, es war jemand, der in einem Krankenhaus arbeitet. Dort stand eine Menge über Gudrun Dobelmann drin, dass sie Vorstandsmitglied eines Pharmakonzerns ist. Ihre Arbeit für Nimbus hat sie schon vor Jahren nach Adios geführt. Und sie hat das Angenehme mit dem Nützlichen verbunden.«

»Was meinst du? Ich verstehe nicht.«

»Zinos, hör zu, Gudrun hat sich hier schon vor Jahren mit HIV infiziert! Irgendjemand aus einem Krankenhaus hat sie an mich verraten. Sie fährt noch immer hierher, kauft sich Jungs und schläft ohne Kondom mit ihnen; zu Hause erhält sie die allerbeste Behandlung. Für die meisten Leute hier bedeutet eine Infektion automatisch den Tod. Das liegt an solchen Konzernen wie Nimbus, in dessen Vorstand sie sitzt. Nimbus ist einer der Pharmakonzerne, die über den Patentschutz verhindern, dass unter anderem auf Adios Generika, also billigere Medikamentenkopien, an die Kranken verteilt werden. Sie stellen ihre ökonomischen Interessen über Menschenleben. Das ist nicht einfach Manipulation, das ist Mord. Nimbus verlängert immer wieder den Patentschutz für seine Medikamente durch minimale molekulare Veränderungen, ohne dass die Wirksamkeit der Medikamente dadurch verbessert würde.«

»Und das ist erlaubt?«

»Bisher sind sie juristisch damit durchgekommen.«

»Gudrun schläft mit Jungs ohne Gummi, obwohl sie weiß, dass sie HIV-positiv ist? Das allein ist teuflisch.«

»Genau. Sie ist ein verficktes Monstrum.«

Daisy rauchte und spielte.

»Dagegen muss man was unternehmen!«, rief Zinos.

»Genau, aber ich brauche Beweise, und du hilfst mir. Du musst so tun, als ob du doch mit ihr schlafen willst, du musst mit ihr laut und deutlich darüber sprechen, dass ihr kein Kondom benutzen werdet und sie dich bezahlt. Ich werde alles aufnehmen. Wenn das öffentlich wird, ist sie dran und Nimbus auch, aber bis dahin müssen wir verdammt aufpassen, die haben ihre Leute überall.«

»Ich helfe gerne, aber ist das nicht 'ne Nummer zu groß für uns?«

»Für mich nicht, überleg mal, um wie viele Leben es dabei geht.«

Zinos stimmte zu. Sie mussten die Sache noch in dieser Woche durchziehen, da Gudruns Abreisetermin nahte. Zinos fuhr im Kofferraum von Daisys Mietwagen wieder nach Metido.

Gudrun zögerte keine Sekunde, Zinos einen Platz anzubieten, als er sich vorm *Palco* in den Sand setzte und sie anlächelte. Sie aßen wieder den Schmortopf Adios, Ananascarpaccio und tranken Thymianlikör. Die Hauptsaison war zu Ende. Zinos und Gudrun tanzten beinahe alleine im Sand. Ihm war mulmig, er tanzte ein bisschen zu lange, obwohl er wusste, das Daisy schon seit einer halben Stunde auf ihrem Posten war. Er hauchte Gudrun ins Ohr, er wolle jetzt mit ihr allein sein. Sie hackte sich bei ihm unter. Als sie in die Anlage einbogen, sah Zinos einen Schatten, er dachte, es müsste Daisy sein, wunderte sich aber, dass sie einen Hut bei dieser Gelegenheit trug. Kaum war die Tür des Bungalows verschlossen, presste Gudrun sich an Zinos, sie leckte an seinem Ohr und griff in seine Hose, in der sich nichts tat.

»Nicht so schnell, ich kann nicht so schnell, ich bin schüchtern, können wir das Fenster öffnen, mir ist heiß«, sagte er. Sie grinste, öffnete das Fenster und sagte:

»Lange hat mich keiner mehr so heiß gemacht wie du. Dass du mich erst zurückgewiesen hast, war eine gute Masche, aber ich wusste gleich, dass du uns nur noch schärfer machen wolltest. Treiben wir es jede Nacht – bis ich abfahre? Weißt du, in meiner Generation hatten Frauen nicht geil zu sein. Ich musste erst dafür bezahlen, damit sich einer darum kümmert. Komm her, du!«

»Wie viel zahlst du mir für alle Nächte bis zu deiner Abreise?«

»Tausend Dollar.«

Ohne ein Zögern legte sie die Scheine auf den Nachttisch und sagte:

»Nimm mein Geld und mach, was ich dir sage.«

»Okay, sag mir, was du willst.«

»Kein Kondom, ich hasse es, wenn etwas zwischen mir und dem Schwanz ist.«

»Und was ist mit Krankheiten?«

»Seh ich krank aus? Willst du mich beleidigen? Wir zwei

sind doch das blühende Leben, schalt den Kopf aus, du bist im Paradies, Süßer.«

Das musste reichen, als sie sich wieder näherte, stieß er sie weg:

»Gudrun, du bist der Antichrist, der Antichrist! Verpiss dich!« Sie schaute überrascht, riss an seinem T-Shirt, hielt ihn fest, er riss sich los, schlug die Tür hinter sich zu. Er traf Daisy vor den Duschen.

»Reicht das? Reicht das?«, keuchte Zinos.

»Allerdings, was guckst du mich so an?«

»Du trägst keinen Hut?«

»Nein, warum sollte ich einen Hut tragen? Ich kann Hüte nicht leiden, ich hab kein Hutgesicht.«

Zinos nickte. Daisy verschwand, rief noch:

»Wir sehen uns wieder!«

»Ich hoffe«, sagte Zinos mehr zu sich selber. Er schlenderte rüber zu Goliath ins Restaurant. Der war erfreut, Zinos zu sehen.

»Ah, du, Zinos, ich mocht dir sagen, du kannst morgen anfangen lernen in meine Küche kochen Food von Adios von deine friend Goliath!«

»Echt? Cool, ich kann in deiner Küche anfangen und du bringst mir alles bei?«

»Si! Rocky wird buse sein, vielleicht wacht auf endlich. Aber ich mache wirklich das mit dich, weil ich dich habe gern. Und außerdem wir haben ein big job, Vernissage von Viviane Gernaert in Metido next Saturday, ein wunderbar Kunstlerin. Du bist my man for the Veranstaltung, es kommt gut Presse davon, wir machen Buffet of the year. Komm morgen früh, ich zeig dir geheime Gewurze von Adios alle!«

»Wow, was hab ich für ein Glück!«

»Glück, es ist wenn Chance trifft auf sehr gut Vorbereitung.«

Zinos war plötzlich hellwach, obwohl er kaum geschlafen hatte. Er ging am Strand entlang, der Mond stand voll am Himmel. Er lief am *Palco* vorbei, kletterte über Felsen, schlenderte unter Palmen entlang, weiter über große Steine durchs Wasser, dort, wo kein Strand mehr war, bis er eine Bucht erreichte. Ganz allein im Mondschein saß dort Margarita neben ihrem Surfboard und hörte Musik. Zinos pfiff, sie sah ihn gleichmütig an.

Sie trug wieder die Jeanslatzhose. Zinos setzte sich zu ihr.

»You look sad«, sagten sie beide gleichzeitig. Sie lachte verlegen und begann ein Lied zu summen, das Zinos kannte.

»I know the song, but I don't remember what it's called!«

Sie summte weiter.

»What is it?«, fragte er.

Sie öffnete zwei Bier.

»A long time ago, when my big sister's heart was broken the first time, she played this song day and night. We shared a room. I hated her, now I miss her.«

»Where is she?«

»She is gone to a foreign country to work there, she is not happy, but she got money. I think, she was more confident, when she played Never Tear Us Apart*!«*

»From INXS, I like the saxophon solo!«, rief Zinos.

Margarita lachte und spielte Luftsaxofon.

»I was in a sentimental mood tonight, now it's getting better«, sagte sie.

»What is wrong with a sentimental mood? Sometimes I'm afraid my whole life will be a sentimental mood.«

Zinos nickte.

»Are you in a sentimental mood now?«, fragte sie und rückte dicht an ihn heran.

»Now I'm in a good mood, because all around us looks like my imagination from paradise, but you are even better than paradise!«

Sie summte weiter das Lied. Er küsste sie, und *Never Tear Us apart* wurde lauter, immer lauter, bis die Sonne aufging. Margarita paddelte mit ihrem Board raus aufs Meer, das Wasser war glatt und ruhig. Zinos kraulte zu ihr und hängte sich ans Brett. Er erzählte ihr, dass er Prince-Fan sei, sie ließ sich zu ihm ins Wasser gleiten, sagte, sie auch, und behauptete, alle Prince-Lieder auswendig zu können, auch die weniger bekannten. Sie sagte, er solle irgendeines nennen, er nannte *Forever in my Life*. Margarita begann zu singen; sie sang viel besser als Prince, viel besser als jeder, den er bisher hatte singen hören, und dazu war sie lässig und keine Diva. Zinos wusste nun, warum all seine Frauengeschichten bisher gescheitert waren: Weil er Margarita noch nicht getroffen hatte. Sie sang:

La da da da da da da da
La da da da da da da da
There comes a time, in evry man's life
When he gets tired of foolin around
Juggling hearts in a three ring circus
Someday will drive a body down to the ground
I never imagined that love would rain on me
And make me want to settle down
Baby it's true, I think I do
And I just wanna tell you that I wanna with you
And baby if you do, too
Forever, forever, baby I want you forever

I wanna keep you for the rest of my life
All that is wrong in my world
You can make right
You are my light
Forever I want you in my life

La da da da da da da da
La da da da da da da da

There comes a road in every man's journey
A road that he's afraid to walk on his own
I'm here to tell you that I'm at that road
And I'd rather walk it
With you than walk it alone
You are my hero, you are my future
When I am with you, I have no past
Oh baby my one an only disire – make this feeling last …

Margarita ließ sich plötzlich von Bord fallen und tauchte in die Tiefe. Als sie nach ein paar Minuten wieder nach oben kam, sagte sie, kaum aus der Puste:

»I have to introduce you my best friend, this is Cathy, the turtle.«

Eine Schildkröte tauchte um sie herum, steckte ihren langen Hals aus dem Wasser und schaute ihn mit lässiger Schildkrötenmiene an. Es war dieselbe Schildkröte, die ihm Vassiliki damals als Katerina vorgestellt hatte.

»Why do you call her Cathy?«

»That's her name. My uncle is a wizard, he told me her name.«

»Does he tell you more about this turtle's life?«

»What more? Cathy is just a turtle swimming around without worrys.«

Zinos fiel plötzlich ein, dass heute sein erster Arbeitstag im *Goliaths* war. Er erklärte Margarita, warum er so schnell losmüsse; es war noch sehr früh, sie waren so weit raus geschwommen, dass man den Strand vom *Goliaths* sehen konnte; niemand war dort, die Bar hatte noch nicht geöffnet. Margarita sagte:

»Meet me here again tonight same time.«

Er küsste das schönste Mädchen, das er je gesehen hatte, und schwamm ans Ufer. Er ging den Weg zurück, er würde mit Margarita zusammen sein, sie würden schöne Kinder haben, er würde in Arrope das SOUL KITCHEN eröffnen, Illias würde durchdrehen, wenn er das alles hier sah! Adios wäre genau Illias' Ding; er könnte bei ihm, Zinos, im Restaurant arbeiten und seine Eltern wären stolz auf sie beide. Es war zwar nicht Griechenland, aber sie könnten hier Urlaub machen, und Tante Eleni auch, seine Mutter und Tante Eleni würden sich versöhnen, in Arrope versöhnte man sich. Er würde Udo einladen, ihm sein Restaurant zeigen, was war schon Italien gegen diese Insel? Kathinka könnte auch kommen, sie würde gesund bleiben. Hier in Arrope, hier auf Adios war seine Zukunft. Alles ergab einen Sinn, wenn man so glücklich war.

Als Zinos sich dem Strandabschnitt des *Goliaths* näherte, hatte die Bar noch immer geschlossen, auch die Brettertüren des Restaurants waren fest verschlossen, die Jalousien runtergelassen. Und trotzdem saßen auf der Terrasse regungslos zwei Gestalten. Als Zinos sich näherte, erkannte er, dass es zwei Frauen waren. Sie waren nackt. Und sie bewegten sich nicht.

Zinos kam näher sich und erstarrte. Es waren die nackten

Leichen von Gudrun und Daisy; man hatte ihnen die Augen rausgerissen. Zwei tote Hühner lagen mit abgehackten Köpfen und Füßen auf dem Boden, darum Fischaugen in verschiedenen Größen. In den Händen und Füßen der Leichen steckten Nägel, aber nirgends war ihr Blut. Kurz starrte er auf Daisys Brüste, so schöne Dinger hatte er ihr gar nicht zugetraut.

Zinos verstand nicht, was passiert war, aber er wusste, dass er abhauen musste. Daisys Vorsicht war keine Hysterie gewesen, gegen Leute, die so etwas taten, hatte sie keine Chance. Und ihn würden sie auch nicht verschonen, jetzt hätte er eine Waffe gebraucht. Wenn er die Nacht nicht bei Margarita verbracht hätte, wäre er jetzt auch eine nackte Leiche auf einem Rattanstuhl, dann läge da noch ein massakrierter Hahn neben den Hühnern.

Die Liebe hatte ihm diesmal das Leben gerettet, und obwohl er gern für immer bei Margarita in Arrope geblieben wäre, sehnte er sich noch mehr nach Hamburg und seiner blöden kleinen Wohnung. Das war sein letzter klarer Gedanke, bevor er zu zittern begann wie noch nie – die Leute von Nimbus würden ihn umbringen, vielleicht beobachteten sie ihn bereits. Der Sand unter seinen Füßen war heiß, er lief zu seiner Hütte, die Gedanken rasten.

Was, wenn man ihn des Mordes verdächtigte, er war ja als Letzter mit Gudrun zusammen gewesen. Vielleicht hatte ihn jemand mit Daisy gesehen, der Portier des Casinos oder ein Gast des *Goliaths*, sie hatte ständig an der Bar gesessen, noch bevor er wusste, wer sie war. Woher sollten sie wissen, dass Zinos kein durchgeknallter Frauenhasser war? Ihm fiel ein, dass niemand hier seinen Nachnamen kannte, nicht mal Lalit und Rishni hatten Papiere gewollt, und Goliath hatte ein tiefer Blick in Zinos Augen gereicht. Er würde keine Spuren hinterlassen. Er stolperte in seine Hütte, packte schnell alle seine Sachen zusammen. Er hatte kaum Geld, aber er musste es irgendwie schaffen, Adios zu verlassen. Er rannte rüber zu Gudruns Bungalow, die Tür stand weit offen, noch immer lagen die tausend Dollar auf ihrem Nachttisch. Zinos blieb einen Moment in der Tür stehen. Er starrte auf das Bündel Scheine, ihm war, als könnte er sich nicht bewegen, seine Beine schienen einzuschlafen. Ein Kribbeln in den Waden wurde stärker, stieg höher. Er trat auf und ab, es begann nun auch in seinem Nacken zu kribbeln, zu pochen, und auf seinen Unterarmen erschienen kleine Pusteln. Er kratzte sich, aber der Juckreiz trat sofort an einer anderen Stelle wieder auf. Die Luft in Gudruns Bungalow war schwüler als draußen. Zinos entschied, es ohne das dreckige Geld einer Toten zu versuchen. Er würde sich durch den Dschungel schlagen, zu essen würde er genug finden. Vielleicht würde ihm in Metido jemand helfen, falls er es lebend bis dahin schaffte. Plötzlich fuhr ein Windstoß wie aus dem Nichts an ihm vorbei in den Raum; die Geldscheine wurden vom Nachttisch geweht, flogen zu ihm rüber und stapelten sich direkt vor seinen Füßen ordentlich aufeinander. Adios Geister gehörten zu den Guten. Er nahm das Geld und rannte, hinter dem Strand begann die Straße, über die er vor ein paar Wochen mit Özmen gekommen war; er kletterte bergauf ins Gestrüpp, oben angekommen, drehte er sich noch einmal um. Er konnte weit über den Strand schauen, die ersten Surfer liefen ins Wasser, kurz glaubte er Margarita zu erkennen. Eine Träne verlief mit seinem Schweiß auf der Wange. Sein Mund war so trocken, dass die Zunge am Gaumen kleben blieb. Er rannte querfeldein, so wie Özmen nach Metido gefahren war, irgendwann erreichte er eine asphaltierte Straße, wurde langsamer, in Serpentinen ging es immer weiter nach oben, ab und zu hupte hinter ihm ein Auto und raste vorbei, er zuckte jedes Mal zusammen und fing wieder an zu rennen. Dann ruhte er sich auf einem kaputten Sessel aus, den jemand neben der Straße abgestellt hatte. Ein Ford Taunus näherte sich und bremste vor Zinos, er starrte schnell auf seine Füße und bewegte sich nicht. Eine Männerstimme sagte:

»Adam?«

Zinos blickte auf.

»Du bist doch Adam? Aus Hamburg!«

»Nein, nein, ich bin jemand anderes, Zinos heiß ich. Wer bist du denn?!«

»Sascha. Und das ist Melanie. Wir sind auf dem Weg nach Arrope, sollen wir dich mitnehmen?«

»Nee, danke, ich komm da grad her.«

»Und wo willst du hin?«

»Nach Hause.«

»Und wo ist das?«

»Weiß ich nicht wirklich.«

»Wenn wir dir irgendwie helfen können? Sollen wir dich irgendwo anders hinfahren? Ist kein Problem!«

»Nein, aber danke schön!, ich komm schon klar.«

»Wie du meinst. Kippe?«

»Gern.«

Melanie und Sascha schenkten ihm eine Schachtel Zigaretten und eine kalte Flasche Cola. Zinos trank sie sofort aus und lief weiter die Straße entlang.

Dann fuhr ein rostiger Opel Ascona plötzlich langsamer, und ein dicker Mann lehnte sich aus dem Fahrerfenster. Zinos war sicher, nun abgeknallt zu werden, aber der Mann warf nur abgekaute Hühnerknochen auf die Straße.

Nach etwa einer Stunde näherte sich etwas Größeres,

laute Motoren, ein Dröhnen und dann hielt es mit lautem Bremsen direkt neben ihm. Zinos rannte schneller, aber er konnte nicht mehr, stolperte, knickte um und fiel. Er blieb liegen, das Gesicht auf dem Asphalt, er hörte Schritte hinter sich, er spürte eine weiche Hand auf dem Arm, und eine Frauenstimme sagte:

»Junger Mann, Sie sehen aus, als bräuchten Sie Hilfe, kann ich Ihnen einen Schluck Apfelschorle anbieten oder eine Pfefferminzpastille? *Do speak english? I am Irmgard from Germany. What is your name?*«

Zinos atmete tief durch und setzte sich auf:

»Ich bin Zinos aus Hamburg. Ich brauche Hilfe, ich muss hier weg.«

»Hast du deine Reisegruppe verloren?«

»Sozusagen, schon vor langer Zeit.«

»Du armes Kerlchen! Na, wenn du zum Flughafen willst, dann finden wir bestimmt noch ein Plätzchen für dich, dann drängel ich mich eben mit Gisela zusammen!«

»Flughafen? Klingt gut.«

Zinos keuchte noch immer.

»Bis Adios Airport fährt man noch 'ne knappe Stunde, zu Fuß sollte man da lieber nicht gehen. Hattest du auch so eine schöne Zeit hier?«

»Meistens schon, sieht ja aus wie im Paradies hier.«

»Da sprichst du Wahres. Leider ist die Zeit im Paradies immer zu kurz, aber wer weiß, wenn man länger bliebe, vielleicht entpuppte sich die Idylle als trügerisch.«

»Ja, wegen der Eindringlinge.«

»Ach, sind wir doch alle. Mädels, er kommt aus dem Norden.«

Aus dem Bus stiegen lauter ältere Damen und umringten ihn. Schon waren seine aufgeschlagenen Knie und wunden Hände versorgt, er wurde mit 4711-Tüchern betupft, aß Zitronenkuchen und Marmeladenkekse, Pumpernickel mit Scheiblettenkäse, trank Hagebuttentee, Apfelschorle und bekam ein Stofftaschentuch mit Initialen als Serviette. Die Damen baten den Fahrer mit überschäumendem Charme, Zinos mitzunehmen. Zinos überzeugte ihn schließlich mit hundert Dollar.

Am Flughafen musste Zinos sich leider von seinen neuen Freundinnen verabschieden; sie mussten ihre Maschine nach Hannover kriegen. Leider war die schon voll, aber am nächsten Morgen ging ein Flieger, der nach zwei Stopps in Hamburg landen würde. Zinos kaufte ein Ticket für achthundertsechundfünfzig Dollar. Er war froh, fast das ganze Geld los zu sein. Den Rest gab er Kindern, die in der Nähe des Flughafens versuchten, Plastiktüten zu verkaufen.

Die Eltern von Tillman hatten sicher jeden Monat brav die Miete überwiesen. Das musste für den Anfang reichen.

REZEPT: SCHMORTOPF ADIOS

MAN BRAUCHT

- dreihundert Gramm Schweinefilet
- dreihundert Gramm Rinderhüftsteak
- dreihundert Gramm Hühnerbrustfleisch
- dreihundert Gramm Black-Tiger-Riesengarnelen
- Maiskörner oder besser kleine Maiskolben, am besten frisch
- Saubohnen

- rote Zwiebeln
- fünfhundert Gramm passierte Tomaten
- fünfhundert Gramm Tomaten in Stücken
- zwei Liter Gemühsebrühe
- Erdnussöl
- einen riesigen Topf
- einen robusten Kochlöffel
- Petersilie und Koriander
- Ananas
- Weißbrot

MARINADE

- getrockneten Thymian
- Knoblauch
- getrocknete Chilis
- frische Chilis
- Piment, zerstoßen
- ein paar Nelken
- einen Esslöffel Zimt
- eine Limette
- braunen Zucker
- Rum
- viel gutes Olivenöl
- Salz und viel schwarzen Pfeffer
- Cayennepfeffer

ZUBEREITUNG

Das Fleisch würfeln, die Garnelen schälen und alles über Nacht oder mindestens sechs Stunden gekühlt marinieren.

Aus der Marinade nehmen, je nach Geschmack Zutaten aus der Marinade mit verwenden.

Alles in reichlich Erdnussöl gut anbraten, bis es duftet, dann mit Gemüsebrühe aufgießen und einkochen lassen. Dann kommen die Tomaten dazu. Ab und zu gut umrühren, während es weiter einkocht.

Die Zwiebeln grob würfeln oder vierteln. Wenn das Fleisch nach etwa zwei Stunden zart ist, Mais, Saubohnen und die Zwiebeln dazu – die Gemüsemengen kann man nach Lust variieren. Eine Weile kochen lassen, bis das Gemüse gar ist.

Mit Salz und Pfeffer abschmecken.

Petersilie und Koriander hacken und in getrennten Schüsseln auf dem Tisch bereitstellen. Koriander schmeckt einigen Gästen zu speziell. So kann jeder nach Belieben was frisches Grünes auf seinen Teller geben.

Weißbrot sollte bereitstehen, um Reste der Soße vom Teller aufzudippen. Man kann auch Reis, Couscous oder Bulgur dazu reichen. Aber Schmortopf Adios ist so sättigend wie nichts anderes auf der Welt. Trotz seiner Schärfe eignet er sich herrvorragend, um danach in einen seligen Dämmerzustand zu fallen. Man kann Ananas dazu oder danach verspeisen, am besten als Carpaccio. Die Säure versetzt den Organismus in Wallung. Auch sollte man hinterher nicht auf einen kräftigen Likör oder Schnaps verzichten, der reich an Kräutern und Gewürzen ist. Wie zum Beispiel Thymianlikör, Rosmarinschnaps, China Martini, Jägermeister, Raki, Ouzo, Kümmelschnaps, Fernet Branca, noch besser einen Branca Menta.

Zum Essen selber passen schlicht Limettensaft mit Mineralwasser, mit oder ohne braunen Zucker, ein klassischer Cuba Libre mit viel Eis und viel Limettensaft, sehr kaltes Bier, auch herrlich mit Limettensaft und Eis, oder einfach Kokossaft mit ein bisschen Rum.

Der gute Mensch an der Kette

*»Erwachsene sind manchmal nur
Kinder mit Schulden.«*

In Hamburg war es angenehm kalt. Zinos fuhr mit dem Airportshuttle zum Hauptbahnhof und ging zu Fuß weiter bis nach Hause. Da Tillman nicht wusste, dass er zurück war, schloss er nicht gleich auf, sondern klingelte; er klingelte lange. Nichts passierte. Zinos schloss auf – und dann *roch* er Tillman. Tillman hatte seine Augen noch, aber er war genauso tot wie Gudrun und Daisy. Ein paar Spritzen lagen herum, die Wohnung war voll mit verschimmelten Essensresten, Fliegen feierten eine große Party, das Telefon schwamm in der Toilette in einem braun-grün-gelben Sud. Zinos rief vom Hausmeister aus die Polizei.

Tillmans Eltern quartierten Zinos in einem Hotel an der Alster ein. Er dachte daran, Illias vorzuspielen, er hätte es so weit gebracht, dass er nun in diesem Hotel lebe. Aber dann entschied er, sich erst bei Illias zu melden, wenn er zurück im richtigen Leben war. Er konnte sich nicht vorstellen, dass Tillmanns Geruch des Scheiterns je aus seinen Wänden verschwinden würde. Und so war es auch.

Ein paar Wochen später übergaben Tillmanns Eltern ihm den Schlüssel zu einer neuen Zweieinhalb-Zimmer-Wohnung. Im selben Haus. Sie baten Zinos mit wässrigen Augen nochmals um Diskretion. Dass sie nicht früher gemerkt hatten, was mit ihrem Sohn los war, beschämte sie. Der Gitarrist von nebenan hatte die Polizei gerufen, er hatte sich gewundert, warum Tillmann sich nicht wie sonst Lieder wünschte, jedes Mal wenn er ihn spielen hörte.

Bester Laune machte Zinos sich mit der schicken neuen Espressomaschine einen Kaffee, er streichelte das silber glänzende Ding und roch den Kaffee, da fiel ihm wieder ein, dass er keine Zeit hatte, in Ruhe Kaffee zu trinken. Er sah sich um, eine gute Wohnung für den Wirt des SOUL KITCHEN. Jetzt brauchte er nur noch ein kleines bisschen Geld.

Illias war begeistert von der Idee eines eigenen Restaurants. Sobald er aus dem Knast raus war, wollte er Zinos mit Rat und Tat zur Seite stehen. Zinos versuchte es wieder bei der Bank. Man behandelte ihn an, als wäre er ein Zombie oder ein Kind. Er kam gar nicht dazu, seine Idee vorzutragen.

Schließlich begann er nach einem Job zu suchen, versuchte es überall, in allen Cafés und Restaurants von Ottensen bis Uhlenhorst, aber der anbrechende Winter war die schlechteste Zeit dafür, es wurden eher Leute gefeuert. Er machte einen letzten Versuch auf dem Kiez, dort war es in vielen Lokalen egal, welche Jahreszeit gerade war. Er schlenderte über den Spielbudenplatz, kaufte sich an der Tankstelle ein paar Zigaretten und setzte sich auf die Stufen gegenüber dem *Lemitz*. Er steckte sich eine Zigarette in den Mund, als er plötzlich eine tiefe, warme Stimme hörte, die ihm bekannt vorkam:

»Den kenn ich doch, der da Feuer braucht.«

Linde hatte sich neben ihn gesetzt. Er hatte nicht oft an Linde gedacht, seit sie ihn damals gebeten hatte zu verschwinden. Sie nahmen sich in den Arm, Linde drückte ihn kräftig und gab ihm Feuer.

»Geht's dir nicht gut?«, fragte sie und strich ihm über den Kopf.

»Ich hab eine Menge Probleme.«

»Probleme sind Gelegenheiten zu zeigen, was man kann. Hab ich mir immer gesagt.«

»Ich kann aber nicht mehr«, sagte Zinos, und dann brach es aus ihm heraus, Er fing an zu heulen wie zuletzt als Kind. Linde drückte ihn an sich. Er erzählte ihr ein paar von den Sachen, die schiefgelaufen waren, er erwähnte nicht den Vorfall, der ihn zur Flucht aus Adios gezwungen hatte, aber sie verstand auch so.

»Ich hab noch immer ein schlechtes Gewissen, dass ich dich damals aus dem Laden geworfen habe. Ich hätte Jennifer feuern sollen, die dumme Nutte. Fühlte sich zu Höherem berufen, aber sie wird immer ein Dreckstück bleiben, das hat gar nichts mit dem Beruf zu tun. Sie lässt ihre Neurosen an anderen aus, macht anderen Probleme, anstatt ihre zu lösen. Ich hoffe, sie geht mit ihrer Scheißtitanic unter – und die anderen Lackaffen, die dir das Leben zur Hölle gemacht haben, auch.«

Zinos wischte mit seinem Pullover über Lindes Blazer, den er vollgeheult hatte:

»Tut mir leid, hey!, sieht teuer aus, was ist das?«

»Prada. Bei mir läufts. Linde hat expandiert. Rate, warum ich hier bin, ich hab meine Filiale in Hamburg besucht, ich leb jetzt in Köln, hab aber auch Läden in Berlin, Frankfurt und München. Ich bin eine Kette, stell dir das mal vor.«

»Was ist mit Toto?«

»Frag nicht. Er hat den Swimmingpool abgebrannt, als ich aus Hamburg weg bin. Frag nicht, wie. Er hat dann endlich 'ne Verhaltenstherapie gemacht, er ist hier jetzt mein Filialleiter. Hat sogar geheiratet.«

»Ich dachte immer, er sei schwul.«

»Du hast ja lang nicht Zeitung gelesen, was? Na, und wie

der schwul ist, allerdings der schlotterigste Schwule der Welt. Aber ein Herzchen. Und er entwickelt sich, seit er Verantwortung hat. Aber, jetzt sag mal, wie stellst du dir denn dein Restaurant vor?«

»Na ja, irgendwie griechisch, irgendwie mit Seele, kurios, heilig, unorthodox, aber bodenständig.«

»Jetzt hab ich gleich so was von Lust gekriegt, da hinzugehen. Es wird Zeit, dass du diesen Laden zum Leben erweckst. Pass auf, du siehst dich nach einem passenden Laden um, ich geb dir das Geld, das du brauchst, du zahlst es mir zurück, wenn du kannst, in Raten, die du bestimmst, Zinsen will ich nicht. Sieh dich in Willhelmsburg um, da bin ich aufgewachsen, da gibt es bestimmt noch keinen Laden wie deinen. Die Mieten sind nicht so hoch. Nimm's an, wir beide sind doch erwachsen.«

»Was ist Erwachsensein?«

»Weiß ich auch nicht, aber Erwachsene sind manchmal nur Kinder mit Schulden. Es liegt bei jedem selbst.«

»Linde, du bist ein guter Mensch.«

»Ach was, der Stress soll sich doch gelohnt haben. Glück wird größer, wenn man was davon abgibt. Geben ist wie Angeln.«

»Danke, Linde, danke!«

»Ruhe jetzt! Was wird das Erste sein, was du in deinem Restaurant kochst?«

»Mhm, ich werde braten, frittieren! Kleine Fische, Sardinen! Eine Frau, die es wissen muss, hat mir mal gesagt, nur wer aus kleinen Fischen was Gutes machen kann, macht aus einem Lachs kein Katzenfutter oder so.«

»So wahr ist das, so wahr du Zinos heißt.«

»Und du Linde«

»Na ja, das weiß man nicht, zumindest heiße ich so schon eine ganze Weile.«

Sie lachten.

»Da fällt mir ein, ich hab neulich irgendwo mal leckere kleine frittierte Fische gegessen, bei so 'nem Griechen, der Laden hieß ... ach, wie hieß der noch? Na, da hab ich an dich gedacht, weil da so ein Typ am Nachbartisch saß, den kannten alle, die vorbeigingen, der sah dir verdammt ähnlich.«

»Ach, der schon wieder.«

Illias wollte Zinos helfen, ein geeignetes Lokal zu finden, eines mit Seele, einer Geschichte. Aber dann kam er vorher wieder mal sich selber in die Quere – und in den Knast. Zinos bekam einen Tipp vom alten Sokrates, den er in Willhelmsburg an einem Kiosk kennengelernt hatte. Niemand außer Zinos hatte Interesse an dem alten Gebäude. Die Renovierung fraß fast das ganze Geld auf. Er konnte nur gebrauchte Geräte für die Küche kaufen. Aber er schaffte es, das SOUL KITCHEN zu eröffnen. Linde kam am ersten Tag zusammen mit Toto und schenkte ihm einen Lieferwagen. Am Anfang machte er alles alleine: Küche, Service, Einkauf, Buchhaltung. Dann hängte er einen Zettel an die Tür. Fast nur hübsche Mädchen stellten sich als Aushilfen vor, Wirt zu sein fing an, ihm zu gefallen. Linde erließ Zinos bald den Rest der Schulden. Das Leben war gut, er hielt sich an die Regel seines Bruders: Viele kleine Lieben machen immun gegen eine zu große Liebe. Und dann war Nadine an irgendeinem Sonntagabend ganz allein ins SOUL KITCHEN gekommen und hatte, während sie Pastitsio aß, eine Prince-Biografie gelesen. Aber nicht mal ihr hatte er später erzählt, was auf Adios passiert war. War sie die Frau seines Lebens? War er überhaupt glücklich?

Wenn Nadine nicht wegmüsste, wäre ihm egal, dass er pleite war, alles wäre nicht so schlimm. Der Tag ihrer Abreise war bald, und schon seit Tagen hatte er diese Rückenverspannungen. Zinos begann, *Forever in my Life* von Prince zu summen, und er konnte nicht anders, als dabei an Margarita zu denken …

REZEPT: KLEINE FRITTIERTE FISCHE

MAN BRAUCHT

- Sardinen
- Olivenöl, dass sich zum Frittieren eignet
- einen großen tiefen Topf
- Salz
- Mehl
- eine Rolle Küchenpapier
- viele Zitronen
- viel Weißbrot

ZUBEREITUNG

Die Fische innen und außen salzen und überall mit Mehl bestäuben. So viel Öl in den Topf, dass alle Fische bedeckt sein werden. Das Fett stark erhitzen, dann die Fische hinein. Man kann die Temperatur runterschalten, kleine Fische brauchen nicht lang garen, sie sollten innen nicht zu trocken sein.

Die Fische herausnehmen und auf Küchenpapier abtropfen lassen.

Die Zitronen halbieren und auf den Tisch stellen, so kann jeder so viel Saft über seinen Fischen ausdrücken, wie es ihm schmeckt. Essen sollte man die Fische im Ganzen und mit den

Händen!!! Die Hände kann man hinterher mit Zitrone abreiben, dann verschwindet der Geruch später beim Waschen vollständig.

Weißbrot rundet alles ab. Wenn man einen Kater hat, sind Pommes dazu noch besser. Am besten sollte man dazu einen gut gekühlten Weißwein oder einen leichten Rotwein trinken; es kann ein einfacher, aber anständiger Wein sein, da die salzigen Fische ohnehin jeden Geschmack dominieren. Nur Retsina kommt dagegen an oder, wenn man es mag, ein halbtrockener oder lieblicher Wein, der allerdings von sehr guter Qualität sein sollte. Auch ein eiskaltes Alsterwasser, ein Bier oder Spezi passt sehr gut dazu.

Man kann, selbst wenn man sehr viele kleine Fische gegessen hat, immer noch gut ein Fest bis zum Morgen feiern oder etwas anderes anstellen. Man kann ins Kino gehen, auch schon vor dem Essen. Es gibt Filme, die machen genauso glücklich wie gutes Essen.

Inhalt

1. Auflage 2009

Cover: Chrish Klose, www.studiograu.de
Lektorat: Wolfgang Farkas
Typografie + Satz: Frese, München
Druck und Bindung: GGP Media GmbH, Pößneck
Printed in Germany

ISBN 978-3-936738-64-3

www.blumenbar.de
www.jasminramadan.de
www.soul-kitchen-film.de

Und wer wissen will, wie es weitergeht, schaut:
»Soul Kitchen« von Fatih Akin.
Starttermin: 25.12.2009